深夜巴士

ミッドナイト・バス

伊吹 有喜

目次

第一章

左手腕感覺到微微震動，高宮利一睜開了眼睛。

他關掉附有震動功能的手錶鬧鐘，看看時間。

凌晨五點三十二分。深夜班次所有乘客下車後，高速巴士裡一片淡藍光芒。黑夜即將結束。

鬆開司機制服領口，利一繼續躺在客用的可調式座椅上，又闔上眼。

最近每到清晨就會夢見離婚的妻子。剛剛短短十五分鐘的小睡，他也夢見了美雪。

兩人分手時三十多歲，不過夢中的美雪永遠是初識時的樣子。夢的內容千篇一律，二十歲的美雪在一間西曬嚴重的房間裡哭泣著，他很想道歉，卻發不出聲音。每當他終於忍不住伸出手時，總會睜開眼睛，回到現實。

回到兩人已經離婚十六年，還有自己已經四十好幾這個現實。

利一微微睜開眼，望著巴士車頂。

這個反覆出現的夢，也是自己難忘的記憶，美雪哭泣的房間，是自己學生時代住過的西早稻田公寓。

利一豎起可調式座椅的椅背，站了起來。

他拿著小睡前喝的咖啡空罐下了巴士，再買了同樣一罐回來。

太陽應該快出來了，但今天大概雲層太厚，天色還很陰暗。

或許是因為公司名稱叫白鳥交通吧，這輛巴士的白色車體，顯得比其他車輛明亮了些。

拿著熱咖啡罐回到駕駛座，確認車輛顯示為「暫停服務」後，利一慢慢將車子開出休息站停車場。

連接東京和新潟之間定時發車的高速巴士，最後一趟是深夜班次，晚上十一點半從池袋出發，清晨五點左右到達新潟市。今天比預定的時間稍早回到終點萬代巴士總站。

另一間位於新潟市的客運公司也共同經營這條路線，回到這裡，他們的工作就大致結束。不過白鳥交通總公司位在距離新潟市有段距離的美越市，車庫不在新潟市內，在終點站讓乘客下車後，還得亮起「暫停服務」顯示牌，花上一小時再開回美越營運站。

車上載著乘客得繃緊神經，之後一個人開車，精神難免鬆懈，利一很怕自己這樣鬆懈，所以總是在新潟和美越中間的休息站停下巴士，小睡個十五分鐘。哪怕只是短短十五分鐘的睡眠，卻能讓長時間駕駛的身體無比舒緩。睜開眼睛時，總能再打起精神，告訴自己多堅持一下。

但是今天卻始終提不起勁。

為什麼到現在還會夢見美雪？

利一望著道路前方，對自己感到不耐。

為什麼，偏偏在今天——

今天早上北陸高速公路前後都沒什麼車，就像包下了整條路一樣。不過利一還是謹慎地開著車，一面思考著。

會做那個夢，可能是因為彩菜。

快滿二十四歲的女兒彩菜，最近開始留長頭髮，她不經意撥動瀏海的樣子，像極了年輕時的美雪。

一個月前，彩菜說有個論及婚嫁的對象，希望能找個時間讓雙方家人吃頓飯。

他不太贊成，覺得現在結婚還太早，但回頭想想，自己也是從東京的大學畢業、進不動產開發公司上班後半年就和美雪結婚，當時才二十二歲。

美雪是他的大學學妹，當時肚子裡已經懷了長男怜司，婚禮就在大學附近的餐廳裡簡單舉行。現在看來不管是在餐廳舉辦婚禮，或者身懷六甲的新娘都沒什麼稀奇的，不過當時新娘的雙親相當感嘆，覺得傳出去名聲很難聽。

同樣地，新郎自己的母親好像也對親戚人發牢騷，說自己一個女人家含辛茹苦帶大的兒子，竟然被城裡長大的狐狸精給迷昏頭。可是美雪的父親是住在新潟市內的大學老師，兩人因為來自同一個縣有了共同話題，才開始交往。跟美越相比，縣廳所在的新潟市確實算是大都會，不過如果美雪真的是母親所想的那種女人，早就毫不猶豫地把怜司拿掉了吧。

就是因為她沒這麼做，兩人才會結婚。大學畢業後美雪走入家庭，八年後跟著轉行當長程卡車駕駛的丈夫一起搬回美越，後來跟同住的婆婆不和而離家。當年利一剛考取能載運旅客的大客車職業駕照，正打算到客運公司上班，跟母親分開住。

那時候……

利一望著筆直貫穿越後平野這條路前方的連綿群山。

賺錢養家讓他幾乎耗盡精力，不管母親或美雪，他都只會叫她們好好相處。決定離婚時美雪哭著說，她最難受的是整個家裡沒有一個人站在她那邊。

要是能再早一點發現她的淚水，或者是當年留在東京工作的話……

如果繼續在這條路的前方、在那座山脈的另一端生活，如今又會迎接什麼樣的早晨呢？

行駛在黎明前的昏暗天色下，總讓他忍不住回顧起過往的人生，以及自己沒有選擇的道路。

造成兩人分手的母親已經在五年前過世。兒子怜司兩年前從理科的研究所畢業，在東京上班。等彩菜的婚事定下來，自己的人生也算是告一段落了。

終於可以放下為人子、為人父的身分，稍微試著為自己而活——

下了高速公路，利一繼續把巴士開進美越街道。

所以他才邀了古井志穗來美越，儘管以往兩人從不干涉彼此生活，持續著平淡的交往關係。

淡藍陰暗的天色另一端浮起一絲紅線，天空開始染上淡淡紅色。

天光下，成群飛鳥的影子鮮明烙印在眼中。

夜晚的氣息逐漸褪去，新的一天靜靜啟動。

看到美越營運站的燈光，利一不自主地露出微笑。

今晚也平安地回來了——

利一把巴士停進營運站的車庫，拿出行動電話。

彩菜和怜司各來過一通電話，怜司還傳了訊息，就在他正想打開訊息時，志穗來了電話。

早安！電話那頭的聲音顯得很雀躍。

「利一，你現在在哪裡？能接電話代表已經下班了吧？」

「還沒。我還在營運站裡，妳在哪？」

在電車裡。志穗答道，還報了下一站的站名。

「車上都沒人，我忍不住想打給你。到美越還有一陣子吧？到了車站我該在哪裡等你？」

「妳在剪票口外的長凳等我。我還在工作，結束後再跟妳聯絡。」

說完後，他正想掛斷電話，話筒那頭傳來開心的聲音。

「我今天好興奮喔。」

「興奮？為什麼？」

「因為這是我第一次搭利一的巴士，也是第一次搭高速巴士。」

「不累嗎？」

「一點也不累。」

「我快下班了。天氣可能有點冷，稍微等我一下，馬上去接妳。」

我等你。志穗回答後掛了電話。

利一將行動電話放回口袋，開始處理巴士廁所的汙水槽。接著清洗好巴士的車體，填寫完工作報告後，離開營運站。

驅車前往車站時，外面藍天白雲，滿眼都是清晨的光線。

說到白鳥交通這個公司名稱，大家總是將白鳥唸成 Haku Chou，很少依照正式唸法發音成

Shira Tori。但是聽說公司名稱的由來，是因為營業區域中棲息著很多從西伯利亞飛來的白鳥，所以或許唸成 Haku Chou[1] 才是正確的吧。

這些白鳥在秋末來到此地過冬，到了春天又再次踏上旅程。

兩星期前，他在東京志穗的店裡說起這件事，志穗邊洗碗盤邊說：「真想看看白鳥啊。」

三月底白鳥其實不多，不過利一還是試著開口邀她：「那要不要到我家來看？」這時志穗正在洗小盤子的手停了下來，反問：「可以嗎？」她又說，既然要去，她想在利一負責駕駛回新潟的深夜巴士那天，以乘客身分上車。

負責深夜班次、清晨返回營運站後，這天的工作就此結束，接下來可以排連續兩天的休假。志穗如果搭乘這班巴士，確實挺方便的。可是乘客下車後，利一還得將巴士開回營運站，再加上到達的時間太早，不管在終點或者在美越站下車，在利一開車去接之前，都沒有地方能讓志穗打發時間。

他向志穗解釋後，志穗馬上用手機查了新潟車站出發的電車時刻表。她說，如果在終點下車，就可以搭上第一班前往美越的電車。

這樣很麻煩吧。聽利一這麼說，志穗笑著回答：「一點也不麻煩。」就像要去遠足一樣開心。大概是受了這句話的影響吧，昨天晚上志穗抱著外套上了巴士，隨身行李是一個深藍色後背包，身穿休閒褲和運動鞋。

如果再背個水壺，看起來就活脫脫是個要帶學生去遠足的女老師。

回想到這裡利一就忍不住輕笑了一下，他正開車前往離家最近的車站。

接近小小的車站，他看見一個身穿米色洋裝和白色外套的女人，正低著頭坐在剪票口外的長凳上。

那女人頭髮整理得很漂亮，耳後還別了一朵白花飾。長凳旁放著一個大行李箱，看上去是來這裡旅行的人。

利一四處張望，尋找志穗的身影，途中視線停在那女人身上。

行李箱上放著昨天看過的那個深藍後背包。

原來是志穗。就在他發現的同時，女人也站了起來，露出滿臉笑容對他揮手，推著行李箱走過來。

她動了動嘴唇，大概在叫自己名字。利一停好車，打開車窗，冷空氣灌了進來。

利一！這次他聽到聲音了。

「開一下後車廂。」

利一打開後車廂，下了車。

「我還以為是誰呢，妳換了衣服啊？」

「對啊，在車站換的。」

志穗有點難為情。

「洗臉的時候順便換的……」

利一把行李放進後車廂，本來要問她為什麼，想想就沒再說下去。

沐浴在朝陽下，一身白色外套的志穗露出微笑。看著她，就覺得瑣碎小事都無所謂了。

1日文中「白鳥」兩字作為人名多讀成「Shira Tori」，指稱鳥類時，讀成「Haku Chou」。

兩人四目相對，志穗害羞地笑了。雖然已經三十好幾，但她的笑容讓人一點都感覺不到歲月的痕跡。

放好行李在前座坐好，志穗驚訝地說，沒想到這裡雪這麼少。

「我一直以為新潟積雪很深，可是這裡和新潟市都很少……應該說根本沒積雪吧。」

利一邊開著車邊回答她，這附近剛好是界線。

「從這裡往山上走，積得蠻深的呢。白鳥交通的營業範圍除了這裡以外，大部分雪都積得很多。」

「你剛剛說 Shira Tori……」

志穗看著窗外，聲音聽起來很意外。

「我在等車的時候聽到其他客人說『Haku Chou』。當地的人為什麼反而叫錯呢？」

「也不是叫錯，那就像暱稱一樣，大概比較好唸吧。他們說了什麼？」

這……志穗顯得難以啟齒。

「我沒聽清楚。」

應該是在懊悔「抽到籤王了」吧。

利一在紅綠燈前停下，苦笑著。

行駛東京和新潟的高速巴士定期班次，包括東京都內的客運公司，總共有四間公司共同營運，新潟縣除了白鳥交通以外，還有兩間據點分別在新潟市和長岡市的客運公司。

其中白鳥交通不管規模或者營業區域都最小，裝備也最老舊。其他公司的深夜班次都導入了「三列座椅」，也就是總共三直列都是單人座椅的車種，但白鳥交通這類車輛還很少。

他們的深夜班次有時會使用隔著走道，兩邊各一組雙人座椅的「四列座椅」，搭上這種巴士的乘客，便會感嘆自己抽到籤王。

而昨天剛好就是出現籤王的日子。

燈號轉綠。剛剛看著窗外的志穗轉過來，看著駕駛中的利一。

「白鳥都在哪裡？」

「前面的河附近。」

「我在等巴士的時候……聽到一個女孩子不知道在跟家人還是男朋友講電話，她說，我搭白鳥回來了。搭著白鳥回來，聽起來好夢幻喔。」

「夢幻嗎？」

他輕輕一笑，想起了自己的名字。

就如同白鳥交通有時候會被誤唸，利一的名字也常常被稱呼為 Ri Ichi。

只有當初命名的祖父還會叫他「Toshi Katsu」，但是跟公公感情不好的母親，總是叫自己小利、小利，而周圍也自然而然地跟著這麼叫。

來到東京之後，因為手長腳長又有了 Reach 這個綽號，但是他覺得這個綽號真正的來源，應該是學長教自己打麻將的時候，自己老是聽牌（Reach）的緣故。

順便聊起自己的名字，志穗聽後笑了起來。

「所以後來大家都叫你 Reach 了嗎？」

「可能是這樣吧。」

志穗再次浮現微笑，但是馬上又板起臉來。

「但是你自己希望別人怎麼叫你呢？」

「現在都無所謂，怎麼叫都可以。」

Toshi Katsu……志穗輕輕唸道，然後百感交集地說：

「但是利一的母親跟你爺爺感情也不好……聽起來她好像跟大家都處不來呢。」

「大家是指誰？」

「以前你不是跟我媽媽說過，你前妻就是因為這樣而離家的嗎？」

「這麼久的事妳也知道。」

或許是利一的語氣太冷淡，志穗連忙低頭道歉：「對不起。」

「……真的對不起，我講話太不經考慮。其實我也不是故意偷聽……是在店裡幫忙的時候不小心聽到的。我那時候心想，結婚還真辛苦，等自己實際體驗過後，也覺得真的很不容易……」

「妳家也有難搞的婆婆？」

也不是啦。志穗沒再說下去。

「不過比起結婚……離婚更不容易呢。」

利一沉默地開著車。

在西武新宿線沿線經營一間小餐館的志穗，是利一在東京不動產開發公司上班時上司的女兒。她離婚後回到娘家，繼承母親開的自然食材餐廳，利一不知道她離婚的原因，也不打算問。

看向身旁，志穗低垂著頭。

春天的陽光照在她梳理整齊的頭髮上。一想到志穗利用等首班車的時間去換了衣服、梳整頭髮，心就暖了起來。

利一依然望著前方，伸出左手輕輕地彈了彈志穗形狀漂亮的耳朵。

他隱約感覺到志穗抬起頭來，轉頭過去，卻發現她還低著頭。

那側臉讓他想起志穗的父親。

大約二十年前，周圍一片泡沫經濟告終的氣息，不眠不休埋頭工作的志穗父親，有一天在公司裡熬夜，然後就此倒下，撒手人寰。

志穗父親被他送到醫院時，她的母親上前質問利　，認為丈夫是過勞死、是被公司所殺。當時還是學生的志穗擋在母親面前，喪禮時也表現得很堅強穩重，不過在火化之前，她趴在棺木上哭喊著：「爸爸……」

利一聽著那聲音，不禁問自己：埋頭工作到底能換來什麼？

犧牲一切、拚命工作之後，可以看到什麼？

半年後公司倒閉。不管個人再怎麼盡力，組織裡還是會有無可抵擋的變化。

怜司和彩菜那時年紀還小，因為過敏症狀一直在看皮膚科。半夜裡，孩子搔著身體哭泣。

他於是動念想回故鄉，在乾淨的空氣裡找份能靠一技之長和自己的判斷填飽肚子的工作。

最後他找到的是客運駕駛這份工作，但是母親很不高興。母親說，要是他大學畢業後能留在家鄉當公務員或者進大企業都好，就是因為他高不成低不就地回鄉，才會找不到好工作，完全不理會兒子挑選這份工作的動機和用心。

其實妳也沒說錯。利一忍不住脫口而出。

「確實……我媽真的跟每個人感情都不太好，跟誰都處不來，總是在發脾氣、看什麼都不順眼。對孫子倒是還好。」

對不起，利一。志穗慌張地說。

「你生氣了嗎？我這樣說你母親，你心裡一定很不舒服吧，我講話實在是太不小心了……」

「妳再繼續道歉，別人還以為我有戀母情結呢。」

「對不起啦，我真的不是有意的。」

志穗縮著身子，看來滿心歉疚。

她平常看起來大方爽朗，其實經常因為太過在意自己跟別人細微的言行舉止而垂頭喪氣。

利一又輕輕彈了一下她漂亮的耳朵。

「好了，沒事的。再道歉下去會有很多奇怪的東西好奇地跑出來看妳喔。」

什麼？志穗抬起頭來。

「利一，你家會有什麼跑出來嗎？」

「不會啦。不過從都市來的人經常說，鄉下的房子又大又黑又可怕。」

真的有那麼大嗎？志穗率真地問。

「我家是沒那麼大啦……不過倒是有點暗。我女兒很不喜歡，所以在新潟的公司附近跟朋友一起住，說是跟人家一起分租。」

「該不會是跟男孩子一起住吧？」

「她倒是沒有明說。」

在紅燈前停下車，利一沒有說話。彩菜雖然說是跟女性朋友一起住，但上次去看她時，彩菜說朋友不在家，也沒直接跟對方打過招呼。

「我總覺得……妳今天說話都很不懷好意。」

「因為我有點嫉妒年輕女孩啊。」

「她是我女兒耶。」

「我嫉妒你女兒的年輕嘛。」

「胡說什麼啊。」

燈號轉綠，這次利一輕輕拉了拉她的耳朵。耳朵會變長啦！志穗笑著。

「但是利一回到這裡，說話也沒什麼口音呢，跟家裡的人說話的時候會不一樣嗎？」

「最近的孩子都看電視長大，說話也沒什麼口音。」

喔？志穗促狹地說。

「欸，你說點什麼嘛。讓我聽聽看這裡的口音。」

「不要。」

「快點說，利一。」

「別鬧了唄。」

說了句略帶點口音的話後，利一突然一陣害臊，嘆了口氣。平常沒什麼感覺，但這種時候就會深刻感覺到志穗比自己整整小了一輪。

「我們這樣好像時下那種……白癡情侶。」

「偶爾蠢一點有什麼關係？反正今天放假呀。」

也對。利一加快了車速。

一路上風和日暖，春光融融。回神細想這些瑣碎對話，或許令人羞赧，反正也沒別人會聽到。

轉過彎，看見了自家屋頂。

利一家距離營運站大約二十分鐘車程，是座老式日本房屋，屋體用的是粗大木材，破損處則用現代修繕方式修補，不知不覺中成了奇妙的東西合併風格。

不過為了迎接志穗，他事前也做了不少準備。

剛剛雖然嚇唬她房子很暗，其實利一早把全家的燈泡都換新了。他知道志穗在東京很熱衷於種香草盆栽，還特地整理了庭院，方便她種植花草。要是她在停留期間種了些什麼，往後要來也多了個理由。他還把家裡每個角落都打掃得一塵不染，又買了套待客用的新棉被組。

喜歡自然素材的志穗經常說，自己一直很嚮往能躺在愛爾蘭亞麻布床單上。

利一特地上網買了最頂級的床組。枕頭套加上床單的價格幾乎能再買一套新棉被，這昂貴的價錢雖然讓他吃驚，不過送來的商品在純白色中還泛著淡淡光澤，看起來確實像公主用的寢具一樣有質感。

另外，他還設定好電鍋的預約功能，米飯剛好在兩人到家時煮好。桌上已經擺好兩人份的碗筷和茶杯，一坐下馬上就能開動。為了讓她早餐後能好好休息，客房裡事先鋪好了新買來的床組。志穗應該馬上就會發現那是愛爾蘭亞麻布的床單吧。她一定會很開心。

萬一志穗撒嬌要自己一起睡……想到這裡，利一不覺輕咳了兩聲。

「怎麼了？」

「沒事。」

兩人不是沒有過肉體關係，不過他和志穗之間總是很平靜溫和，不會像年輕時那樣貪婪渴求。但是、或者說正因如此，突然備起寢具，好像又太過直接，利一有些隨便地將車停在庭院一角。

不過，從今以後，偶爾有不一樣的相處方式或許也不錯。

他從後車廂拿出行李，志穗微笑著。他拿起行李，覺得那笑容比平常更加耀眼。

只不過是住兩個晚上，志穗的行李卻大得出奇。他問，裡面放了什麼？

志穗笑著說：「祕、密。」

「祕密？到底是什麼？」

該不會是什麼情趣用品？志穗只說：「是打開後會嚇你一跳的百寶箱。」

「什麼嘛。」

他苦笑著走向玄關，突然間下意識地停下了腳步。

玄關的拉門開了一半。

他連忙衝到門前，走廊上有泥巴和腳印。

小偷嗎？志穗問。

利一脫掉鞋子，從傘筒裡抽出木刀走到廚房。沒看到任何人影。

他往流理台下的米缸裡翻掏了一陣，摸到了裝在塑膠袋裡的東西。

他放心地吐了口氣，看看塑膠袋裡的東西。

存摺還在。他馬上將存摺塞進上衣口袋，然後衝到佛堂，倒出抽屜下方裝線香的盒子。

印章也還在。

他深深吐出一口氣，輕嘆一聲。接著站起身來，從佛堂探出頭看向走廊，那道腳印一直往前延續，消失在客房附近。

利一手裡抓著木刀，打開客房紙門，防雨門緊閉著，室內瀰漫著酒臭味。

打開燈，屋裡傳出不耐煩的聲音。

「唉喲，很刺眼耶。」

「什麼，竟然是你……」

渾身酒臭的兒子，正蜷縮在那套給公主睡的純白寢具上。

女兒彩菜像美雪，個子嬌小，兒子怜司則有著遺傳自父親的高壯體格。

沒想到這個體格和自己相近的男人，竟然這麼占空間、這麼礙眼。

利一抱著雙臂，低頭看著棉被。

口中嘟囔著刺眼，兒子並沒有要起床的意思。

今年二十七歲的怜司，在東京一間網路相關的公司工作。聽說他原本想從事研究工作，不過現在卻在跑業務。彩菜仗著身為妹妹，毫不客氣地從他口中問出，一般來說理科研究生多半會有教授幫忙打點工作，但怜司在研究室裡的人際關係並不好，沒能爭取到理想的工作。

喂。利一叫著還在睡覺的怜司。怜司沒回答，他硬是掀開棉被，結果嚇了一跳。

怜司什麼也沒穿。

看到這毫不設防的樣子，利一馬上又把棉被蓋了回去，這時怜司才揉著眼睛，「啊」地大叫一聲。

「爸……你回來啦。」

「你怎麼這樣進家門？」

怜司微微睜開眼，馬上又用手臂遮住眼睛。他的手臂看起來既長又健壯，不過動作卻像個孩子一樣。

一時也解釋不清楚啦。怜司背向著利一。

「快來不及了啊。」

「什麼來不及？」

「所以一時說不清楚嘛。上面跟下面都快來不及了……到極限了。本來以為自己不行了。但是我又想，反正都得清理，泥巴可能還比較好清理，所以就直接穿著鞋衝進廁所……你不用擔心啦。」

還是趕上了。怜司小聲說著，然後又鑽進棉被裡。

「不會在外面解決嗎？」

也對。聲音悶在棉被裡。

「因為我喝醉了嘛……而且醒來之後還要清理外面，也挺麻煩的。」

「什麼叫我喝醉了，你……鞋子呢？」

「鞋子？現在沒有穿啊。」

利一聽到走廊上傳來聲響，轉過頭去，志穗手裡拿著行動電話，正怯生生地窺探房中。她向利一示意，問他要不要報警，利一搖搖頭，她又走了回去。

怜司大大地伸了個懶腰，從棉被裡探出頭來，坐起上半身。

謝謝。他說。

「謝什麼？」

「棉被啊……謝謝。我回到自己房間，發現裡面放著一堆布和縫紉機，根本沒地方睡，那是什麼啊？」

「是彩菜的副業。」

彩菜在新潟賣衣服，最近一到假日就會回美越用縫紉機縫東西。聽說她在網上接單賣衣服，生意還不錯。

「叫她拿走啦。」

「不會自己去說嗎？」

也對。怜司又說：「早餐……」

「本來想等你回來的，不好意思我自己先吃了。剛剛起來上廁所，飯剛好煮好，味道實在太香。一聞到那味道就讓我覺得真的已經回家了，不管三七二十一就扒了起來，我們家的白米飯不用配湯也一樣好吃。我……」

怜司稍微吸了吸鼻子。

「本來以為你不會讓我進門。其實就算爸你不想理我，我也沒什麼好說的。但是……總之謝謝啦。」

聽到他這番話，利一想起昨天晚上怜司曾經傳來訊息。不過他發現時已經是清晨，並沒有回撥，現在想想，好像也一直沒時間看他的訊息。

也沒什麼……利一含糊地說著，環顧室內。

大概因為防雨門還關著吧，房間裡看起來還像夜晚一樣。

「對了……你幹嘛不穿衣服？」

「我最近都全裸睡覺。」

「全裸？」

對啊，全裸著睡。

「內褲鬆緊帶那裡會起疹子，等一下……我穿個衣服。」

衣服在哪啊？他碎念著，在枕邊翻找，從棉被裡爬了出來。一看到他的背，利一忍不住倒吸了一口氣。

怜司背後一直到腰際的皮膚一片紅腫潰爛，腰部附近有好幾條滲血痕跡，嚴重的地方還沾著血和膿，大概是用指甲去抓過。

「喂，你這是怎麼了？」

「我剛不是說過，起疹子啊。」

這疹子也未免太嚴重。他正想開口，怜司依然背向他，輕輕把手放在腰間。

「不好意思。可能弄髒床單了。」

「那無所謂。」

「床單睡起來很舒服呢。我最近睡得不太好，已經很久沒睡得這麼沉了。」

知道了。利一從喉嚨深處擠出聲音。

「別再找了。你繼續睡吧。」

利一把散落在房間各處的衣服收集起來放在他床邊，離開了客房。

關上紙門，看到志穗擔心地站在走廊上。

利一靜靜合掌，臉上寫滿歉意。

志穗有短短一瞬間露出寂寞的表情，但馬上又將食指抵在唇上，指了指玄關。

她似乎打算暫且先安靜地離開。

利一再次合掌，對她低下頭。在這個狀況下把志穗介紹給怜司也未免太尷尬，他跟在志穗身後走著，打算先帶她到附近的餐廳。

志穗躡手躡腳走到玄關，拿起行李箱，她手伸向拉門，又突然轉過身來。

他發現志穗臉上一陣困惑，也循著視線望去。身穿咖啡色毛衣的怜司，正靜靜站在陰暗走廊的後方。

原來是這樣啊。怜司垂下眼，別過頭去。

「也對，仔細想想……那些怎麼可能是為了我準備的。」

對不起。怜司小聲說著，又離開了走廊。

突來的狀況讓利一不知該說什麼才好。

轉過頭看看志穗，她已經拿下裝飾在頭髮上的花，輕輕放進口袋。

兩個星期之後的某個晚上，利一在東京的客運公司小睡室裡嘆著氣。看看放在枕邊的行動電話螢幕，沒有任何訊息。

他慢慢起身，走出小睡室。走在前方的兩個人正用他聽不慣的方言聊著，看來正要去洗澡。

東京這間客運公司跟日本各地的公司共同經營許多高速巴士班次，在練馬附近這個擁有大型車庫的營運站中，聚集了來自全國各地的駕駛和巴士。

營運站的一角備有讓這些人休息的浴室和小睡室，另外還有分配給每間公司的休息室，司機們都會在這裡休息，做好準備迎接下一趟行程。

打開白鳥交通的休息室房門，沒有其他人在。

脱掉鞋，爬上榻榻米，利一靠在牆邊又看了一次行動電話。

本來想傳訊息給志穗，但又打住。

該寫什麼才好？腦子裡一點主意都沒有。

他又嘆了口氣，回想起兩星期前的尷尬場面。

那一天，志穗和怜司撞見之後，兩人狼狽地離家，先來到白鳥停棲地看看。

但是並沒有看見鳥。

他們心想白鳥可能去找食物了，便在附近慢慢散步，不過因為天氣冷，再加上剛剛的尷尬氣氛，對話一直熱絡不起來。到最後兩人都不說話，只是把手插在口袋裡沉默地看著河。

漸漸覺得有點冷，兩人後來進了餐廳，但是志穗依然不太開口。

離開店後，利一自己有些倦意，心想志穗應該也累了。原本打算到車站前的商務旅館。但是實在太沒情調了。

不過一大清早的，要進國道旁專做情侶生意的賓館又很難為情。他開著車，心裡還在猶豫，身邊低著頭看行動電話的志穗突然開口，說要回東京。

他試著挽留，不過志穗很堅持，她說你兒子的樣子看起來不太尋常，還是早點回去問清楚狀況比較好。

利一嘴上說，只是宿醉而已。不過兒子突然回老家，他確實也很擔心。

他還在猶豫不決，志穗已經透過手機買好了新幹線車票，做好回東京的準備。她說東京還有一些事不放心，得趕回去處理。

利一問是什麼事，她也不說清楚，只堅持很擔心店裡，利一只好送她到燕三條車站。在那之後，不管打電話或者傳訊息過去，志穗的反應都很冷淡。

心裡雖然掛念，不過接下來連續幾趟跑的都是其他都市的路線，今天終於輪到來東京的工作。早上七點從新潟出發，到達東京時剛過正午。

之後還要負責晚上十一點半的班次，在出發前兩個小時為止都是自由時間。下午兩點多，他來到志穗的店裡，順便吃午餐。

志穗的店在西武新宿線車站附近，是商店街偏僻角落一棟二層樓建築的一樓，店門口那扇嵌著玻璃的朱紅色大門相當醒目。

打開門後是高了一階的地板，黑色木頭地板上設置著L型吧檯。志穗母親曾笑著說，因為她直接沿用前一手租客的酒店裝潢，這間主打有機栽培和無添加食材的小餐館才會有這種妖豔風格的裝潢。

店名取自她的姓氏「古井」再略作修改，叫「居古井」。母親過世後，志穗一個人住在樓上。來到店裡，門上還掛著「準備中」的牌子。

他有些猶豫，不過還是推開了門。志穗正在吧檯裡收拾，平常一進門總是能馬上看到她開朗的笑容，但今天的志穗卻一臉沉重。

利一為上次的事道了歉，把買來的點心放在吧檯上，志穗寂然一笑。

「只要一有事，你就會提著竹葉糰子過來呢。」

「因為妳說過妳喜歡。」

「我是喜歡。」

志穗伸手拿過糰子，開始剝開竹葉。

「我是喜歡這種香味沒錯。」

「這很新鮮喔，直接從產地送過來的。」

志穗淡淡地笑了，但表情還是很凝重。

「怎麼了？」

沒什麼。志穗吃完了糰子，馬上端出一份今日特餐。平常這個時間來，志穗總是會坐在利一身邊吃自己的午餐，不過今天她卻回到吧檯裡，背向著利一。

怎麼了？利一又問。「店裡的電力啊……」她說道。

「最近店裡很多地方都出問題了，前一陣子是下水道……。不好意思，在你吃飯的時候說這些。現在輪到冰箱有點狀況，我在找水電行的名片。」

是嗎。說完後，利一安靜地動著筷子。如果在美栽，自己說不定能幫上忙，但是這附近沒有熟識的人。

「我以為妳還在生氣呢。」

什麼？志穗問，伸手去拿茶壺。

「上次的事，我沒安排妥當。」

我沒生氣。志穗的聲音聽來有些彆扭。

「真的嗎？可是妳一直都不說話啊。」

「不能說生氣，只是覺得很難為情。」

「難為情？」

志穗拿起煮水的鐵壺。熱水倒進茶壺裡的聲音聽來很悅耳。

「我那天很開心，太興高采烈了。還在頭上別了花飾，穿起可愛洋裝裝年輕。但是看在真正的年輕人眼裡，都快四十的我，那身裝扮一定很不堪吧。」

「很適合妳啊。」

「你兒子看我的眼光很冰冷。」

再說。志穗把茶放在吧檯上。

「利一也沒有跟你兒子介紹我啊。」

「那是因為時機問題。那時候……」

不要緊的。志穗打斷他。

「其實沒關係。但我一想到自己那身裝扮就好難為情，實在興奮過頭了，不禁愈想愈沮喪。」

「下次……」

本來想說，下次我一定好好向他介紹妳，但這「下次」他卻遲遲說不出口。

喝完茶後志穗指著二樓：「你先去休息吧。」

來居古井時，吃完飯後他總是上二樓小睡。平常這時候志穗也會一起上去休息，直到開始準備晚餐為止，但她今天卻很冷淡。

總覺得待得很不自在，利一說要先走，離開了店裡。接著他回到營運站，進了小睡室。

那是六小時前的事了。

靠在休息室床邊交抱雙手，利一嘆了口氣。

「咦？」

一聲洪亮的招呼，白鳥交通的司機佐藤孝弘走進休息室。毛巾掛在脖子上的長谷川巖跟在他身後。

佐藤脱掉鞋，來到利一眼前。

「利一啊，你現在連嘆氣都是桃色的呢。」

「桃色？」

佐藤打量著利一的臉。他大概剛洗完澡，全身散發著肥皂香。

女難。佐藤慎重其事地說出這兩個字，深深點頭。

「利一，我看見你身上的女難之相。」

「你在說什麼啊。」

「女難嘛，就是女人帶來的災難。算命嘛，難免時準時不準……」

「別說了，我等一下要開女性專用車呢。」

不不不。佐藤搖搖頭。

「我不是說工作上的事。我總覺得自從你上次跑過東京的車班後，身邊就有一股輕飄飄的桃色氣息。可別想瞞過我的眼睛。」

今年快滿五十五的佐藤，興趣是看手相和面相，被他那對炯炯有神的大眼珠一瞪，不準也覺得準了。

可是他特別指定自上次深夜班次之後的這段時間，未免把時間範圍限縮得太小了。

對，我看到了！佐藤閉上眼。

「我看到一個戴著白花、像新娘一樣的姑娘。眼睛滴溜溜地轉，像狸貓一樣的美女。」

「狸貓？」

「要說像狐狸還是狸貓，我覺得比較像狸貓。不過我自己比較喜歡狐狸那一型的啦。啊，跟我的喜好無關是吧。」

「我們沒有在討論烏龍麵[2]吧？」

「欸，利一你也真是的。」

「你看到了？」

嗯。佐藤老實地點頭。

「大概兩星期前吧？大山說看到阿利放假那天到車站載了一個看起來呆呆萌萌的姑娘，那個時間巴士剛好開到車站呢。」

他口中的大山是白鳥交通專開固定路線的巴士司機。

當時好像確實在車站跟巴士錯身而過。

「然後那個姑娘跟利一在國道邊的餐廳裡，和樂融融地喝著早餐咖啡……」

「這消息又是哪裡來的？」

「畢竟是小地方嘛，你這高個子跟美女的組合，大家怎麼可能沒注意到。你還真行哪，是東京的這個吧？」

佐藤竊笑著豎起小指。

「饒了我吧。」

「每次到東京你都很少在這裡睡啊。」

「我有啊。」

「就一下子而已嘛，我看基本上都在她那裡吧？」

話雖如此，但一時間也不知該怎麼回答，這時房間一角悄然傳來一聲蒼勁的：「女難。」

是把毛巾掛在脖子上、手裡拿著岩波文庫的長谷川。

他年紀大概不到六十，以前曾經在女校裡教國文，所以大家都稱呼他「老師」。因為喜歡巴士去考了大型車駕照，滿五十歲時轉行當從小嚮往的司機，也是個怪人。

女難。長谷川吟詩般地說著這兩個字。

「……真令人羨慕。要是到我這個年紀，根本成不了災難呢。」

「反正老師有你最愛的巴士啊。」

「說得沒錯。」

長谷川笑著，視線又回到書上。

「怎麼連老師都……」

利一再次嘆了口氣，手錶的鬧鈴開始震動。

「差不多該走了。」

「好好好，女難利一要走囉。」

「佐藤先生，別這樣叫我，本來沒事，災難好像都被你叫來了。」

是是是。佐藤舉起手。

2 狐狸（キツネ，發音為kitsune）和狸貓（タヌキ，發音為tanuki）皆為日本烏龍麵的種類。

「今天晚上也小心開車啊。」

營運站車庫裡有四輛巴士開始啟動引擎。利一的車領在最前面，慢慢駛出。

不管有多少人預約，最後一班深夜巴士一定會出兩輛車。其中一輛僅限女性乘客搭乘。

今天晚上前往新潟的乘客很多，總共出了四輛車。女性專用的一號車走在前面，後面接著其他三輛男女混合的巴士。

從營運站開上馬路，路上很擁擠。

他謹慎地插入車陣中，然後加快速度。巴士的前車窗比卡車更大，行駛時前方的景色迎面撲來，又馬上流到後方。

眼前這不斷接近的景色中，有一條路可以通往志穗住的地方。

利一望了那條路一眼，又馬上看向前方。

之所以沒再開口約志穗，是因為他滿腦子都在操心怜司。

看來怜司很久以前就辭職了。之後一直想找新工作，但始終沒有找到理想的。

怜司說，在東京光是呼吸都得花錢。

如果老家就在東京，還能耐心慢慢找，但是客居的外地人可沒辦法一直這樣找工作。他有一段時間靠存款過活，但是上個月接到公寓更新租約的請款書，需要兩個月份的租金，他付不出錢，只好回家來。

利一問家具怎麼處理，他說現暫放在租來的倉庫裡。

「很多東西都丟了，只保留最低限度必要的東西。」

「那你還要再回東京嗎？」

不知道。怜司隨口應道。

利一問他是不是想回老家找工作，他也沒回答，後來他漸漸把占據自己房間的彩菜工作用具搬到倉庫，一直關在二樓房間裡足不出戶。

至於彩菜，之前明明說考慮要結婚，不過看起來卻沒有很開心。她偶爾回美越來，卻只是在倉庫裡專心踩著縫紉機。上次提過的聚餐，後來再也沒消沒息。

車子接近池袋，人潮也開始變多。

快步前往車站的人群中，也有不少人看似剛結束聚餐，臉上洋溢著喜悅。

池袋的高速巴士車站就在面對JR池袋車站的大馬路上，前往全國各地的長程巴士就從這裡出發。

開往金澤的巴士出發離站後，利一緊跟著進了車站，今晚也有很多人坐在長凳上等車。

停好巴士打開車門。女性乘客魚貫上車。

利一回收著乘客亮出的車票，同時在名單上做記號。大部分座位很快就坐滿了，不過看看名單，還有兩個乘客沒上車，AIKAWA MAYUMI和KAGAMI YUKI。

他告知在站內整頓秩序的負責人，試著廣播兩人的名字，但她們都遲遲沒出現。

就在他打算關上車門出發時，一個拉著黑色登機箱的少年跑過來，用身體把門推開。

「等一下！對不起，還有一個……還有一個人要搭車。」

「這輛是女性專用車，男性乘客請搭後面的巴士。」

不是啦。少年氣喘吁吁地說。

「不是、不是我。我母親正跑過來，她馬上就到。行李、我先去放行李。」

少年再三要求利一等待，然後把登機箱拿到行李廂去放。

既然已經被叫住，總不能裝作沒看見，利一伸手去拿已經收好的名單。

這時一陣微微的花香味傳來，還有女人的聲音。

「對不起，我遲到了，我是加賀（KAGA）。」

加賀？利一重複了一次，翻開名單。

現在在等的是 AIKAWA MAYUMI 和 KAGAMI YUKI 這兩位。

「這裡沒看到您的名字呢。」

會不會是下一班巴士的乘客？利一抬起頭來，忍不住倒吸了一口氣。

是美雪。

看起來比分手的時候又嬌小了一圈，不過應該是她沒錯。

媽！媽！美雪身後，那個少年大喊著。

行李我已經放在下面囉——

❖

——行李我已經放在下面囉。

「知道了，謝謝啊。」

相川真由美對兒子叫著，一邊衝過人群跑在池袋的人行道上。

她背後的背包劇烈搖晃著，腳步也蹣跚不穩。

在這裡！兒子仁志站在高速巴士前對她揮手。

「妳直接上車就行，行李我已經放進去了，上車吧。」

好！她幾乎要撲倒般踉踉蹌蹌地爬上巴士階梯，看到一個身材纖細的女人正低著頭站在司機身旁。

正看著名單的司機抬起頭來，轉向這裡。

司機的眼神朝向兒子，看來有些困惑又有些擔憂。

真由美忍不住叫道：「對不起！」

「我是相川，相川真由美（AIKAWA MAYUMI）。剛剛搞錯車站出口，跟我兒子走到另一頭去了，真的很對不起。」

司機輕輕點點頭，在名單上做了記號，那女人走進走道。

「咦？怎麼，原來還來得及嘛。仁志，太好了，還有其他客人呢，仁志！」

兒子害羞地揮揮手，離開了巴士。

相川小姐。司機接過車票，看著車門外。

「那是妳兒子嗎？」

「是啊，給您添麻煩了。這裡我人生地不熟的。」

司機在名單上做了記號，抬起頭來。

他說，馬上要開車了，請快點就座。

她連忙走進車內，剛剛那女人走在自己前面。

那女人用髮夾把長長的頭髮固定起來，從外套領口露出的後頸又細又白。女人一動，就會散發一股淡淡的甜香。她心想，東京的人真會打扮。

但是這個瞬間她轉念又想，既然會搭上這輛巴士，很可能是同鄉，說不定跟自己沒什麼兩樣。選擇搭高速巴士而沒搭新幹線回鄉，多半是為了節省旅費或時間，或者是趕不上最後一班新幹線。不過如果手頭寬裕，應該會選擇在飯店住一晚，搭隔天首班車吧。

前面那女人似乎聽到了自己的心聲，她轉過頭來。雪白的小臉上掛著一對晶瑩的黑眼珠。這個人長得真有味道，她忍不住打量了起來，對方再次低下頭，繼續往前走。

巴士坐滿了從老到少的各種女人，只有兩個座位還空著。剛剛那個瘦弱的女人坐在最後面的座位，真由美坐在剩下的最後一個窗邊座位。窗簾已經被拉上，她鑽進窗簾裡看著窗外。

背著背包的兒子站在巴士旁。她對兒子揮揮手，兒子也不好意思地揮揮手。

她看著兒子。長得真大了。

剛出生的時候他還放在保溫箱裡，現在已經能一個人站在東京的馬路上了。

揮著手的兒子，有一瞬間低下頭，但又馬上抬起頭來。

不用低頭。

真由美看著兒子。

你想要的東西，只有這裡才能找到吧。

兩天前她跟即將到東京上大學的兒子一起從新潟來到東京。這是兒子第一次離家，去程兩人一起搭了新幹線。但是回程只有她一個人，她說，搭高速巴士就行了。

聽到她這麼說，兒子皺著臉。

「也沒差太多吧？來回票確實便宜很多，但只有回程的話，只差了四、五千圓啊。」

這四、五千日圓可不得了。有了這些錢就能買伴手禮回去給點心工廠的同事了。但是她只笑著回答兒子：

「新幹線最後一班是九點多，巴士十一點半才發車。這樣我有多一點時間能跟你在一起。」

兒子又皺起臉來。妳要學會放手啦。

我會的。

真由美在心裡叫著兒子。

所以我才一個人回去啊。

巴士的引擎發動，駛出車站。兒子追在後面，又停了下來，嘴裡不知在說什麼。她聽不到兒子說話的聲音，只能擠出最大的笑容對他揮手。但是等到看不見兒子身影，手頓時頹然落在自己膝頭。

巴士穿梭在燦爛耀眼的建築物中，就像行駛在谷底一樣，不過這谷底看起來卻如此明亮。

一個女人家把兒子養大，聽到兒子說想去東京上大學的時候，她問：新潟縣內的大學不行嗎？她又說，最好別上私立大學，選個能從家裡通勤的公立大學就好了。兒子聽了什麼也沒說。

又過了一陣子，兒子說，還是想上東京的私立大學。

他說，無論如何都想進那間學校。

入學考試所費不貲，所以他不再考其他學校。兒子篤定地說，萬一第一志願沒考上就去找工作，而他也如願在今年春天成為理想的大學新生。

爭氣的兒子讓她好驕傲，好想向人炫耀。但同時心裡又滿是惆悵。都是自己的無力，才逼這孩子得做出破釜沉舟的決定。

真由美靠在窗上，看著窗外流動的風景。東京的街上有著永遠閃耀的光線，來往的行人看起來都是那麼的幸福、富裕。

上個月兩人也一起搭新幹線到東京來找住處。往郊外還能找到不錯的房子，不過兒子卻挑了間接近新宿的破舊公寓。

他說，先前到東京的高中學長告訴他，住在靠近市中心打工比較方便。她聽了罵道，你不是來這裡打工，是來大學念書的。兒子聽了沒回話。

說完之後她也後悔了。她很清楚，光靠自己給的生活費，根本無法負擔東京的生活。

找到的住處附近還留有舊式商店街，看來生活機能很不錯。昨天整理好搬家行李後，兩人外出購買日用品。平常不太說話的兒子問起許多生活小細節。

這讓她很高興，買浴室用具時她嘮叨地叮嚀兒子要常洗，挑選廁所馬桶刷時，告訴兒子得經常打掃，兒子開始不高興，說妳講那麼多誰記得住啦。

兒子還要她講話小聲一點。她也生氣起來，故意大聲說話。回程時，兒子看著這附近的地圖，走得離她有些遠。

她抱著日用品走在兒子身後。

但是，這也無所謂。

這孩子即將要在這裡生活下去，兒子走在前面，自己就能放心地看著他，看著兒子長大成人的背影，看著他在這個地方生活的樣子。

巴士順暢地行駛著，在林立的大樓中，也能看見夾雜其中的公寓。真由美仰頭望著，心想，在都市公寓裡生活不知道是什麼感覺。一想到每一盞照明下都有著各自不同的生活，就覺得好不可思議。

兒子租的房子是被大華廈包夾的小木造公寓一樓，只有早上的短短時段曬得到太陽。她想盡辦法讓這間陰暗的房間能舒適一點，東忙西忙，不知不覺就到了該回新潟的這天。她向兒子提議，東京最後一頓晚餐，到外面去吃點好吃的吧。

兒子馬上上網查到一間便宜又好吃的義大利餐廳，兩個人來到新宿。但是這裡地方大、人又多，根本找不到要去的店在哪個方向。

他們在車站附近走了好幾圈，最後找了一家感覺平易近人的印度咖哩。大概是累了吧，兒子低著頭默默吃東西。一想到這是最後的晚上，她就覺得好心酸。這咖哩真好吃。她笑著對兒子說。

「烤餅也很有嚼勁呢，咦？這咖哩裡面有葡萄乾呢！仁志，你也吃吃看這個口味。」

她要兒子別客氣，吃一口看看。兒子抬起頭來對她說：「媽……妳不要那麼大聲地說咖哩、咖哩啦！」

「為什麼？」

「妳說話的腔調東京人聽起來像是在說鰈魚[3]。」

有什麼奇怪的嗎？她問。兒子嘟囔著說，聽起來有鄉下口音。

3 咖哩（Karê）和鰈魚（Karei）發音相同，但重音位置略有不同。

「咖哩?應該沒什麼口音吧，就算有口音有什麼好害臊的，哪裡丟臉了?你怎麼突然擺出都會男孩的架子啊。」

「什麼都會男孩啦?不要那麼大聲。」

「嫌我大聲，我講話聲音本來就這樣。都會男孩就是在都市裡生活的男孩子啊?你都已經是大學生了，怎麼連這個都不知道。傻子。」

不該說得那麼過分的。

為了怕輸給這個城市的威力，自己確實說過頭了。

大概是太累，睡意漸漸深濃。真由美鑽出窗簾，躺進可調式座椅裡。

剛閉上眼睛巴士就開始加速，大概是開上了高速公路吧。

一股淡淡香氣掠過鼻尖，真由美睜開眼睛。

女人們在亮著小燈的走道上來來去去，巴士停下來了。

望向前方，那個高個子司機正看著乘客座位數人頭，接著他回到駕駛座，巴士再次開動。

剛剛應該是在休息站暫停過。

她把頭鑽進遮光窗簾裡，看著窗外。

隱約覺得大概走在山裡，但外面一片漆黑，什麼也看不見。只有高速公路旁一盞接一盞陸續照下的路燈，顯得有些刺眼。

以前聽說人生走到最後，回憶會像走馬燈一樣迅速在眼前跑過。所謂的走馬燈，到底是什麼樣的東西呢?

她仰望著外面的燈光，想起自己的丈夫。

她跟丈夫因辦公室戀情而結婚，兒子六歲時兩人離婚了。剛開始對方還會定期支付扶養費，但等到丈夫再婚後金額就減少了。

後來，他的新家庭接連生了兩個女兒，第三個是兒子。她輾轉聽說，對方一心想要兒子，很努力做人。她聽了莫名生出一股怒火，主動告訴前夫不要扶養費了。

但是……她低下頭來，鼻腔裡一陣酸楚。

當初是不是不該逞一時之快，應該替兒子和他父親維繫好關係呢？

如果現在丈夫多少能幫點忙，說不定兒子就能租到一間照得到太陽的房間。

巴士行駛在黑暗中，外面的燈光像閃光燈一樣接連照過來。真由美緊咬著牙關，仰望那燈光。走馬燈。她在心裡暗想。不知道那是什麼樣的東西，大概就像看快轉錄影帶一樣吧。

我才不會哭呢。我一點也不後悔。

就算那個男人心中已經忘了第一個兒子的存在，對自己來說，這孩子還是她的一切。

閉上眼睛，回想起兒子背著後背包的身影。

離開新宿的咖哩店後，距離巴士出發還有一點時間，兩人一起去看了東京晴空塔。

晚上的電車很擠，車門一開就有大批人湧進來。兒子背向自己、使勁踩穩腳步，深怕母親被推擠，但人潮逐漸增加。映在電車玻璃窗上的母子倆，看起來就像小小的蟲子一樣，彷彿一個不留神，就會被沖散。

她的臉頰抵著巴士車窗，微微睜開眼睛。

兒子以後就要在那茫茫人海中生活。

他能交到朋友嗎？在都市裡的生活會不會讓他不自在？

或者他馬上就會習慣，從今以後一直住在東京？

說不定……他再也不會回來了。

或許兩人再也無法一起生活了。

想到這裡，巴士剛好從主線車道開進外車道。巴士安靜地停下來，前兩排的女人站起來，下了巴士。

看看外面，有個還留有殘雪的小候車室。候車室裡貼有時刻表，這裡應該是高速巴士的車站之一吧。

巴士再次開動，時鐘顯示是凌晨三點。

在那之後，巴士又安靜地停了幾次，每次停車，都有幾個女人下車。

這麼晚了，大家要怎麼回家呢？

從巴士的車窗往外看，有個看來比自己年長的女人，隻身拉著登機箱走著。她的手裡拿著一個畫有晴空塔的袋子。

自己也買了同樣的東西給同事當伴手禮。

她又看向車裡。

昏暗的光線中，將近三十個女人在巴士座位上入睡。

大家半斤八兩、都一樣。

她又閉上眼睛。

一個女人，揮著螳螂般的細瘦手臂，奮力掙扎。

大家一定都一樣，每天都在努力拚搏。

我才不會哭呢。

真由美用手遮住臉，深深吐了一口氣。

巴士溫柔地、安靜地行駛著。

好像不知不覺中睡著了。聽到周圍的喧譁，她睜開眼睛，巴士停車的次數也頻繁起來。

車輛進入新潟市內，再過兩站就是終點萬代巴士總站了。

剛剛睡著了沒發現，不過途中好像發生了點意外，車子有一段時間無法動彈。現在司機正在廣播，為延遲到達而致歉。

下了巴士，外面已經一片光亮。

終點的巴士站在一棟大樓的一樓，搭上從這裡出發的路線巴士，大約一個小時左右就能到家。

她已經事先報備過，下午才會到點心工廠上班，這時間想先找個地方吃早餐。

她問幫忙拿出行李的司機，附近有沒有能吃飯的地方，對方回答巴士總站裡有咖啡廳和立食蕎麥麵。

「不過可能還沒開吧……」

司機看著手錶説道。

「那家蕎麥麵的咖哩也很有名。大家都叫它『巴士總站的咖哩』……」

司機説起話來不帶口音，只有咖哩這兩個字讓她聽來很熟悉。她忍不住問：

「司機先生是這裡的人嗎？」

「是啊，我是白鳥交通的。」

「啊，是嗎。你是白鳥的啊，難怪會說咖哩。我兒子說這種唸法聽起來很像在講鰈魚，可是咖哩就是咖哩嘛。」

高個子的司機微笑著，點點頭。

司機介紹的蕎麥麵店還在整理，正把立食用的桌子搬到店門前。

大概是自己看起來很餓吧，對方說如果不介意吃咖哩，馬上就能出菜。

一看到端出的咖哩，淚水就湧了出來。

像檸檬般的黃色濃稠咖哩醬，很像小時候媽媽做的咖哩。

「這是金牌……」

以前只要在學校裡受到誇獎，媽媽就會用麵粉和咖哩粉炒出這種金黃色的咖哩，說這是金牌的咖哩。

淚水一流出來，剛剛一路強忍的情緒也隨之迸發，她忍不住嗚咽了起來。

我很努力喔，媽。

但是……。真由美開始對過世的母親說著話。

我又是一個人了。

行動電話響了。

是兒子打來的。兒子問她，平安到達了嗎？

他說，因為遲遲沒到，所以有點擔心。

她告訴兒子路上有點塞，才剛到站，兒子擔心地說：「妳的聲音聽起來有點奇怪。」

她藉口訊號不良，擦掉眼淚。兒子拜託她，下次寄零食過去。他要一箱她們工廠做的零食。

「零食？你是說上面有女孩插畫的那個嗎？你喜歡吃那種東西啊？」

「什麼那種東西，那是你們的產品吧？」

「東西當然沒問題啊，可是那個包裝……」

兒子說，那包裝上的插圖是現在很受歡迎的年輕人的漫畫。作者住在新潟，這種點心只有當地才買得到，最近在網路上炒得很紅。

兒子想拿點心當成名片發送給朋友，她答應兒子會寄一箱過去，正要掛斷電話，聽到兒子小聲地說：「對不起。」

下次，妳再來東京的時候，我一定不會迷路。

「還有晚餐，對不起，下次我會帶妳去好一點的店。」

沒關係啦。她回答，擦掉了淚水。

「那間店也不錯啊。」

嗯，可是……

「咖哩，還是媽做的最好吃。」

兒子笑著說，那口音跟鰈魚聽來一模一樣。

吃完金色的咖哩，真由美走出巴士總站，看到高速巴士的車站。

燈光陰暗的建築物裡，前往東京的顯示牌發著亮亮的白光。她停下腳步，仰望那些字。

東京的大學生活。

或許這是我能替你做的最後一件事了吧。

以後，你一定能靠自己的雙手，抓住自己想要的東西。

拉住登機箱的手又加了把勁，真由美往前邁出腳步。

所以，我會拚了命的努力工作。

「還有四年，還有四年。」

一發出聲音，力氣彷彿也從身體深處湧現出來。

走向回家的巴士站，剛好看到前往東京的巴士進站。大大的車體看來真是安心可靠，真由美微笑著。

不知不覺中，淚水已經乾了。

第二章

利一在美越家中的廚房，將晚餐的咖哩裝進盤子裡，看著月曆。

怜司突然退掉東京的公寓回家，已經過了一個半月。

那時還是微涼早春，現在時序進入五月，已經吹起舒爽微風。

從東京回來後，怜司很少外出，總是窩在房裡。但他並沒有完全斷絕對外的交流，打掃、洗衣等家務做得很勤快，也經常說起一些無關緊要的瑣碎小事。

但是一問到他為什麼辭掉工作，他就閉上嘴巴，只是一直重複著，不好意思，請讓我在家裡待一陣子。

之所以不出家門，可能是心理問題吧。

有時候利一想，是不是應該勸他去醫院檢查看看。可是這種事該怎麼開口，確實得小心斟酌。

他把裝了咖哩的盤子放在桌上，朝二樓喊了聲開飯。樓上傳回有氣無力的回應，接著響起了下樓的腳步聲。

利一把裝了水的杯子放在桌上，怜司沮喪地說：怎麼又是咖哩？

「昨天吃咖哩、今天又是咖哩，我看明天大概……」

「明天我住東京，你愛吃什麼就吃什麼。」

「可是這附近也沒什麼餐廳啊。」
「我的車借你，到車站附近不就有了嗎？」
「開車嗎……」
輕聲嘟囔著，怜司坐在桌前，開始吃起咖哩。
一個人住的時候，利一通常會煮好白飯，配著志穗替他準備的小菜和儲備的調理食品吃。不過自從怜司回來後，這些存糧食材減少得特別快。雖然想抱怨兩句，但是一想到回來那天無意間看到怜司的背，又把話吞了回去。
怜司說，皮膚上那些血痕是內褲鬆緊帶導致的發疹，可是除了腰部附近，幾乎整個背都有搔抓的痕跡，看起來不像單純的疹子。
他好像也去看了醫生，醫生說，原因在於失業的壓力和生活習慣。既然這樣，更應該盡快找個工作，好好注意自己的飲食生活，不過現在看起來這兩項都沒什麼著落。
實在令人著急。但他禁不住回想起怜司企圖遮掩背後的動作。
儘管是父母，也有不能跨越的界線。
利一心想，至少假日時替兒子做些對身體好的菜吧，但是他會的也沒幾道。再說，難得的假日要忙著張羅吃的，也挺麻煩。到頭來，每逢假日家裡都是大鍋咖哩、燉牛肉或者馬鈴薯燉肉這些菜色。
怜司把筷子伸向福神醬菜。
「爸，有時候啊……」
「什麼？」

「有時候家裡會有很好吃的小菜，那是哪裡買來的啊？上次不是有燉竹筍嗎？還有那個吃起來很鬆軟的……叫什麼啊？小芋頭可樂餅？那些在哪裡賣的？」

「哪裡都沒賣。」

「是你做的？」

「怎麼可能。」

「那是從哪裡來的？」

利一沉默地指著冰箱。

冰箱門上總是貼著當月的班表。

白鳥交通的司機結束關西方向的深夜巴士勤務之後會有兩天休假。休假結束後，多半輪到前往東京的班次。

「休假結束後的那四天，有兩趟來回東京的班次，之後再休假。從東京回來後，我們家的餐桌就會熱鬧起來。」

喔，原來如此。怜司低聲說道。

「所以是那個人替你準備的小菜，原來她是東京人啊。」

怜司一不說話，餐桌就變得很安靜，只剩下自己的咀嚼聲聽起來格外響亮。聽著這聲音，利一突然覺得，已經厭倦繼續這樣小心翼翼地對待怜司了。

他到底要在家裡待多久？到底有什麼打算？

怜司。他叫道，兒子抬起頭。剛剛雖然發過牢騷，現在他還是津津有味地扒著咖哩。

「我問你，你到底想做什麼？」

沒有啊。怜司回答。

「我到底想做什麼呢？不做點什麼不行嗎？也對，應該是不行啦。」

「你該不會是想，繼續留在東京……的研究所裡吧？是不是還想再往上念？」

「其實也不是啦。」

怜司點點頭，像在討論別人的事一樣。

「早知如此，當初應該選醫學或藥學系，至少可以學到一技之長。但是那些系裡的實驗很可怕啊，我不行的啦。殺魚我也不行。那些實驗動物……光看我都受不了，更別說是人了，所以我不可能念醫學院的啦。」

「不要一直說不行不行，聽得我都覺得可悲。」

「我也覺得很可悲。」

怜司把福神醬菜送進嘴裡。

「再說，這些事你應該進大學前就想好吧。讓我替你付了六年學費，現在才講什麼醫學院，又有什麼用？」

「說得也對。」

「怎麼說得事不關己的樣子。」

可是。怜司站起來，在流理台前伸手去拿茶壺。

「我剛剛其實是想說我不可能念醫學院的啦，又不是說現在還想去念。」

「你現在說這些又……」

氣急敗壞之下，利一的聲音都啞了。

「又有什麼用？」

怜司將熱水裝進茶壺裡，他那背影輕輕搖晃，看來好像在笑。

「爸，你以前不太說話的，沒想到你話還挺多的嘛！」

怜司將兩人的茶杯輕輕放在桌上。

「是因為那個人的關係嗎？」

「你說誰？」

小菜小姐，怜司帶著奇妙的韻律說出這幾個字。

「別給人家取奇怪的名字。」

那個人啊。怜司喝了一口茶。

「該怎麼形容好呢？有種圓滾滾的感覺，很可愛。」

「聽不懂你在說什麼。」

利一想結束這個話題，故意這麼說。

「我是說感覺啦。」怜司笑著說。

「就像松鼠一樣，圓滾滾的，那是你朋友嗎？還是女朋友？她拿了好多行李……爸，你是為了她才煮飯的吧？還買了新的碗，我後來仔細看看，碗跟茶杯還是成對的……上面有兔子圖案。不好意思啊，我什麼也沒多想就拿起來吃了，而且用起來還挺順手的，這個茶杯我現在還繼續在用。」

我知道。利一帶著苦澀的心思喝下那口茶。可愛白兔子的臉龐從怜司指間露出來。

「反正她應該不會想用我用過的東西吧，但是總覺得……對她很不好意思。她叫什麼名字？」

「叫什麼名字都無所謂吧。」

喔。怜司冷冷地笑起來。

「無所謂嗎？所以她是個無所謂的人？所以那時候你才沒介紹給我？爸，你怎麼這麼冷酷？都替人家準備兔子的碗了。」

「別囉唆。」

「一講到你的事情就這樣，那我的事情你也別管。」

怜司站起來，往盤子裡盛了些飯。

「吃我那麼多飯還這個態度。」

「那不要再添就可以說了嗎？」

「不是這個問題吧！」

怜司撿著飯勺上沾的飯粒，說道：

「我每天在家打掃，也替你洗了衣服吧？還有浴室和廁所我也天天清洗。」

「那是因為你在意家裡的塵埃吧？」

「才不是呢。」

怜司低下頭來，把咖哩澆在飯上。

「才不是因為過敏的關係。不過這裡的水跟我的皮膚還蠻合的，現在狀況好多了。」

「原因到底出在哪裡？如果是壓力的話，沒有解決壓力就無法根治。就算現在好一點，以後還是一樣會發作。」

那個女生。怜司打斷了他。

這意思就好像在說，我不想聽你說教一樣。

「你聽我說，怜司。」

「她……是個很好的女孩子。那時候她一臉悲傷地站在你後面。站在爸你看不見的地方。」

「你到底想說什麼？」

就跟媽一樣。怜司說。

「媽離家之前也經常盯著你的背影，露出那種表情。」

「所以你到底想說什麼？」

所以。怜司不耐地說。

「我想說，一直在重蹈覆轍的可不只我一個人。」

他把湯匙戳進飯裡，說要在樓上吃。

「廚房我會清理，碗盤你就放著吧。」

這話等於在告訴他，別多問了。利一沒再說話。

怜司上了樓梯，樓上傳來用力關上紙門的聲音。

利一拿著喝了一半的茶杯，走向客廳。

打開電視，坐在椅子上，接著他抬頭看看天花板。

怜司好像沒有要下樓的意思。

眼裡看著電視新聞的畫面，想起怜司剛剛的話。

怜司說，志穗當時的表情跟離家前的美雪非常相似。盯著自己背影的美雪，還有志穗，到底是什麼表情？

更讓他意外的是，一想到以往很少提起母親的怜司，原來是用這種眼光在看當時的父母親，這份冷靜讓利一覺得很可怕。

他伸手去拿茶杯，茶已經冷透了。

指尖傳來瓷器的觸感。冰冷的感覺讓他想起一個月前碰觸到美雪手指的記憶。

那天以乘客身分現身的美雪遞出車票，說是買車票時輸錯了自己的名字。他接過車票時，稍微碰觸到美雪的指尖。

只是短短一瞬間，他還是感覺到那指尖冷得像冰，他馬上想起，美雪的手腳總是好冰冷。學生時代，他經常把美雪的手放進自己外套口袋裡，走在夜路上一邊替她暖手。就算戴上手套，美雪的指尖也總是很冰冷，他在口袋裡緊握著指尖溫暖它，美雪會輕輕將身體靠過來，那姿態是那麼可愛。

經過了漫長歲月，彼此青春不再，但是一個月前在陰暗巴士裡看到的美雪，跟以前似乎沒什麼不同。

可能只是自己一廂情願吧。也有可能是看到了幻覺。

利一靠在椅背上，閉起雙眼。

高速巴士的深夜班次為了讓乘客容易入睡，會用窗簾將駕駛座和乘客座位之間隔起來。這麼一來，駕駛座就像個小小單人房一樣，專心開車時會覺得好像只有自己一個人。但是那天他始終覺得美雪就在自己背後，直到終點心情都很不平靜。

巴士開入新潟市內，經過新潟車站前，然後抵達萬代巴士總站。美雪一直搭到終點，但這時來了個客人，問他有沒有能吃早餐的地方，在他回答的時候，美雪已經消失無蹤了。

他並不打算去找美雪說話。

如果對方上前搭話，自己可能也不知所措。畢竟彼此已經是陌路人了。再說，冷靜想想，自己看了名單之後雖然注意到她是誰，但是對美雪來說，自己只是個交談過一、兩句話的司機，或許她根本沒發現這就是十六年前離婚的丈夫。

道理他都知道，但是美雪消失後，他還是有股莫名惆悵，剛剛看到的美雪，會不會只是一場幻影？等到他回營運站整理車內環境時，發現美雪座位附近的地板上，掉了一只珍珠耳環。

利一輕輕睜開眼睛，看著茶具櫃上方。

在車上偶爾會撿到乘客掉落的耳環。大概是睡覺時不小心脫落的。不過撿起這耳環時，他想起一首歌，唱的是分手時故意將珍珠耳環放在男人床下的女人。

美雪不可能玩這種把戲，但他想起學生時期美雪很喜歡松任谷由實的歌，於是又覺得難以放手，總覺得這東西具有某種特別意義。

他站起來，伸手去拿放在茶具櫃上的筆記本。翻開頁面，看著美雪娘家的電話號碼。美雪的父親是大學教授，現在應該還住在新潟市內的校園附近。

離婚之後，他不知道美雪的聯絡方式，但是他在孩子們的開學典禮或畢業典禮時，一定會聯絡美雪娘家。每場儀式美雪都沒有現身，但她父親總是會悄悄前來，在遠處遙遙望著孫子。利一想上前打招呼他就會避開，不過最後發現他時，彩菜總會追上前去跟外公聊幾句。每次都聽說，美雪在東京過得很好，但是彩菜也沒再多說。

利一把筆記本放回茶具櫃，又坐回椅子上。

就算打電話去美雪娘家，又要說什麼呢？最近的自己真的有點怪。

一輛車停在家門前的停車場。刺耳的輪胎摩擦聲響起，應該是緊急煞車。

玄關的拉門打開，一句明亮的「我回來了！」響遍家中，然後是一陣跑過走廊的腳步聲。

利一從客廳紙門探出頭，大聲問道：

「喂，是彩菜嗎？是彩菜回來了嗎？」

對。她洪亮地回應。

「爸，你回來了啦？歡迎回家。」

彩菜的聲音清澈響亮，偶爾會覺得她太吵，不過今天晚上卻很需要她的開朗。

先是奔上樓梯的腳步聲，然後是彩菜的聲音。

「哥，對不起，我要開一下壁櫥。」

這個瞬間響起一聲慘叫。

是怜司的聲音。

——幹嘛啦，為什麼不敲門！

——紙門怎麼敲啊？

爸！怜司大叫。

——爸，這裡有……奇怪的生物！

——怎麼說人家是奇怪的生物，沒禮貌。

彩菜說完後響起一陣遊戲音效聲，聽起來絢麗而熱鬧。

「你們兩個在幹什麼？」

走出客廳，利一從樓梯下仰望二樓。

哥。彩菜叫道。

——彩娘什麼都沒看到，請放心。不用急著藏起你的小東西，請繼續脫光光吃你的咖哩吧，s'il vous plaît。

——在說什麼啦？什麼彩娘啊？

——你真是囉唆呢～我可不准你發問喔。

——誰要妳准了！

打開紙門的聲音響起，她好像拖著什麼東西。

——那我走囉，哥，arigato，à bientôt～[4]

彩菜從伶司的房間裡走出來，看到出現在樓梯上的她，利一不覺倒吸了一口氣。

彩菜戴著附有白色貓耳朵的銀色假髮站在那裡，粉紅色裙子上繫著有荷葉邊的白色圍裙，腰間還插著一根閃閃發亮的棒子，仔細一看，背後還有一對像翅膀的東西。

「妳幹嘛穿成這樣，瘋了嗎？」

才沒瘋呢。彩菜答道，一邊揮舞著插在腰間的棒子，叮鈴噹啷的聲音響起。

「那是什麼？妳是貓、天使，還是外星人？」

「我是魔法師呢～」

「魔法師？」

彩菜在新潟市一間販賣年輕女性服裝的精品店工作，店裡賣的是綴了許多蕾絲和荷葉邊的漆

4 arigato，日文的謝謝之意；à bientôt，法文的再見之意。

黑衣服，說是衣服，更像是演戲用的服裝。店員也會穿著店裡的商品，所以現在利一看到這類衣服已經不大驚訝，不過彩菜今天這身衣服卻不一樣，顏色繽紛得很。

彩菜微笑著從樓梯上走下來，一對黑色大眼珠開心地轉動。

這就是所謂動漫的角色扮演嗎？看著看著自己都難為情了。但是彩菜穿起來並不難看，看她微笑走下樓梯的樣子，還挺像回事。不過她的手裡提著一個繪有唐草圖案的包袱。

「在搞什麼把戲？」

「不是把戲，這是工作呢～」

「工作？什麼工作？妳給我好好說話。」

「是網站的……。對不起，爸，我穿上這套衣服時得融入角色才行，不然有什麼突發狀況會露出馬腳的。所以……」

她抽出手裡的棒子轉了轉，又發出細碎的叮噹聲。

所以什麼？彩菜朝著玄關跑去。

「我現在趕時間，晚點再告訴你呢～」

「晚點是什麼時候？妳還要回來嗎？」

啊啊啊！怜司在二樓大叫著。

「妳……對妳哥做了什麼？」

沒什麼。彩菜拉起白色長靴的拉鍊，再次拎起包袱。

「我只是剛好看到他全裸盤腿坐在地上吃咖哩的樣子而已。」

「他在慘叫呢。」

應該是嚇了一跳吧。彩菜聳了聳肩。

「但是通常這種情況，該慘叫的是彩娘呢～」

「妳上次說的聚餐怎麼了？不是說想讓我見個人嗎？」

嗯。彩菜輕應了一聲，然後又是一陣叮噹聲響起。這次發出聲音的是她的行動電話。

「什麼時候？現在怎麼樣了？對方是什麼人？妳話說了一半就不管……難道有什麼問題嗎？擔心結婚的費用？那妳大可放心，反正妳沒上大學，錢的話……」

彩菜用腳推開拉門，一邊大叫：「對不起喔！」

「爸，彩娘現在真的超趕時間的，現在說這些我也沒辦法回答啦。」

「妳說工作又是什麼？是正經工作嗎？」

「很正經啊，超認真的。所以請讓我先離開吧，**s' il vous plaît**。」

「妳在說什麼？」

「我可不准你發問喔。」

她把食指抵在唇前，輕輕搖了搖，又做出拋出飛吻的動作。那樣子看起來確實很誘惑人。

「那我走了，**arigato，à bientôt**～」

留下這句咒語般的話，彩菜出了家門，接著傳來一陣猛烈發動車子的聲音。

只見了女兒幾分鐘，卻覺得筋疲力盡，利一鎖好玄關門，走向廚房。

他嘆著氣，喝了口水，拿著咖哩盤的怜司走進來。

那垂頭喪氣的樣子，彷彿全身的精力都給吸走了一樣。

「怎麼了？」

「沒什麼……」

怜司嘆了口氣，站在流理台前。

「沒事吧？」

沒事。他輕輕揚了揚手，靜靜開始洗碗盤。

假日結束後的第一趟車是下午四點新潟出發前往東京的班次，出發之前，利一總在兩點就到營運站做好各項準備。

穿好制服、做好準備後，先前往共同營運的新潟市客運公司營運站。在那裡接過當天的乘客名單、辦好手續，再前往起點萬代巴士總站。

下午四點出發的班次到達池袋的預定時間是晚上九點二十分。那天晚上在東京住一夜之後，隔天中午再從池袋出發回新潟。

一路上行駛得很順利，依照預定時間到達了池袋車站，他在練馬營運站的宿舍稍事休息後，前往志穗家。

午夜十二點前來到店裡，志穗已經收拾完店面，正在二樓休息。

兩人跟平常一樣邊看電視邊吃宵夜，志穗把吃完的餐具拿到樓下時，利一鑽進棉被裡。

僵硬的身體漸漸鬆弛。

深深吐出一口氣，他仰望著天花板。

居古井的二樓分別有兩間四坪和兩坪多的房間，以及一間一體成型的衛浴，但並沒有廚房。

這裡本來不是居住用的空間，而是讓酒店員工上班前打點儀容的地方。兩人在一起時，志穗會在這間四坪起居室裡跟他一起睡，不過平常她都睡在後面的兩坪房間。

這裡地方雖小，但沒什麼家具，感覺還蠻寬敞。看女兒彩菜的樣子，本來以為女孩的房間一定會塞滿許多東西，不過志穗的房間很樸素，東西也不多。

他深呼吸了幾次，翻身側躺，看到後面房間的玻璃門沒關緊，從這裡望進門縫，可以看見志穗母親的照片。他覺得不太自在，起身想關上門，剛好看見門框附近掛著兩件黑色和服，看來像是喪服。

這讓他更不舒服，關上了門。但是照片裡志穗的母親笑得很開朗。

自從三十多歲搬回美越後，跟東京的朋友就漸漸疏遠了。只有跟志穗的母親還持續寄賀年卡互相問候。後來新潟發生了大災害，志穗的母親很擔心，馬上打電話慰問，還寄了許多物資過來。當時他為了答謝，來店裡拜訪，才跟長大後的志穗重逢。

當時志穗母親身體不太好，很少在店裡露面。他本來只打算來探望這麼一次，不過因為距離營運站不遠，再加上這裡家常菜簡樸的口味讓人百吃不膩，不知不覺就成了常客。

不管多累，只要打開這間店的朱紅色大門，就能看到志穗。每當她微笑招呼著歡迎光臨，嘴角那顆小小的痣就會往上揚，看起來好像很開心。

兩人也沒特別聊什麼，但是在漫長工作結束後，能夠用志穗的笑臉來畫上句點，讓他覺得很愜意。過了不久，志穗的母親離世，志穗把老家出租，開始在這間店的樓上生活。

他問，一個人住不寂寞嗎？志穗回答，因為有你來，所以不覺得寂寞。

就是這句話，開啟了他們現在的關係。

「在想什麼？」

上樓的志穗微笑著。手上的托盤放著兩個茶杯。

「想起不久前的事。」

「不久前?那是多久?」

志穗放下杯子，走進後面的房間。

好像在疊著什麼。

「誰過世了嗎?那是喪服吧?」

對啊。她從後面的房間回答。

「不過沒有人過世啦，我只是在給衣服通風。」

「通風?」

「我媽常說，這個時期如果不拿出來透透風很容易發霉，所以才拿出來。這些衣服很占空間，保養又麻煩，本來想處理掉，反正以後大概也沒什麼機會穿了。」

「穿起來也挺麻煩的吧?」

就是啊，志穗點點頭。

「穿起來麻煩也是一個原因，這種衣服通常只有親人過世的時候才會穿。我父母親都走了。但是真要丟又捨不得，這是結婚時我媽送我的。」

「送這種東西嗎?」

對啊。志穗回答。

「可能每個地方習慣不一樣吧，你們老家沒有這種習慣嗎?」

「我也不清楚。」

「男人大概不懂吧。嫁妝的事女孩子比較清楚。」

「原來是嫁妝。」

彩菜結婚時，又該怎麼幫她準備嫁妝呢？

利一。志穗喚道，她從後面走出來，手上拿著睡衣。

「想睡覺的話先換睡衣吧。」

好。他回答道，開始解襯衫扣子，想到自己那麼老實聽話，他不禁覺得好笑。

利一把脫下的襯衫隨意摺好，放在枕邊。

這時一個用紙巾包著的東西應聲掉落。是那個珍珠耳環。

這是什麼？志穗撿起耳環。

「別人掉的東西。」

心裡有點內疚，他急忙又補了一句。

「巴士上的乘客。」

好漂亮喔。志穗輕聲說道，把耳環放在手心。珍珠在她小小的手上泛著柔和的光芒。

「真美……還好你撿到了。弄丟的人一定找得很苦。」

志穗又拿了一張新的紙巾，仔細地把耳環包好。

「要小心喔，珍珠很容易受傷的。」

利一靜靜接過，志穗又露出微笑。

看到她開心時嘴角揚起的痣，又讓利一更加內疚。

他想換個心情，告訴志穗伶司稱讚了她的小菜。志穗臉上出現深深的酒窩。

「你兒子還在家裡嗎？我記得他在東京工作吧？」

「好像辭了。」

「要在美越找工作嗎？」

不知道。他微駝著背，把手穿過睡衣的袖口。

昨天他問怜司到底想做什麼，卻被反問，難道不做些什麼不行嗎？

他沒想過怜司會這樣回答，同時也覺得無法向兒子斷然說「不行」的自己，實在很沒出息。

「我一點都不懂……他到底在想什麼。」

志穗把他脫下的衣物掛在衣架上，百感交集地說：

「不過我真沒想到……你兒子都這麼大了。」

「妳說怜司？只是塊頭大而已。那時候真不好意思。」

我不是說體格啦。志穗笑著說。

「我沒想到他已經這麼成熟了，又年輕又帥。」

「帥？怜司嗎？」

是啊。志穗點點頭。

「就像剛認識時的你一樣。」

是嗎？利一嘴裡碎念著，鑽進棉被裡，赤裸的腳感受到床單柔軟的觸感。

志穗用的東西觸感都很舒服。

「我以前也是那樣嗎？我以為我比他更成熟一點。」

「那時候我還是高中生，你那時候幾歲呢？」

「剛好三十。」

那個時候，一定是自己人生的重大分水嶺吧。

志穗的父親是利一在不動產開發公司的上司，熬夜工作到清晨後說要去買菸，就再也沒回來。大家覺得奇怪，分頭去找，才發現他倒在公司廁所裡。他以前偶爾會按著自己的胸口，不過他這個人向來作風豪爽，沒有人想到他身體狀況竟然已經糟到這個地步。

志穗的父親很明顯地承受了過重的工作負擔，母親想跟公司打過勞死的官司，但是在提起訴訟之前，公司就倒閉了。

志穗望向後面的房間。

「我媽一直很後悔。她當時對著把我爸送到醫院的你痛罵：『都是你們殺死他的。』但明明不是你的錯。而且那時候你真的很照顧我們。說到要打官司的時候也是……公司的人頓時對我們很冷淡，只有你，一直對我們很親切。」

與其說親切，那時的情感更接近不忍心。那時候的志穗和她母親，看起來就像幾年後自己的孩子和美雪一樣。

那時候啊。志穗靠近枕邊。

「我經常看著你跟我媽在客廳說話，你很安靜，身上那套深灰色西裝也很適合你，左手無名指上戴著結婚戒指，看起來好成熟。」

「戒指？」

「我心想，你是別人的，有一個很出色的女人獨占了這個男人……雖然你對我跟我媽這麼親切，但是你一定對自己的太太和孩子更好吧。所以，當我聽說你要為了孩子搬回老家時，也不難理解你的決定。可是我倒沒有想過你會去當巴士司機。」

志穗輕聲笑著，張開自己的左手，看著手指。

「我結婚的對象是個主張不戴戒指的人。所以在我的回憶裡，當時的你還是很新鮮。我自己也不太戴戒指。以前要是常戴就好了。」

「以後可以戴啊。」

是嗎？志穗笑著，也鑽進了被子裡。

「你要送我嗎？」

利一不知該怎麼回答，志穗在耳邊低語：

「你送的，我就戴。」

利一本想等到孩子們都離家，再跟志穗走向下一步。

但是他現在對著志穗，卻很難開口。

開玩笑的啦。志穗笑著，離開他身邊。

「開玩笑的。我已經不再求什麼了。總覺得好累。與其先是愛得死去活來、難分難捨，分手後再也互不相見，我還寧願維持現在這個樣子。跟你在一起的時候，我總覺得自己就像個女孩子似的。」

「女孩子？」

「不是女人，是女孩子。一起睡覺的時候，你常常會幫我蓋被子不是嗎？天冷的時候，你也會從背後摟著我。被大大的你包住，我就覺得自己好像又變成一個小女孩，回到那個什麼都不知道、像張白紙一樣的我。但其實真正的我，已經是快四十歲又離過一次婚的女人了。」

「妳才三十多歲吧。」

「就算是三字頭，前半段和後半段也很不一樣啊，更別說我……」

志穗把身體靠過來，將臉埋在利一肩頭。

「怎麼了？」

「如果再往前進一步會破壞彼此的關係，我寧願維持現在這個樣子，所以你不要走，留在我身邊。」

她會這麼想，是顧慮到自己，還是受到上一次婚姻的影響？

閉上眼睛，眼中浮現那散發著圓潤光芒的耳環殘影。

志穗。他叫著。什麼？志穗溫柔地回應。

「妳會想起妳前夫嗎？」

「為什麼這樣問？」

「沒什麼，就是想問問。」

不會。志穗在他耳邊輕聲說道。

「一點也不會。因為我現在很幸福，其他什麼都不會想。」

是嗎。利一答道，睜開了眼睛。

會想起美雪，難道是因為對現在感到不安？

他輕輕將志穗拉近，疊上自己的唇。

關掉燈，兩人緊緊相擁，他感到懷裡的女孩漸漸變成女人。

花了兩天時間往來新潟和東京之間，第三天他負責的是早上七點從新潟出發、當天深夜回來的班次。

工作結束開始休假的那天早上，利一站在衣櫃前苦惱著。

三天前彩菜捎來一封訊息，說是下次放假如果有時間，希望利一和怜司一起到她新潟市的住處，有事想跟他們商量，同居的朋友也會在家裡等他們。同居的朋友。

他正要伸手去拿圓領棉衫，想起彩菜這些話，又改拿了襯衫。

彩菜說跟朋友一起分租，在新潟市內租了間獨棟房子，搬家時幫她運行李過去，要跟同住朋友打招呼時，彩菜推說對方不在，拒絕了。後來彩菜再三交代，那房子裡男賓止步，所以利一從沒進去過。

聽到她這種說法確實讓人安心，但說不定被志穗猜中了，其實彩菜正在跟男人同居也說不定。穿好襯衫再披上西裝外套後，他伸手去拿領帶，又停了下來。煩惱一陣子之後，挑了一條看起來比較休閒的領帶繫好。

拿著車鑰匙走到外面，怜司已經在車庫了。他穿著深藍色襯衫和輕便工作褲。

「你怎麼這麼隨便？」

說著，他把車鑰匙丟給怜司，怜司打開車門鎖。

「爸，你幹嘛穿西裝啊？」

聽到怜司這麼說，利一突然覺得自己這身打扮很蠢，連忙脫掉西裝外套丟到後座，也把領帶鬆開往後扔，再解開襯衫最上方的鈕扣。

「這樣還不是跟我差不多。」怜司說道。

利一安靜地坐在前座，這還是他第一次坐在這輛車的副駕駛座上。

坐在駕駛座上的怜司開了口：「爸。」

「怎麼？」

「我在東京考了駕照。」

「我知道啊。」

「後來我只開了一、兩次，先跟你確認一下，煞車在哪一邊？」

什麼？他反問，怜司連忙說道：

「是右邊對吧？」

「當然是左邊啊。」

爸。怜司又開口。

「不好意思，我再問一個基本的問題。」

「算了，跟我換位置，我開始害怕了。」

他打開車門正要走出來，怜司抓住他的手。

「這樣我就不能練習了啊。」

「那開彩菜的去吧，這輛車撞壞就麻煩了。」

「我才不要開那輛烏漆抹黑的車呢，而且那車很小吧。」

「什麼不要，這是我上班用的車，你要開就開那輛。」

不會吧。怜司看看彩菜停在旁邊的那輛車。

彩菜的小車是跟朋友一起改裝的，內外都統一成漆黑色調，座椅上方裝飾著銀色十字架和黑薔薇。整體的哥德風格其實不難看，但因為改裝得太徹底，想換車時收購價非常低。她說既然如此，不如當成作品保留下來，於是就這麼一直放在家裡。從那之後這輛車一直沒人用，哥哥借來開，彩菜應該也不會有意見吧。不過這輛車確實有點小。

「我今天不想開那輛啦。方向燈是那個嗎？」

「那是雨刷。看清楚一點，上面不是都有寫嗎。」

真的耶。怜司輕聲說，伸手去拿放在後座的包包。

「還是戴眼鏡好了。」

「本來就該先戴好眼鏡的……你視力不好嗎？」

是啊。怜司隨口回答，戴上無框眼鏡。

「好，那走吧。」

「快點，不然就換我開。」

「好啦，你別催。偶爾坐旁邊也不錯吧？對了……回到剛剛的問題，所以煞車到底是哪邊？」

左、邊。他用力地強調這兩個字。

「從你出生之前就一直在左邊，拜託，求你清醒一點。」

怜司老實地答了聲好，終於發動引擎。接著他笨拙地前後倒了幾次車，終於慢慢開出車庫。

車子一開動，車內音響裡的松任谷由實CD就開始自動播放。

這是兩天前買的精選輯，利一有點難為情，正想關掉。怜司說，不用關啊。

「原來爸上班時都聽這種歌啊。」

「偶爾啦，也不是天天聽。」

「天天聽又有什麼關係，我還蠻喜歡這首歌的。」

「你怎麼會知道這種老歌？」

「因為媽常常聽啊。」

大概是因為開車時必須專心，在那之後，怜司一直保持安靜。兩人除了偶爾指路之外，幾乎沒有對話。安靜的車裡只有柔軟的歌聲迴響著。

在自己聽這首歌時出生的孩子，現在都大到能開車了。

自己真是上了年紀啊，利一看著窗外。不過怜司踩煞車的時間點跟自己不一樣，不知不覺中，利一發現自己的雙手雙腳都跟著使力撐著。

爸。怜司冷靜地說。

「你再踩那裡，車子也不會煞住的。」

利一理智上也知道，但就是放不下心。再加上怜司大概還不習慣開車，車子一會兒太靠旁邊、一會兒又太靠中間。

「好像……有點暈車。」

喔。怜司輕輕應了一聲，搖了搖頭，問他帶來的紙袋裡裝了什麼。

他回答是點心。怜司又「喔」了一聲。

「彩菜找我們有什麼事啊？她訊息上只寫了要我幫個忙，爸有聽說什麼嗎？」

「她說有重要的事找我商量，也希望我跟她室友見個面，還說中午會做飯招待我們。」

「她跟爸說要煮飯招待，卻跟我說有事要叫我幫忙？」

啊啊。怜司長嘆了一口氣。

「會不會是她正跟男人同居？而對方是個很惡劣的傢伙，現在肚子裡有了孩子，希望我到時候阻止爸去揍他之類的？……他做了什麼可能被打的事嗎？」

「誰知道。」

「我上次可是受到很大的打擊。」

怜司將車子開上高速公路。但就在他怯生生地加速時，加速車道已經快到了盡頭。

「喂，快切進去啊！大膽一點，欸，不要停啊！」

「你安靜一點，我會想辦法的啦。」

怜司慌張地環顧四周，好不容易把車開進了主線。「啊！」地叫道：

「我最不會插入車流了。啊……真討厭。」

「只要能插進去，接下來順著走就行了。」

「順著走我也不擅長，任何事都一樣。」

說完這句話，怜司再次陷入沉默。

利一受不了車裡的緊繃氣氛，稍微把椅子往後倒，想放鬆一下。往椅背躺下時，他順勢看了怜司一眼。那寬厚的肩膀很適合這件深藍色襯衫，但是在柔軟的衣服底下，應該是一片千瘡百孔的皮膚。

「你剛剛說上次什麼事讓你受到打擊？」

怜司嘴角浮現淡淡微笑。

「彩菜不是突然跑回來嗎？穿著那個奇怪的角色扮演服。我那時候覺得皮膚變燙，就脫掉衣服坐在床上吃咖哩，然後紙門突然被拉開。」

大概是漸漸習慣了吧，怜司開始加速，超過前面那輛車。

「結果你猜彩菜怎麼說？她也沒道歉，直接看著我那裡，哼哼地笑著……」

他小聲地說著，小東西。

「我正想把前面遮起來，她還微笑著跟我說『彩娘什麼都沒看到』。這不就表示她看見了嗎？就是看見了才故意這麼說。拜託，女孩子至少也尖叫一下吧。說我小，那是跟誰比較啊？」

真是過分。怜司皺著臉說。

「真不敢相信自己的妹妹會說這種話。爸，你說是吧？」

「什麼？」

「難道你覺得無所謂嗎？」

也不是無所謂，但是一想到在彩菜這個年紀，自己對美雪所做的事，他就什麼也說不出口。

「不過彩菜……已經長大了，這也沒辦法。」

什麼叫沒辦法？怜司看了他一眼，又馬上轉頭向前。

「也對。媽在彩菜這個年紀的時候，我都出生了。我在媽肚子裡的時候，她還是學生吧。」

第一次跟美雪父母親見面的時候，美雪肚子裡已經有了孩子，她父親只說了一句：你們搞錯順序了吧？就再也不開口。那個看來個性溫厚的人，眼神透著怒氣，靜靜地在面前吃飯。那氣氛實在令人難以忍受，還不如被痛罵一頓來得痛快。

因果循環哪。利一腦裡想到這四個字時，怜司又輕快地問。

「爸，你們年輕時剛好是泡沫時期吧？聽說那時候大家都開進口車玩通宵，聖誕夜還會帶女朋友去高級飯店用餐過夜。是真的嗎？」

「我沒有趕上那波流行。」

「有很多人一喝酒就會開始提起當年勇。」

「那應該是笨蛋吧。」

笨蛋嗎？怜司笑了，車裡的空氣這才和緩了些。

車子不再頻繁地左搖右擺，他也慢慢有心情眺望窗外景色。

儘管是平常上下班的必經之路，從副駕駛座看出去的風景卻是如此閒靜。他稍微瞇著眼，望向水田另一端的住宅區。

美雪的娘家，就在那片天空下。

CD播完了。他從音響裡取出CD，切換成廣播。

到了這個年紀，他才真正能體會美雪父親當時的心情。

彩菜跟朋友一起分租的獨棟房子位於沿海的高地，步行就能走到新潟市中心。附近是幽靜的住宅區，他們把車停在投幣式停車場，走向彩菜家。

沿路都是有圍牆包圍的宅邸，彩菜住的房子也有西式樓房的風格，很明顯是屋主特地設計打造的。

住得還挺不錯嘛。怜司低聲咕噥著，按下門鈴。

來了！隔著對講機聽到彩菜的聲音，門開了。不過現身的卻是一個身穿黑色睡袍的高大男人。

怜司冰冷地說：「這不是彩菜吧。」

「當然不是。」

「這就奇怪了，我聽說這裡男賓止步。」

「沒錯。」

對方聽到怜司挑釁的語氣，也交叉著雙臂。

那張把長髮束在後面的臉曬得微黑，看起來也有點像女人。不過那交纏的雙臂很是粗壯，胸口也挺厚實，看起來很像外國人。

利一很少遇到不需要把視線往下移的對象，利一隔著怜司，跟對方四目相對。這時對方鬆開手臂，看著利一規矩地問了聲好：「是伯父嗎？」

「我是植田繪里花，平常多受彩菜照顧了。」

繪里花輕輕推開怜司，像個武道家一樣行禮如儀，再次低下頭。

「真是抱歉，我的長相容易讓人誤會。因為我母親是那邊的人，啊，說那邊您應該不知道吧？她是非裔法國人。雖然我長這樣，但是我只會說日文，還請多多指教。」

彩娘。繪里花往後面叫著。

「妳父親來了。另外還有一隻突然進入戰鬥模式的傢伙。」

對不起！後方傳來聲音。

「那個笨蛋是我哥啦。」

真是冒犯了……。利一代替怜司向對方鞠躬致歉，繪里花揮揮手。

「我習慣了。反正我從小就這樣惹人注意，再加上練了健身和格鬥技，更分不清楚性別了，應該說根本搞不清我的來歷。」

對不起。怜司低下頭。

「我還以為妳是彩菜的同居男友呢！」

「難怪你一開口就這麼不客氣。看來哥哥很疼妹妹，那真是太好了，我們都靠你了。」

你好，後方隨著問候聲走出一個戴著紅色眼鏡的嬌小女孩。

「我是木村沙智子，跟繪里花一樣住在這裡。我們剛剛才拍攝完成，彩菜正在卸妝，請進來坐吧。」

「拍攝？」

沙智子點點頭。

「對啊，拍 Magical Wonder Girls 用的東西。」

「Magical……什麼？」

「那是我們的網路創作和店名。」

他正要追問那又是什麼，怜司在身邊默默說了一句。

「我覺得……我們好像到了一個很不得了的地方。」

繪里花笑了。聽她的笑聲，確實是個女孩子沒錯。

Magical Wonder Girls 是住在這個屋子裡的三個人一起創作的網路漫畫標題和店名，簡稱 MW Girls，好像也有人只稱 Girls。店裡賣的是漫畫裡的主角們所穿的衣服、飾品和小道具。

彩菜熱心地解釋，Magical Wonder Girls 的 Girls 寫成漢字時要寫成「娘」，但是利一沒什麼興趣，只是安靜地吃著披薩。

原本三個人要自己下廚，但是為了拍攝新作品，時間來不及，只好先叫了披薩。彩菜向他們道歉。

利一將墨西哥辣醬撒在披薩上，悄悄點頭，這樣正好。

兩人被帶進的這間客廳放滿了服裝半成品、立板還有攝影器材等雜七雜八的東西。整個房間布滿塵埃不說，再看看彩菜指甲上那些亮晶晶的小石頭，戴著紅眼鏡的沙智子手指上還留有各種顏色的墨水痕跡，繪里花的手指上則戴著骷髏頭銀色戒指，這三個人到底打算下廚煮些什麼，確實讓利一很好奇，但是想想似乎也不會太好吃。

沙智子拿出電腦給怜司看。

魔法神奇女孩幾個字從漆黑畫面中搖晃閃現，然後是商標 MWG 和標題 Magical Wonder Girls。

漫畫內容講的是全由女孩組成的戰隊，主角是跟彩菜名字只差一個字的中學生「彩奈」。故事情節大概是講述現實生活中在祖母經營的能量石店裡幫忙的彩奈，跟朋友一起運用美麗石頭的力量往來於異世界，希望能解救被壞心魔法師壓迫的王國。

少女們前往異世界時會變身為魔法師，運用魔法冒險戰鬥，蒐集散落在王國各地、具有各種神祕力量的禮服和飾品。當主角彩奈變身為魔法師，會被尊稱為彩娘。

利一耳裡聽著故事，但並不怎麼感興趣，只是安靜地吃著配菜沙拉。

怜司看著電腦畫面笑了。

「漢字寫成『娘』，但唸成 Girls，不過變身之後又要唸成有中國風的『娘』，真是沒有統一感耶。」

「哥你不懂啦，以後我們也想進軍中國市場。」

「真的假的！」

對不起。彩菜身邊的沙智子低下頭。

「現在還是假的啦。」

「而且我總覺得這個設定，好像在很多地方都聽過看過呢。」

「是沒有錯啦……」

沙智子難為情地點點頭。

「這本來是我跟彩菜好玩編出來的故事……我們那時候很嚮往『早安少女組。』，所以才取了她們的『娘』這個字[5]。故事的設定也是從很多地方各自借了一些過來，你說得沒錯，很多地方都似曾相識，所以如果有人問我們，這漫畫有沒有原創性，老實說，可能真的沒什麼原創性。」

沙智子把紅眼鏡往上推了推，低下頭。

才沒那回事呢！彩菜大聲用吸管吸著杯底的可樂。

「沙智子的畫超可愛的，我每次看到都會很興奮，真的很能打動人心耶。」

繪里花交叉著粗壯的手臂，也點點頭。

沙智子抬起頭來，難為情地笑了。

「一開始只是出於興趣，有一搭沒一搭地畫，但是後來彩菜做出了在現實世界中也能穿的衣服和小東西，繪里花又做了短片，還能在網上看漫畫。我雖然不擅長想故事，可是三個人聊著聊著，故事就愈來愈豐富，延伸出去的世界也愈來愈寬廣了。」

彩菜繼續說，之所以會開始賣漫畫裡出現的服裝，其實是出於偶然。

她設計出場人物的服裝時，也順便試著實際做了一套，成品感覺還不錯，所以試著把自己穿著這些服裝的照片放上網，沒想到瀏覽數竟然一夕暴增。

這讓三人士氣大振，開始研究化妝和攝影方法，繼續上傳照片，後來收到一些讀者來信，說是女兒吵著在七五三的紀念照中穿彩娘的服裝，於是她們開始以預購的方式販賣童裝。

還真沒想到。彩菜有些得意地拉高語尾。

「賣得超好的。我們還做了飾品，搭配現成的鞋子弄成一套，要全部湊齊的話價格還不低，可是賣得很不錯。」

確實賣得很好呢。繪里花點點頭。

「我們還熬夜包裝，因為一定得在七五三之前送到才行。」

沙智子說，後來她們開始販賣衣服和小雜貨。

「沒想到瀏覽數再度暴增，很多小女孩和媽媽們都會上網看。不久之後，開始接到孩子們想跟彩娘見面的要求，所以我們也去拜訪了很多地方，同時正式開始賣衣服、小雜貨、還有印刷小冊……」

沒想到一陣子沒見，彩菜竟然在忙這些。

利一吃著薯條，一邊看著電腦。

繪里花操作著電腦，畫面出現一段短片。

一顆巨石朝向穿著角色服裝的彩菜撲來，但是當彩菜拿出紅色石頭，她的手心就會出現火焰，

5 早安少女組原名為「モーニング娘。」

輕鬆把巨石吹跑。接著她再拿出粉紅色的石頭，整片荒野便開滿了鮮花。最後她把白色石頭丟向天空，一隻白色的大鳥飛來，把彩菜載走。

這混雜實拍和插畫的畫面讓利一看得入神，身邊的怜司也嘆道：「好厲害。」

「這是誰做的？」

我。繪里花舉起手。

「嚴格來說，應該是我們一起做的。影像部分是我、圖是沙娘畫的，服裝和小東西則是彩娘做的。」

「器材呢？」

學校的。繪里花難為情地說出專門學校的名字。

「學校裡有很多我們買不起的器材，我平常當老師的助理，偶爾會借用一下。」

繪里花笑著說，這麼一來交出去的學費都回本了，怜司顯得一臉嫌棄。

繪里花再次操作電腦，開始播放活動會場的影像。身穿粉紅色服裝的彩菜跟孩子們一起擺著姿勢、拍下紀念照。除了孩子以外也混雜著幾個成年男性，他們追問著彩菜的本名跟聯絡方式。

每當聽到這些跟個人資料有關的問題，彩菜就會將食指抵在唇前輕輕搖晃：「我可不准你發問喔。」利一覺得真是可愛，大概因為是自己孩子的關係吧。每當她做出這些動作，周圍的孩子就顯得很興奮。這好像是漫畫裡出場人物的招牌姿勢。

彩菜眼中閃耀著光彩，說最近跟朋友的店談好了一個新的聯名系列。

「我們會配合活動推出新商品……爸，你從剛剛就一直吃，有沒有在聽我說話啊？」

利一正在吃炸薯條，被彩菜一叫，他看向女兒。

「有啊，大致都聽到了。」

喝完可樂的伶司視線離開電腦。

「那妳找我跟爸有什麼事？要我幫什麼忙？」

你真是乾脆的人。繪里花拍了拍伶司的肩膀，從客廳後方拿來兩個時鐘。

那是同款的粉紅和白色兩個時鐘。

「繪里花的朋友在開時鐘店，這是大家一起做的彩娘鬧鐘，一到起床的時間……」

她操作著白色的鬧鐘，傳來彩菜的聲音。

——給我起床！我可不准你發問喔！早安！

「粉紅色的這個台詞比較溫柔一點。」

——小懶蟲，**arigato，à bientôt**～天亮了喔～

「這是詛咒的鬧鐘嗎？」

伶司拿起白色的鬧鐘。

「為什麼一大早就得被妳罵啊！」

「這還是我第一次聽到這種意見呢。」

沙智子語氣有些強烈，她看著伶司，然後稍微低下頭。接著她拿起粉紅色鬧鐘。

「我每天早上都聽 **arigato，à bientôt** 起床，真的很不錯呢。彩菜的聲音很溫柔。我老家是寺廟，爸爸是和尚，我爸爸誇獎過這個時鐘，說這是在感謝睡眠，然後向睡眠道別，迎向新的早晨。實在是非常清朗的境界，合掌。」

看到沙智子合起掌來，伶司一臉困惑。繪里花在一旁看著，替伶司的杯裡倒滿可樂，彩菜也微笑著。

要是自己一個人來一定覺得很不自在吧，還好有怜司在，讓利一輕鬆了許多。

所以呢？怜司問彩菜。

「到底要我們幫什麼忙？」

「活動限定的一百個已經賣光了，但是在網路上開放預購後，來了好多訂單，能不能請你幫我們寄送？光靠我們三個是來不及的。就算只幫忙寄時鐘也好。」

三人低下頭異口同聲地說，拜託你了。

「妳要我每天到這裡來嗎？到這個魔女的巢穴？」

「這裡男賓止步，所以要請你們把商品和包裝材料帶回美越。」

「車子載得走嗎？」

這確實是個問題。彩菜說道。

繪里花忍不住拍了一下怜司的背。

「大哥，不對！哥娘，就請你為了我們，幫忙裝箱和寄送吧，**s'il vous plaît**。」

「什麼，**s'il vous plaît**，到底是什麼意思？」

「哥哥，這是問題嗎？『我可不准你發問喔！』」

「合掌。」

三人你一言我一語地包夾怜司，讓他不知所措。利一覺得自己好像在看高中學生準備園遊會一樣，苦笑著喝了口咖啡。彩菜還有她服裝店的本行，看來並不是因為日子過不下去才要賺這些錢，她工作起來顯得愉快又有幹勁。

爸。彩菜問。

「所以我想跟爸商量一下。欸，爸你有沒有在聽啊？」

「有啦。」

彩菜說她會把倉庫裡的縫紉機和布料搬到其他地方，希望能夠把部分商品寄放在美越家裡，除了時鐘之外還有一些得寄出的貨品和庫存。

利一回答，不多的話倒是沒關係。三個人接連低頭道謝。

「那，哥你願意幫我們寄貨嗎？應該願意吧？」

「好啦，如果不多的話。」

看怜司回答的樣子，大概是覺得拒絕更麻煩吧。太好了！彩菜高聲說道。

「這樣我們就有地方睡了。」

「對啊，真是太好了。」

彩菜要怜司把車開過來。

「開到玄關前，大家一起分批裝上車。今天載不了的部分和庫存，下次我會去租一輛卡車，爸你能不能幫我開回美越？」

卡車？利一反問。對啊。彩菜點點頭。

「就是那種看起來像箱子一樣的，是不是叫兩噸車啊？不知道來回要開幾趟。因為有很多掛在衣架上的衣服，對了……衣服類的商品不要放在倉庫，要放在榻榻米那間房間喔。」

「有那麼多嗎？」

「很少啦。不過有些借放在其他地方。」

「等一下等一下，得開卡車來回好幾趟的東西，哪裡少了？」

很少啦！彩菜一臉不高興。

「從遙遠的宇宙來看，這只是幾乎看不見的一個小點，但是寄放在倉庫卻得付很貴的保管費用。地球真是太小氣了。」

爸。怜司拿起車鑰匙站起來。

「算了，把東西載一載回家吧，她都把宇宙拿出來講了，沒人說得過她啦。」

那真是太好了，哥娘。繪里花笑著，沙智子手裡拿起素描本。

「為了道謝，是不是也給哥娘一個角色呢。」

不用了，謝謝。怜司答道，走向玄關。

留下忙著打包的繪里花和沙智子，利一和彩菜一來到屋外，頓時感受到一陣風吹來。

這裡大概因為離海很近，空氣總是在流動，一點也沒有停滯的氣息。撫過日本海和信濃川吹來的風裡有著濕潤的水氣，這些風吹進內陸、遇到高山，就會化為雨雪。

迎風站著的彩菜頭髮飄揚，顯得很是耀眼。

儘管身上是奇裝異服、還戴著假髮，但是看到她還維持著原本的黑色頭髮，沒染成其他顏色，就覺得這孩子自小的坦率性格並沒有受到影響，讓利一覺得很安心。

可是他又覺得彩菜前幾天對怜司的態度，有些過頭了。

「彩菜。」他開了口。女兒慢慢抬起頭，這動作跟美雪很像，霎時讓利一有些狼狽。

他別過眼，輕聲說道：「妳別太為難怜司了。」

彩菜低下頭。

「他看起來雖然精神狀況還不錯，但應該是出了什麼事才會回家，我知道妳忙，但是也不要太勉強他。」

「哥哥看起來精神不錯，他身體哪裡不好嗎？」

「也不是身體不好，不過，好像累積了不少壓力。」

你說他腰附近的痕跡嗎？彩菜低著頭說。

「原來爸也知道啊。」

「妳看到了嗎？」

很嚴重呢。彩菜小聲地說。

「上次回美越的時候看到的。他正要拿東西遮住身體，我看到他的背……我看到時吃了一驚，但又不想讓他嚇到，所以急忙開個黃腔敷衍過去。他以前也發作過幾次，可是哥哥最討厭人家跟他提起這件事。」

「既然妳也知道，就別老耍著他玩。」

「耍他？我沒有啊。」

彩菜抬起頭來。

「哥哥他凡事都藏在心裡，其實如果能發洩出來就好了，但他就是不懂得怎麼發洩，才會把很多事情都累積在心裡，讓自己快爆炸。我以前就覺得他總有一天會爆炸、會突然消失。跟我在一起的時候，因為氣我，話也比較多不是嗎？這樣可以讓他有地方發洩啦。」

彩菜笑了，折下一段圍籬的樹枝，聞著味道。

「但是他人好，只要開口拜託他，他很少說不。他就是個長男的個性嘛，家人拜託的事他都會拚命去做，特別是我這個笨妹妹的請求。在這段時間他一定不會消失的。」

想太多了。

怜司的個性還是一樣飄忽，他感覺不出兒子會像彩菜說的一樣，有突然消失的傾向。

「妳想太多了吧，他最近話可多了。」

「那不是在說話，只是為了要掩飾什麼而動著嘴巴而已。真正要緊的事，他什麼都不會說，爸跟哥都一樣。」

我也是嗎？他反問。彩菜壓低了聲音。

「你老是說些無關緊要的事，但是真正重要的事卻什麼都不提。因為你這樣，所以哥哥才會變成這樣。」

「什麼意思？我什麼時候這樣了？」

「一直都是啊。」

彩菜輕聲笑著。

「爸你什麼都沒說，我問你為什麼跟媽離婚，你也不告訴我真正的理由。你只是一直告訴我們：媽不是討厭我們、不是我們害你們離婚。那到底是為什麼？再怎麼問，你從來就不回答。」

每次……。彩菜的笑意更濃。

「奶奶都說大人講話小孩別插嘴。對啊，小孩什麼都不懂。但是，我們也有我們想知道的事。哥心裡應該比我想得更多。但爸你卻什麼都不說，你總是安安靜靜的，裝作什麼也沒看見。」

「妳還不是一樣。」

利一本來以為自己很冷靜，沒想到聲音卻出奇地大。

「要緊的事，妳還不是什麼都沒說。」

車子慢慢從坡道下開了上來，隔著前車窗，怜司的表情看來很冷靜，沒有彩菜所擔心的陰鬱。

彩菜看著車，手插在白色針織衫的口袋裡，然後輕聲笑了。

「不好意思啦，我剛好像變得有點黑暗，爸你別在意。反正我腦筋不好，那些太難的事我也搞不懂。對了，爸，手機借我一下。」

快點啦。利一被彩菜催著掏出手機。彩菜開始自顧自操作著。

「我要把我的來電鈴聲改成彩娘的台詞……」

利一不想讓女兒看見自己的通訊錄，正要伸手搶回來，彩菜笑著說：

「幹嘛？難道有不能讓我看的號碼嗎，爸。以後也叫你爸娘好嗎？」

「別胡鬧了，剛剛的話還沒說完。」

彩菜低頭片刻，但又馬上抬起頭來。她那強烈的視線幾乎讓利一害怕，這時，怜司從車裡走了下來。

彩菜走近怜司對他說話。看來是在調侃他的駕駛技術。

怜司一邊回答、一邊頻頻瞥向這裡。

利一看著已經長大的這兩個孩子，回想起彩菜剛剛的話。

你總是安安靜靜，裝作什麼也沒看見。

這句話迴盪在耳邊，清晰而刺痛。

從彩菜家帶回來的商品暫時放在客廳裡。

本來想邊看電視邊幹活，不過結束了大阪、京都夜行巴士的工作回家後，他看到怜司在安靜的房間裡默默地包裝商品。

睡了一會兒後，利一探頭到客廳看看，怜司一樣沒開電視，也沒聽音樂，只是不斷動著手，晚餐之後又馬上回頭工作。

洗好澡，拿著啤酒，利一再次到客廳看看。

別太累了。利一告誡。我知道。怜司漫不經心地回話。

「但是快點寄出去比較好，孩子們都在等。」

「可能也有很多大人在等吧。」

「如果看到收件人是男人，我就告訴自己這是要送給他孩子的，不然會降低我的工作情緒。」

他把啤酒罐遞出去，怜司只喝了一口，又遞回來。

從家裡堆的箱子來推算，時鐘大概有六百個，包裝時每個時鐘都要附上手寫卡片，再裝進玫瑰色盒子裡，貼上託運單。

利一坐在怜司對面，確認了步驟後，開始幫忙包裝。怜司輕聲地說了句謝謝。

這好像在做家庭代工。利一嘟囔著，怜司笑了。

要不要再喝一點?他又把啤酒遞過去。這次怜司津津有味地喝下，喘了口氣。

「對爸來說真的是家庭代工呢。」

「對彩菜來說也是吧。」

「以副業來說也太下功夫了。每一個時鐘都是彩菜親自錄音的，怎麼會有這麼原始的方法?

但一想到她對著時鐘說了六百次台詞，還是有點佩服。這些卡片應該也花了不少時間。」

本來以為怜司會不高興，但他的眼神現在看起來卻很平靜。接著他開始把卡片逐一放進箱裡。爸。怜司說。

「嗯？」

「上次你惹彩菜不高興了吧，在她家門口的山坡上。」

「我沒有惹她不高興。」

她很不高興喔。怜司說著，又喝了口啤酒。

「那傢伙一生氣右手就會緊緊握拳，就算臉上在笑，只要看她的手就知道了，等她的怒氣達到頂點，就會揮拳揍人。上次她發現我在看，馬上把手插進口袋。你到底跟她說了什麼？」

「我還是第一次聽說，彩菜會對人動手嗎？」

「也不是真的動手啦，那是小時候的事了。轉學過來之後我一直不習慣這邊的學校，彩菜也交不到朋友……所以我們常常兩個人一起玩。」

聽怜司這麼說，利一腦中卻很難想像兩人一起玩耍的樣子。

「因為我比她會說話，每次吵架那傢伙說不過我，只能動手。但是現在要跟她吵架，我大概也說不過她。」

「你那麼不喜歡這裡的學校嗎？」

是啊。說道，怜司將託運單貼在箱子上。

「你媽和你奶奶都沒提過。」

「因為我誰都沒說。那時候媽一天到晚在哭。」

怜司把電池放進手上的時鐘，發出鬧鈴的聲響。

arigato，à bientôt，溫柔的聲音傳了出來。

「我上次說這是詛咒的時鐘，不過這東西其實挺不錯的。那個戴紅色眼鏡的沙智子給了我一個，最近早上起來都覺得神清氣爽。」

「來這裡以後，你媽真的那麼常哭嗎？」

事到如今還問這個做什麼？怜司說著，把電池從時鐘裡抽出來，又繼續埋頭包裝。

「就是事到如今，我才想知道。」

他不記得自己曾對哭泣的美雪視若無睹，難道，自己根本沒發現——

怜司喝光了啤酒，看著啤酒罐。

「媽的名字……叫美雪吧。雪這東西只會帶來麻煩，一點也不美。真是個不知人間疾苦的人取的名字。奶奶以前經常這樣說她。」

但是啊。怜司笑了。

「這名字真的很適合她，因為她皮膚很白，只要一洗熱水澡，全身就會變得紅通通的，小時候媽幫我洗澡，我常常很擔心她會不會就這樣融化掉了。你有沒有聽過一個冰柱妻子的故事？」

「是說冰柱化身成漂亮的女人，嫁給一個男人的故事吧？」

對啊。怜司點點頭，把啤酒罐放在桌上。

「膚色雪白的妻子不想進浴室，男人以為妻子害羞，所以燒好熱水後，告訴妻子洗個澡身體會比較暖和，就避開到別處去了。後來他進來找人的時候，只看到澡盆裡浮著一只髮梳。因為她是冰柱，所以融化在熱水裡了。媽常唸書給我聽，彩菜很喜歡這個故事，老是要媽唸，但是聽到最後她一定會哭。我也覺得很害怕，所以馬麻……」

說出馬麻這兩個字，似乎讓他有點難為情，怜司輕輕嘆了一口氣。

「那時候我都叫馬麻，她看到我們這麼害怕，就自己把故事往下編。這冰柱妻子雖然融化了，但是隔年冬天她又回來跟男人一起開心生活，然後春天到了，她對男人說，謝謝你，再會了，又融化掉。冬天雖然又冷又辛苦，但是因為冰柱妻子會回來，男人一點也不難受。聽了之後，我們才安心閉上眼睛。但是有一天我微微睜開眼，卻看到媽在哭。我不知道她為什麼哭，可是從那之後，她經常一邊哄著彩菜睡覺、一邊哭。」

謝謝，再會。怜司輕聲說道。

「我們的冰柱妻子也是這麼說著，然後消失了。à bientôt 這句法文好像是再見的意思，彩菜不知道還記不記得媽媽那句話：『就算消失，總有一天我會再回來的。』聽起來讓人覺得很溫柔、很安心，但是自從那天走了之後，媽就沒有再回來過。」

利一停下包裝，聽著怜司說話。

「每當下雪，我就會想起媽。看著那些放在手心裡就會融化的美麗雪花，我心想，一定是我們讓馬麻哭、逼她離開的……」

「不是。」

「爸愈是這樣對我們說，我們……就愈會這麼想。」

「我要是知道你們這麼想，就會好好解釋給你們聽，當時我覺得你們還小，還不懂。」

「男女之間的事，我們確實不懂。我也是到最近才慢慢了解，對我們來說，你們是爸跟媽，但在那之前，你們也是男人跟女人。」

利一不知道該怎麼說才好。

嘴裡吐出的每字每句，好像都會變成藉口。

利一慢慢包裝著眼前的時鐘。包好一個後，他問：你想見她嗎？

「你說媽嗎？現在不太想。」

「彩菜結婚的時候，要不要……」

這很難說。怜司說。

進東京的大學那年，他好像去找過美雪。

這事利一還是第一次聽說，他不知道為什麼怜司過去一直瞞著這件事。但比起這件事，他更在意美雪過得怎麼樣。

「她過得如何？」

「我覺得不能再去見她了。我去找她，只會讓她更痛苦。」

「什麼意思？」

「你就別再問了。比起這個，那個小菜小姐，我覺得她跟媽給人的感覺很像。難得來一趟，都是因為我才破壞了計畫。你再邀她來吧！我會找地方去的。」

「你要去哪裡？」

怜司沉默了下來。

利一耳邊響起彩菜的聲音：哥哥看起來好像會突然消失。

「你打算去哪？」

「不用這麼認真啦……到時候的事到時候再想吧，還是你請個假，跟她一起出去玩？」

「如果彩菜要結婚，我還想再多賺點錢。」

「她真的會結婚嗎？如果那個叫繪里花的真的是男人又是她男朋友，我反而比較放心呢。」

怜司搖搖啤酒罐，站起來要去拿新的。

他手放在客廳紙門上時，利一對著他的背影說：

「那個人……叫志穗。」

「志穗、美雪。爸，你喜歡的人名字聽起來都好寂寞喔。」

「什麼寂寞，這叫復古。」

「是嗎，你喜歡就好。」

怜司的肩膀搖動著，好像在笑。

「爸的女人緣真好，要是這一點能像你就好了。」

怜司走出走廊，安靜地關上紙門。

聽著他遠去的腳步聲，不知為什麼，利一很想出聲喚他回來。

隔天，利一負責下午四點出發前往東京的班次，他開著車，回想起上班前那通電話。

昨晚考慮了很久，他決定試著聯絡怜司之前的公司。

照彩菜的看法，現在的怜司心裡堆了很多事，隨時會爆發。

雖然利一不這麼認為，但如果怜司真被逼到絕路，那辭掉工作前可能在公司惹了什麼事。

怜司不想說，可能是連說出口都覺得難受。既然這樣，他打算瞞著怜司偷偷去問公司他離職的理由。

幾經猶豫之後，他打了公司負責人的電話，對方為難地回答，就算是家人，私人訊息也無可奉告，再說，詳細的事他們也不清楚，還是親自問本人吧。這通電話就這樣結束了。

對方說得沒錯，其實利一也很清楚，卻還是打了電話。自己這個父親實在是又愚蠢又懦弱啊。但是他又擔心強硬逼問之下會破壞彼此的關係。

巴士依照預定時間到達池袋，他跟往常一樣前往居古井，沒想到這時候志穗還在跟客人聊天。那是一個身穿黑色V領棉衫的男人，袖口稍微捲起，露出皮製手環和有著大錶面的手錶。隔著薄薄的毛衣，能感覺到這男人鍛鍊結實的身體。他似乎對藥膳和延壽飲食很感興趣，兩人聊得很開心。

利一沒打算偷聽，但從不經意傳進耳裡的對話裡知道，這個人並不是受雇的上班族，經營著自己的生意，是這裡白天的常客。他因為工作關係出國一陣子，現在正跟志穗聊起自己在國外觀察到的有機食品市場。

利一吃著志穗端出來的套餐，朝男人發送「吃完了就快滾吧」的目光。但男人好像跟志穗同年，現在他們開始聊起高中時聽過的音樂。

男人因為自己出生的月份較早、年紀稍長，向志穗表現出一副大哥的樣子。

真是無聊。利一喝了口茶，剛好跟男人四目相對。

那個瞬間，他察覺到這個人打算等居古井關門後約志穗出去。

志穗聽著男人學生時代玩樂團的小故事輕聲笑著。

看到她這個樣子，男人似乎很高興。聽他說起故事流暢高明，大概是關西地方來的，偶爾夾雜的關西腔聽起來輕快有趣。

利一突然覺得自己的存在很沉重，一點都融入不了這個空間。

今天晚上志穗的笑臉看起來好遙遠。

他站起來，悄悄把錢放在櫃台上，離開了店裡。

居古井這棟房子旁邊有個後門，其實他大可從這直接上二樓，但今天就是提不起勁。

疲憊感突然襲來，回到營運站後，進休息室前志穗來了電話，問他人在哪裡。

「我想起忘了東西……已經回營運站了。」

你忘了什麼？志穗的聲音聽起來很開心。

「我今天曬了棉被，曬得又乾爽又蓬鬆呢！你快點回來。」

我累了，今天在這裡休息就好。他三兩句掛了電話。電話那端的志穗顯得有些擔心，但是再繼續交談下去只讓他覺得更累。

接著利一洗了澡，躺在小睡室裡想著怜司的事。

教怜司開車的時候，他拿出了眼鏡。住在美越時怜司本來沒戴眼鏡，他的視力是什麼時候變糟的？

自己什麼都不知道。

閉上眼睛卻睡不著。他掏出行動電話搜尋 Magical Wonder Girls，瀏覽她們的網路商店。躍動著炫麗顏色的畫面一角，有個員工部落格的單元，他點進去，挑彩菜寫的文章看。由新到舊閱讀著彩菜的近況，又想起自己打電話到怜司公司的事。

怜司也好、彩菜也好，他大可直接問本人，但是面對他們時，卻無法好好表達自己的想法。眼睛一閉，腦海中就浮現替被窩裡的孩子們讀故事書的美雪。

謝謝，再會。

他很容易就能想像美雪說這些話的語氣，明明沒聽過，卻覺得如此令人懷念。

白色的肌膚，冰涼的手，在手心裡惆悵消融的雪。

眼睛闔上後這些影像毫無脈絡地浮現又消失。

怜司說，見面只會讓她痛苦，所以不會再見她了。他摀著耳朵，不想聽到這句話，這時剛好聽到有人叫著「高宮先生」。

睜開眼睛，白鳥交通的長谷川站在自己枕邊。

你沒事吧？對方問。

「剛剛看你好像做了惡夢。」

他慢慢撐起身子，左手都麻了。低頭看去，自己還緊握著行動電話。

本來只是稍微闔眼休息一下，沒想到竟然真的睡著了。但是卻沒什麼實際睡著的感覺。

「不好意思，吵到你們了。」

沒事，不要緊的。對方沉穩地說。

「不過你看起來呼吸不太順暢，好像很難受，所以我才叫醒你。」

我沒事。聽他這麼回答，長谷川靜靜地離開。

他再次躺下，拿起行動電話瀏覽著。

手心裡那一頭銀髮的「彩娘」，也就是女兒彩菜，正露出微笑。

利一按下音符形狀的按鍵，響起了一句話，與自己收在記憶深處的某個聲音極為相似。

arigato，à bientôt ——

❖

——arigato，à bientôt。

上島有里在新潟市鬧區某棟大樓的屋頂，手裡拿著粉紅色的鬧鐘，一臉困惑。

「彩菜啊……這個 arigato 什麼的，到底是什麼意思啊？」

高宮彩菜說，因為說再見太難過了，所以換成這個說法。

喔，原來是這樣啊。有里結巴地附和。

「真奇怪的招呼方式，這是哪裡流行的說法嗎？」

「沒有哪裡流行……應該說，以後會流行起來的。」

這次輪到彩菜結巴了，她害羞地垂下眼睛。

和煦的陽光照在午休的屋頂上。

在這種風景裡，身穿漆黑襯衫和長裙的彩菜有股令人不敢親近的威嚴。不過她交給自己的這個粉紅色時鐘，卻像個晶瑩剔透的糖果一樣，十分可愛。

「這是你們店裡的商品嗎？總覺得風格很不一樣耶？」

「這是我自己個人的店啦……」

不好意思喔。彩菜說。

「妳不要再多問了啦。這鬧鐘的聲音……可能有點奇怪。不過，東西……我覺得應該蠻漂亮的。鬧鐘聲音還可以自己重錄，所以妳可以把我的聲音消掉，錄進自己的聲音。對了，可以送給妳在東京的男朋友啊。」

「我不知道該說什麼耶。」

「比方說，早安，起床了，天亮了喔。」

「這怎麼錄音啊？」

彩菜猶豫了一下，開始教有里錄音方法。

「如果我搞不清楚，可以打電話給妳嗎？」

彩菜點點頭。

「祐介說他明天……」

「有里的男朋友叫祐介啊？」

「對啊，他說要來見我。上個星期他已經來過了，不過這個星期又要再來。」

他很愛妳呢。說著，彩菜走到屋頂角落的板凳，放下肩上掛的袋子，跟平常一樣開始縫東西。

有里看著她，又開始吃起自己的便當。她一邊咀嚼，一邊看著彩菜送給自己的鬧鐘。

五分鐘前，她跟平常一樣在這裡吃便當，在同一棟大樓工作的彩菜突然現身，給了自己兩個盒子。

她說，要謝謝自己前一陣子借車給她。

其中一個盒子裡裝的是蛋糕捲，另一個盒子裡裝的是這個鬧鐘。

這個粉紅色的小時鐘，數字面板泛著白蝶貝般的光芒，鬧鐘聲音如果跟一般鬧鐘一樣，確實蠻漂亮的。

她拿起時鐘，再次聽著鬧鈴的聲音。

彩菜錄的那句話很不可思議，現在已經不像第一次聽到時那麼奇怪了。

彩菜跟有里是在美越小學的同學，她在這棟大樓商用區域一角的哥德羅莉塔服裝店工作。工作時彩菜穿著類似角色扮演的服裝，不過私底下她也會穿其他的角色服裝，在那個圈子裡似乎還蠻受歡迎的。

前不久她們還在附近寺廟的本堂辦了活動，吸引許多人攜家帶眷來參加，在這棟大樓裡掀起一陣不小的話題。

但是彩菜本人在這裡工作的時候非常安靜，不太引人注目。

雖然在同一棟大樓裡，但是有里工作的貿易公司位於辦公區，以往兩個人沒什麼機會接觸，只是午餐時偶爾會在屋頂上見面、打聲招呼而已。

在屋頂上見面時，彩菜多半會拿著一個大袋子，坐在角落的板凳上，從袋子裡取出東西縫上鈕扣或珠子。好幾次有里都想上前搭話，不過彩菜看起來一臉嚴肅，又很忙地在縫縫補補，讓她不太敢靠近。

前不久，彩菜中午出現在屋頂時，突然開口請有里把通勤開的那輛車借給她一個小時。彩菜說有點臨時狀況得馬上去處理，但是車子剛好送去車檢，不在身邊。

看她的表情好像真的情況緊急，於是有里跟她一起到和公司有段距離的停車場，把車借給她。彩菜說順路開車送她回公司，所以她馬上坐進前座。

坐在駕駛座的彩菜瞇起眼來，似乎覺得有點刺眼。

「不好意思。如果妳有太陽眼鏡可不可以借我一下？真的很抱歉。」

好啊。她應著，一打開前方置物箱，心想，糟了。

置物箱裡貼了很多她跟男友佐佐木祐介一起拍的照片貼紙。

喔喔。彩菜說著，瞥了一眼置物箱。

「原來妳跟那個帥哥在交往啊？我們同事最近常在起鬨，說樓上有個超級大帥哥呢。最近好像很少看到他？」

「他回東京總公司了，不過每個月會來這裡找我兩次。」

他很愛妳嘛。說著，彩菜試著調整座椅的位置。

「所以妳才總是一個人吃便當嗎？是不是別人嫉妒妳？」

「沒有，我只是想存結婚資金而已。」

真像有里會做的事。彩菜戴上太陽眼鏡。

明明是看慣的太陽眼鏡，戴在彩菜臉上卻格外帥氣。

「彩菜這樣看起來好像上流貴婦喔。」

「只有太陽眼鏡高貴吧，PRADA 的眼鏡真的好帥喔。」

「這是他送我的禮物，我很少戴。」

那我還跟妳借用，真的對不起。嘴上說著，彩菜還是老練地將車子開出去。

「彩菜妳車開得真好。這個停車場很難開呢，我記得……妳父親是司機吧？」

「我覺得應該跟他沒什麼關係。」

「好像是巴士司機對吧？是美越的？還是新潟的？」

是美越的公司。彩菜答道。

「他開的是白鳥的高速巴士，因為是深夜發車，睡一覺起來就到東京了喔。下一次如果妳要去找那個帥哥可以試試看。」

「高速巴士？」

「對啊，半夜出發的班次。到東京來回不到一萬圓呢。」

如果只要新幹線單程的票價就能來回，那自己也可以每個月去東京兩次，這樣就能每星期都見到祐介了。

「可是我爸媽很囉唆，該怎麼對他們說才好……」

「就說妳要去旅行？還是去東京學才藝？」

「總不能每次都用一樣的藉口吧。」

車子停在公司大樓前，卸下安全帶時，彩菜一邊調整後照鏡一邊說：

「有里，如果妳需要有人掩護，隨時告訴我。」

「掩護？」

「如果妳需要人串口供的話，我不住美越，在那裡租房子住。」

彩菜指著海的方向。

「大概走路十分鐘左右吧，我現在跟兩個朋友住在那裡。室友都是女孩子，要是有什麼事，說不定能幫上妳的忙。」

說完之後，彩菜俐落地迴轉車子，絕塵而去。

掩護……

串口供……

有里回想著當時聽見的這兩個詞，看著在屋頂一角的彩菜。

明天早上，祐介就會搭新幹線從東京過來。他說自己想了很多，決定了一些事，希望自己能仔細聽。

明天可能會成為值得紀念的一天。

他說他在新潟市數一數二能看到美麗夜景的飯店訂了房間，所以星期六的晚上，她不想回美越，希望能在飯店裡跟他一起共度。

不如拜託彩菜吧。

不如問問她，能不能藉口要到彩菜家住，瞞過家人。

彩菜在屋頂的角落裡埋頭忙碌，有里怯生生地走近，看到她正在粉紅色沙丁布涼鞋上縫著鑽石般的亮片。

有里輕聲讚嘆，好漂亮。彩菜頭也沒抬，問道：「妳喜歡這種嗎？」

「喜歡，其實我很喜歡那個時鐘的顏色。」

「太好了，那我晚點再送妳另一個。明天男朋友來了，可以請他錄一句早安，變成有里專屬的愛的鬧鐘。」

聽到愛的鬧鐘這詞，她覺得很有趣，笑了起來。彩菜看看手錶，站起身。

「對啊，有什麼好笑的。妳要記得叫他好好說喔。早安，有里，我愛妳。」

「好害羞喔，我說不出口。」

彩菜手插在口袋裡，臉上掛著微笑。

「那我再送妳一個東西，讓妳能說出口，不過這只是試作樣品。」

那是個用粉紅色和白色透明石珠串起來的手環，組合著圓形和橢圓形珠子的設計看起來相當溫柔，戴上手腕後，散發出一股甘甜柔軟的氣息。

「這麼漂亮的東西，我真的可以收下嗎？」

「這是跟時鐘同一系列的 Magical Wonder Parts，不過漢字寫成零件……」

「妳說 Magical 什麼？」

彩菜一臉害羞。

「有里，妳太認真了，讓我突然覺得好害羞。之後記得告訴我手環戴起來的感覺喔。」

有里拜託彩菜一起瞞著父母親，彩菜二話不說地答應。接下來她輕輕揮揮手，走下了樓梯。

有里搖晃著自己的手腕，看著那粉紅色石頭的光芒。

這應該是粉紅石英，有助於愛情運勢的能量石吧。

有里把同色時鐘收回盒子裡，露出了微笑。

看來，明天應該會是美好的一天。

這間公司有很多隻身從東京被調來就職的人，星期五晚上很少加班。

不過這星期因為問題頻傳，連帶影響到週末。看這狀況，收集完交辦的資料，可能要很晚了。

有里打電話回家，告訴母親今天晚上不回家吃晚餐，然後傍晚六點多外出吃飯，順便快步跑去買祐介最愛吃的零食。

那間店位於漫畫街，這條街上並排著知名漫畫《大飯桶》等出場人物的銅像。店門前剛好擺著主角爽快揮棒的立像，這裡賣的蜂蜜蛋糕一入口，香濃的蛋味就會擴散開來，讓人忍不住彎起嘴角。祐介說，這是新潟他最喜歡的點心，每次來見有里時都會買回東京。

剛好遇上蜂蜜蛋糕出爐的時間，整間店裡都瀰漫著甜甜的香氣，她買了一盒讓祐介帶回東京，又多買一袋蜂蜜蛋糕的切邊，心想這兩天可以和祐介一起吃。接著她走到百貨公司，這間百貨公司的總店在東京。

她一邊注意時間，先逛了結婚戒指的專櫃，然後走到內衣賣場，一咬牙買了套純白的高級內衣。最後到地下街的菠蘿麵包專門店買了麵包回辦公室。

回到桌前，工作堆積如山，但是她心情好到幾乎想唱歌。

啃著菠蘿麵包一邊敲打電腦鍵盤，晚上九點多，接到祐介打來的電話。

她從緊急逃生口走到外面，在樓梯轉角處聽著祐介的聲音。

對不起。祐介突然說道。

他說，好像感冒了，燒得愈來愈嚴重，全身發冷。

祐介在電話那頭不斷道歉。

「本來想撐著過去，但看來還是不行。我現在剛離開公司，今明兩天想在家裡睡覺休息。」

「今天跟明天，那你星期天要過來嗎？」

「我大概沒有體力當天來回吧。」

「那就別勉強了……反正下週來也一樣。」

下週喔。祐介輕咳了幾聲。

「啊，喉嚨好痛……」

「有食慾嗎？」

沒什麼食慾。祐介說。

「不過我等一下會去便利商店買個便當什麼的。啊，但是胃大概承受不了吧。現在有點反胃。

還是老實一點，舔個梅干算了。」

祐介老家在和歌山縣，他房間的冰箱裡總是放著梅干。有里仰望著夜空，心裡又是懷念、又是擔心。

要是能在他身邊就好了。

要是能飛過這片天空就好了。

「小祐，你得吃點東西喔。」

「現在連吞口水都會痛，真想吃點軟軟的東西。」

「豆腐嗎？」

「我想吃蜂蜜蛋糕的邊，就是門口有銅像的那家。」

甜甜軟軟的。祐介聲音嘶啞地說道。

「泡在熱牛奶裡吃……雖然喉嚨紅腫，不過那個應該吃得下吧。」

祐介吸了吸鼻子。

「糟糕，開始流鼻水了。我去完便利商店就回家睡覺了。有里，對不起啊。」

看來他連說話都很痛苦，電話掛斷了。

她把斷了訊的手機收進制服口袋，想起置物櫃裡的行李。

把蜂蜜蛋糕，送去東京吧？

低頭一看，馬路上來往的車輛中混雜著幾輛大型巴士。

純白的車體在黑暗天空下顯得特別亮眼，就像劃過夜空的白鳥一樣。

是美越的巴士。

有里的視線追著那輛遠去的巴士。

是白鳥。

在新潟市這個沿海城市裡比較少見，不過從美越往山邊那一帶，白鳥交通可說是當地的交通命脈。那個地區沒什麼電車和地下鐵，基本上每個人都得自己開車，不過對還沒有駕照的學生和不方便開車的老人家來說，早晚串聯著各條街道的白鳥，實在幫了很大的忙。

自己國中、高中那六年，也都是搭白鳥的巴士上學。

彩菜說過，白鳥交通有前往東京的高速巴士。

替他送蜂蜜蛋糕去吧。

跨過黑夜，去見他吧。

她去過祐介家一次，那時候祐介也給了她鑰匙，雖然對東京的地理狀況不太清楚，但是到了當地總會有辦法。

只要下定決心，一定哪裡都能去。

她打電話給彩菜，串通好對家裡的說詞，電話那頭響起的聲音跟鬧鐘裡的鈴聲一模一樣。

有里不知為什麼笑了起來，彩菜也被她傳染，一起笑了。

昨天晚上十一點離開新潟市萬代巴士總站的巴士，早上四點半左右抵達了東京池袋車站前。

本來想傳封訊息給彩菜道謝，但想想又停下動作。這個時間人家應該還在睡吧。

昨天晚上打電話給彩菜，她說距離出發還有段時間，不如到她的住處來洗個澡。

她依照彩菜在電話裡指示的路走去，爬上一段通往坡道的長階梯，彩菜正坐在階梯上等著。

卸掉白天的濃妝後，還看得出些許小學時的輪廓，有里有種回到小時候、到朋友家去玩的感覺。

在彩菜家洗完澡後，她打電話回家說自己喝多了不太舒服，要在朋友家過一夜。

彩菜的兩個室友今天不在，一個去打工當保全，另一個剛好在東京，聽說她拿著自己的漫畫去出版社自薦。彩菜還把對方的手機號碼告訴有里，說是已經跟對方解釋過狀況，如果遇到什麼麻煩可以打電話給她。

巴士開進池袋車站時，電車已經開始行駛。她搭上電車前往新宿，趕往祐介住的地方。

這個時段還只有各站停車的普通班次，但是一想到眼前就是祐介每天上班時都會看到的風景，一站一站的畫面都讓她看不膩。

來到最近的車站，她憑上次來過的記憶和手機顯示的地圖，快步往前走著。

眼前終於出現了便利商店，回想起上次曾經跟祐介來過，記憶就瞬間鮮明了起來。她走進便利商店，快速買了牛奶和蔬菜汁，然後開始奔跑。

每一次呼吸、每一個腳步，都在縮短彼此的距離。再跑一會兒，他就在伸手可及的地方。

讓他沾著熱牛奶吃蜂蜜蛋糕吧。然後……還要替他洗衣服。發燒應該流了不少汗，先洗衣服……然後再煮粥。

對了，煮粥給他吃，中間再加一顆去核的梅干。就用他故鄉的梅干吧。

梅子。以前從沒去過和歌山縣，但不久後說不定就會去吧。

奔上階梯，她站在祐介的房間門前。

她調整著呼吸，同時傳了訊息給祐介。沒有回應。本來想打電話，馬上又打消了念頭。

要是還在睡覺被吵醒，就太可憐了。

她輕輕插入鑰匙，安靜地轉動門把。

一想到祐介驚訝的表情，就覺得幸福到幾乎要窒息。

有里深深吸了一口氣，悄悄推開門。

門一打開，玄關散放著一堆鞋子。有皮鞋、也有輕便球鞋。

她滿心柔情地看著這些鞋子。不過，一看到角落，呼吸突然停止。

那裡有一雙細緻的金色涼鞋。

拎起涼鞋一看，鞋子還很新，鞋底的標籤都還沒撕掉。

尺寸跟自己的一樣。

一股血氣頓時直衝腦門，但她先將鞋輕輕放回原處。

待會兒再問他吧，說不定是祐介買給自己的。

走進玄關，緊接著是廚房，穿過廚房，後面是四坪大的房間。屋裡很暗，應該是拉上了遮光窗簾吧。

祐介？小祐？她輕聲叫著，穿過廚房，走進四坪房間。

這時，她倒吸了一口氣。

祐介和一個女人睡在眼前的床上。

她搖搖晃晃走近祐介枕邊，那女人微微睜開眼。

接著是一聲慘叫。驚叫聲吵醒了祐介，他從床上直直彈起。

「什麼，有里？是有里嗎，為什麼？妳為什麼在這裡？」

「什麼為什麼……」

我來見你啊，跨過黑夜來見你。

「為什麼？小祐你……」

「妳為什麼來？怎麼來的？」

「白鳥啊……。」

白鳥？那個身穿粉紅色睡衣的女人一臉驚恐。

「那是什麼……鳥嗎？」

「不是鳥。是深夜巴士，白鳥交通的深夜巴士。」

「白鳥？喔，妳是說白鳥交通。」

說清楚啊。祐介口氣很不耐煩。

「在我們那裡都是這樣叫的。」

「那都無所謂啦。」

祐介啞著嗓子說，然後摀住臉趴倒在床上。他身上穿著跟那女人同款式的水藍色睡衣。

如果眼前兩個人全裸，或許還好一點。

有里站在窗邊，環顧著房間。

房間整理得很乾淨，茶几上放著兩個成對的白色杯子，還有吃了一半的蜂蜜蛋糕。地板鋪著米白色地毯，還放了兩個搭配地毯顏色的心型咖啡色坐墊。

自己好像闖入了新婚夫妻的寢室一樣。

女人微微顫抖，開始抽泣。

「好可怕……祐介。她好可怕喔……」

祐介一把摟過那女人。

「好可怕……」

「有里，能不能先出去？」

「去哪裡？」

祐介頓時語塞。

「備份鑰匙是你給我的，我只是安安靜靜地進來，為什麼說我可怕？」

「電話……」

祐介咳了一陣。

「妳可以先打電話給我啊。」

「因為我不想吵醒你啊……」

那女人躺在祐介的懷裡，可愛地吸著鼻子。

如果我哭，你就願意抱我嗎？

有里覺得自己的腦袋開始不正常，她盯著眼前的地板。

短短幾分鐘前，心裡還滿溢著幸福的情緒。

她就這樣拎著便利商店的袋子，離開房間。走到垃圾收集場，把整袋在便利商店買的東西放下，幾隻烏鴉迅速朝著袋子飛了下來。

那天夜裡，有里再次從池袋車站搭上深夜巴士。

離開祐介家後她無處可去，連站著都覺得受不了，她試著撥打彩菜給的電話號碼。一個很客氣的女生接起電話，說彩菜已經打過招呼了。

怎麼了？一聽到對方擔心的口氣，淚水頓時奔瀉出來。

這個叫沙智子的女生是彩菜的國中同學。如果自己沒進私立女校，直接就讀當地國中的話，說不定也會和她成為同學。

說清楚來龍去脈後，憤慨的沙智子到新宿車站來接有里，帶她到自己投宿的飯店。

在那之後沙智子出門，輪到有里上床睡覺。睜開眼時已經是下午兩點多，打開手機，祐介傳來一封訊息說有話想說。

不是「想跟妳道歉」，而是「有話想說」。

看到祐介房間的擺飾跟上次來時完全不同，她馬上就醒悟到祐介來新潟不是為了求婚，應該是要來結束彼此的關係，或者是打算把兩個女人放在天秤上比較。

自己興奮成那樣，真蠢。

儘管如此，她還是覺得祐介應該會傳訊息來道歉，一直在沙智子房間等著。等到沙智子提著啤酒回來，兩人在房間裡喝著喝著，她決心要回家。

沙智子會在東京待到星期一。

星期六晚上的深夜班次，東京和新潟的客運公司以及美越的白鳥交通各派出一輛巴士。最前面那輛女性專用車，是新潟市客運公司的車。

大概因為有點醉意，一坐上巴士她馬上就睡著了。眼睛睜開時已經回到故鄉。有里在終點萬代巴士總站下了車，但是她已經沒有力氣走到停車場去找自己的車。

拿著行李，她坐在站內的長凳上。這時，有個跟她一樣搭到終點、身材瘦弱的女人癱坐在長凳上，跟自己中間隔了一個座位。

那女人低著頭，看來很難受，用手帕按著額頭和脖頸。

看到她那個樣子，有里覺得更加疲倦，雙手摀著自己的臉，低下頭來。

乘著白鳥連夜飛了過去，一切卻不從人願，又逃了回來。

那時候如果先哭出來，祐介會上前抱住自己嗎？

但是明明不覺得可怕，她沒辦法哭著說害怕。

開口說再見實在太痛苦，不過又想不到還能說什麼。

電話響了。是彩菜打來的。

彩菜。隔壁那個女人聽到她接起電話時叫了彩菜的名字，微微抬起頭來，然後又馬上垂下頭。

到了嗎？彩菜問。

到了。彩菜說：「比預定時間早呢。」

「妳醒了嗎？」

「醒了啊，我跟朋友正在裝飾車子。」

要不要吃早餐？彩菜又問。

「我朋友說要做早餐。繪里花做的法式吐司真的超離譜，好吃到讓妳哭出來。」

「我已經在哭了。」

已經在哭了。彩菜跟著說了一次。

「那就吃完吐司後再哭一次，繪里娘是這麼說的。來我家再睡一會兒吧。」

我去接妳。彩菜說道。

「我駕魔法馬車去接妳。」

「真的嗎？妳真的要來接我？」

反正今天休假嘛。彩菜輕輕一笑。

「放心啦，我車子還能跑，就算時間到了也不會變回南瓜的。直到下次車檢為止，一直都是魔法馬車。」

彩菜要她走到大馬路上。有里覺得稍微有了點力氣，抬起頭來。

我馬上過去喔。耳邊還留著彩菜溫柔的聲音，電話掛斷了。

彩菜原本的聲音，還蠻低沉的嘛……

聽著彩菜慵懶低沉的聲音，就好像男孩子在耳邊低語傾訴一樣，讓她有點心動。

她擠出剩下的力氣站起來，但是雙腿疲軟無力，又踉蹌了一下。這時放在椅子上的東西掉到地上。她想起裡面還放著鬧鐘，連忙打開盒子檢查有沒有壞掉。

既然已經不能送給祐介，她打算還給彩菜。

按下鬧鈴，聽到那溫柔的聲音。現在聽到這鬧鈴覺得真悅耳，她又按了一次。

對著濃濃睡意說完「arigato，à bientôt」後，響起彩菜悠然開朗的聲音。

——天亮囉！

天色已經大亮，染成朱紅色的風景中，有輛純白的巴士靜靜開進來，緩緩停下。

是白鳥。

高大的司機拿下手套，慢慢地走下階梯。

乘客大部分都在新潟車站下了車，車裡只剩下一位乘客。目送完那位乘客，他看起來有點疲累，走到自動販賣機前，正打算買飲料。

有里把彩菜的時鐘收進盒子裡，抬起頭，剛好跟那個人四目相對。那對看來冷靜無比的細長眼睛呈現出溫柔的弧線，看得讓有里有些不好意思。

接著，司機的視線移到鄰座的女人身上，有里也不自覺地跟著他望向身邊。隔壁那個有著纖細頸項的女人，正低頭緊抓著板凳邊緣。束起來的頭髮髮際微微滲著汗，好像在強忍著什麼。

自動販賣機的飲料發出偌大的聲響，掉在取物口裡。

司機拿起飲料，盯著手裡的罐子。但他又慢慢抬起頭，往這裡走近。有里這才安心地站了起來。擦身而過時，有里回過頭，那個高大的司機正站在低頭女性的面前。

第三章

利一把車子停在新潟市萬代橋附近的停車場，慢慢往橋的方向走。

梅雨季節前的日光強烈，白天曬得人大汗淋漓。但是傍晚五點過後光線柔和了幾分，路上來往行人的腳步也輕盈了些。

他走上萬代橋，吹拂河面的風舒適地打在臉上。

跨越信濃川河口的萬代橋全長三百公尺左右，走路過橋得花上一小段時間。橋上有四線的車道和設置了復古街燈的人行道，鋪滿地面的白色花崗岩磁磚，給這片風景增添了柔和的光芒。

利一在橋中央停下腳步，把手放在石欄杆上。

他跟美雪約好五點半在這裡見面。

一星期前結束從東京回來的班次，在萬代巴士總站正打算買罐裝咖啡時，利一看到一個坐在板凳上的女生拿著彩菜她們賣的鬧鐘，可能是在深夜巴士裡睡著時用的吧，她正把時鐘收回盒子裡，想到彩菜她們也有這種年輕女粉絲，他就不禁泛起微笑。

板凳旁的地上放著一只路易威登的波士頓包，一個年輕女孩拿這種包，未免稍嫌老舊，他不經意往旁邊一看，不禁停下買咖啡的手。

坐在那裡的是美雪，她低著頭，看起來很不舒服。

年輕女孩把時鐘收進包包裡，擔心地看著隔壁。

美雪看來好像隨時都會暈倒。心裡猶豫了一陣，他還是慢慢走了過去。美雪抬起頭來。

她眼睛下方浮現淡淡的黑眼圈，讓臉看起來更白更小。

他問，哪裡不舒服嗎？她低著頭說沒事。

「……要喝水嗎？」

他再次走向自動販賣機要買水，美雪站起來。

天氣明明不熱，但她額頭上卻滲滿汗水，用手帕摀著自己的嘴角。

「要不要……請其他職員過來？」

不要緊。美雪又說，然後開始往前走。但是她的腳步踉蹌不穩。利一忍不住喊了一聲：「美雪。」

美雪轉過頭來。利一發現自己直呼對方的名字，連忙改用她的舊姓稱呼。但接下來也不知該說什麼。這時候剛好看到美雪手裡的提包。

「那個……路易威登的包。」

美雪望向提包。

「妳還在用啊。」

「不行嗎？」

「沒有，沒有不行。」

美雪的聲音含著怒氣，讓利一覺得自己剛剛那句話真是無聊。

那天夜裡，家裡很少響起的市內電話響了。

來電的是一個陌生手機號碼，聽著鈴聲響了六次，他才猶豫地接起。打來的是美雪，她在電話那頭為自己清晨的言行致歉。

之後，兩人的對話依然不怎麼熱絡，就在美雪快掛斷電話之前，他試著問了珍珠耳環的事。

他問美雪是不是弄丟了，美雪答道，自己正在找那副耳環。

本來想拿去失物招領處登記，但卻遲遲沒辦手續。他告訴美雪，可以打電話到公司的相關單位去查詢，然後心裡又起了個念頭，補上一句，要是很急，也不妨相約直接拿給她。美雪猶豫了一會兒答道，那就麻煩你了。

她說，這是結婚十周年時，丈夫送給她的重要紀念品。

利一的視線離開河面，將手插進口袋裡。

隔著薄薄的紙張，他看著這副耳環。

本來以為是只珍珠耳環，不過台座上鑲著一顆小鑽。看來真正的主角是鑽石而不是珍珠。結婚十周年紀念，所謂的 **Sweet 10 Diamond**。

看看手錶，約好的五點半已過。橋上視野開闊，可以清楚看到夕陽籠罩下的街區。

他心想，美雪還是跟以前一樣沒什麼時間觀念，靠在欄杆上往旁邊望去。

遠遠地，美雪的身影出現在橋邊。

她穿著深藍色衣服，在夕陽中慢慢走了過來。河面吹來的風讓她的頭髮飛揚，她稍微低下頭，用手指壓著、不讓髮絲掃到臉上。

他忍不住想看著她，但是又努力抗拒這股衝動，於是將手放在欄杆上，再次望著河面。

美雪什麼也沒說，來到他身旁站著。

他繼續望著河面，將包在薄紙裡的東西遞出去。

謝謝。美雪輕聲道謝，接過後淺笑一聲。

「真不知道……該怎麼叫你才好。」

「叫我高宮就行了。」

也對。她點點頭。

兩人並肩望著黃昏的信濃川。總不好就這樣轉身離開，但又找不到話題。

制服。美雪開口道。

「制服？」

「巴士的制服……挺好看的。午夜藍的那件。」

「那顏色有這麼好聽的名字啊。」

「很適合你的顏色。接近黑色的深藍……搭深夜巴士的時候抬頭看天空，就會知道午夜藍是什麼意思。本來以為夜晚的天空是黑色，但是月亮一出來就成了深藍色。那個顏色放在西裝上也挺適合的。」

「那又怎麼樣？」

利一覺得自己口氣好像太衝了些，又補上一句。

「相隔十幾年第一次説話開口就是路易威登，妳不高興，現在自己還不是講起制服。」

美雪笑了。雖然笑得拘謹，不過似乎很開心。

「妳笑什麼？」

「跟學生時代一樣。標準高宮學長的口氣。」

我現在知道了。美雪的聲音變得很溫柔。

「我現在知道為什麼那時候你突然說起提包了。謝謝你……謝謝你那時跟我說話。」

「我還以為妳早就把那個提包丟了。」

「我現在還很常用。」

「丟了吧。」

彩菜剛生下來時，他送了美雪那個提包。當時路易威登的包很受女性歡迎，不過大學畢業後忙著生產、帶小孩的美雪始終跟名牌包無緣，利一咬牙偷偷買了送給她。本來以為美雪會很高興，但她卻很生氣，說是與其花這麼多錢買名牌包，還有更多該買的東西。

可是氣歸氣，她還是常用這個提包來裝孩子的尿布和玩具。利一原本心想，她可能後來又買了同款的新提包，但前幾天早上靠近一看，上面還留有怜司以前貼了貼紙後撕下的痕跡。

很耐用呢。美雪微微笑著。

「是妳懂得愛惜東西。」

「比婚姻生活還持久呢。」

這話聽起來像挖苦，他沒再搭話。美雪從包包裡拿出一個串珠化妝包。

她問，戒菸了嗎？利一回答戒菸了。美雪輕輕搖了搖手上的小包。

「我現在反而開始抽了。現在到處都禁菸，真是麻煩。所以才跟你約在橋上。」

「妳抽菸嗎？」

美雪從化妝包裡拿出菸。

「可以抽嗎？」

「最好不要。」

看著美雪把化妝包放回皮包裡，他背對河、面向車道。白鳥交通的高速巴士夾雜在幾輛路線巴士中駛過眼前。

那是前往東京的巴士。

美雪繼續看著河，小聲說：「你都沒變。」

「看來過得還不錯嘛……」

「妳也是。」

「我不行，都老了。」

「怎麼說話這麼消極？」

對啊。美雪老實地點頭。

「妳看起來一點都沒有老態啊。如果參加同學會，應該會歸在還算漂亮的類別吧？」

還算漂亮。美雪彎起嘴角無聲地笑了，問他眼睛有沒有老花。

「有一點。」

「人體的構造真是巧妙。當外表開始起變化，眼睛就漸漸看不清楚，看不見自己變醜的部分。」

「妳真的很消極耶。」

「後悔跟我見面嗎？」

「有那麼一點。」

那……。話說了一半，美雪又安靜下來。然後她輕聲說了句再見，走下橋去。

利一對著那背影，叫了聲「美雪」。

「妳不問問孩子們怎麼了嗎？」

美雪停下腳步。

「彩菜可能要結婚了，伶司還是沒定性。本來已經在東京上班，但最近又跑回來，整天無所事事待在家裡。妳什麼都不問、不感興趣嗎？」

美雪低著頭。

「妳在新的家庭過得幸福就好。」

美雪站著沒動，背影略略顫動著。利一有點生氣，走上前去抓住她的手，發現她正在哭。

「我就算想……也不能問。」

「為什麼？」

「事到如今，我有什麼資格擺出母親的樣子。」

她嗚咽著說道，摀著自己的臉。

「有什麼好哭的。我剛剛說得太過分了。」

不行。美雪低聲說著。

「我最近常常控制不住情緒。是我的問題。」

來往的行人狐疑地看著他們。又不是年輕情侶，中年男女拉拉扯扯的，看起來確實不成體統。

「找個地方坐坐吧，還是妳有什麼急事？」

「醫院……我要去醫院，然後還要回老家一趟。」

「醫院？」

「我爸他……」美雪顫動著肩頭。

「妳冷靜一點。有時間的話找個地方坐下來喝杯茶。我開車送妳去。」

不用了。美雪擦掉淚水。

「別哭了，好不容易回來一趟。」

他把手放在美雪背上，天氣不熱，但她背後卻濕了一大片。

「發燒了嗎？」

你別看。美雪揮開他的手。

「很丟臉。」

「有什麼好丟臉的？」

美雪閉上眼睛，垂著頭。

「總之先找地方坐吧。」

我頭有點暈。美雪虛弱地說。

「我想靜一靜，等頭不暈了，我就會回去。」

「回去哪裡？」

「回我爸的住處，就在附近。」

「他搬家了？」

美雪點點頭，趴在欄杆上。

「我去開車過來，妳在這裡等沒問題嗎？」

我不要緊。美雪小聲說。

「我靜一會兒就好了，你不用擔心。我沒生病，等等好了，我就會自己回去。」

利一回到停車場，把車開上橋，美雪剛好走到橋的終點。黃昏的光線中，只有她的身邊看來格外陰暗沉滯。

他停了車、搖下車窗。看美雪還在猶豫不決，便堅定地喊了聲：「快點！」美雪這才坐進車裡，深深吐出一口氣。

「沒事吧？要不要去醫院？」

我不是生病。美雪難受地吐著氣，說道：

「只是更年期而已……是我太軟弱了吧……」

他問美雪該送她到哪裡好，美雪說，父親就住在離萬代橋不遠的信濃川河邊。

那是一棟全新的建築，從高樓層不僅可以望見信濃川和市區，有時還能看到日本海。

美雪父親搬到這棟大樓不到兩個星期，就在人行道上被一輛飛馳而來的自行車追撞受了傷。那輛自行車是最近在年輕人當中流行的無煞車款式，據說車速遠非一般自行車能相比。被車撞到的衝擊，再加上倒在路上的震盪，導致美雪父親全身好幾處複雜性骨折，幾乎無法動彈。

醫院實行全責護理，家屬不需要一直陪在身邊。不過還是有許多瑣碎的事情得辦，美雪有一搭沒一搭地敘述著狀況，說自己每個月會來回這裡跟東京幾次。

車子很快就開到新家樓下，美雪下了車。利一朝著她的背影問：是哪家醫院？

「妳現在要過去對吧？反正順路，搭我的便車去吧。」

美雪遲遲沒開口，他繼續追問，原來是距離這裡還有一段路的綜合醫院。

利一在大樓停車場等著上樓去替父親拿東西的美雪。過了一會兒，美雪提了一個紙袋出現。

她換了一襲米白色衣服，腰間繫著條細皮帶，那是件襯衫型連身洋裝，跟以前一樣，穿衣服的品味很好。但也正因為這樣，剛剛在橋上的失控很不像平時的她。

自己這麼做只是出於關心，不過好像反倒給了她壓力。

利一接過紙袋放在後座，然後把車開出去。

美雪說，父親放棄住慣的老房子搬到這棟大樓。老家裡充滿了回憶，不過自從美雪母親過世後，獨居的父親要爬上二樓或者要整理庭院都愈來愈吃力。再加上這個地區原本不太下雪，最近幾年積雪的日子卻愈來愈長，剷雪對他來說實在太辛苦。

幸好房子很快就找到買主，他也拿出以往的積蓄，拼湊著買下這間新建大樓的一戶，做為自己人生最後的棲身之所。沒想到買主在交屋前突然取消，之後遲遲找不到有意購買的人。

美雪說，最近在考慮要不要出租。

「但房客也很難找，畢竟是老房子了。也有人建議，乾脆把房子拆了，可是不管怎麼處理都需要錢……」

「剛剛妳說除了醫院，還要到老家去一趟？」

「偶爾得去開開防雨門通風，不然房子會受損的。院子裡的草也得拔掉，房子沒住人很快就會荒廢，要住要賣都必須維持現狀，每次回來我都會去整理一下。」

「不能拜託不動產公司嗎？」

美雪又嘆了一口氣。

「確實是可以拜託他們幫忙啦……」

「不過對方也不可能免費幫忙，是吧。」

美雪淺淺笑著。

「高宮先生，你現在說話的口氣更像以前社團裡的高宮學長呢。真奇怪，現在回想起來的不是婚後的事，反而都是初相識的時候。我大概在逃避吧。」

「妳跟以前一樣，老是愛分析。」

美雪倚在車窗上笑了。真令人懷念的動作。

下班時段，路上車流變得擁擠。他慢慢開在鬧區的街道上。車子停在紅燈前，剛好看見一張中藥房外的海報。

上面用大大的字寫著「更年期障礙諮詢」。那是男人完全不了解的世界。

「對了……」

他不知該怎麼開口，美雪盯著他。那眼神跟彩菜很像，他別開了視線。

「更年期那麼不舒服嗎？」

「看人啦，有些人症狀很輕。我……最近症狀比較嚴重，自己也不知道為什麼。」

「太累了嗎？」

「可能吧。我覺得自己真沒用。」

本來想問她，覺得自己哪裡沒用，但他沒繼續追問。美雪疊在膝上的手看起來是那麼纖瘦，問了這個問題，好像會傷了她。

「有好好吃飯嗎？」

「總得讓孩子吃飯，煮是會煮。不過……也對，最近確實沒什麼食慾。」

「妳有孩子啊，幾歲？」

十歲。美雪小聲地說。

「跟我離開時的怜司一樣年紀，有時候……我會把那孩子叫成怜司。那時候我先生就不太高興，但我還是忍不住。怜司……現在怎麼樣？彩菜呢？」

燈號轉綠，車子繼續往前開，外面下起了雨。這個鬧區有個古老的名字叫「古町」，雨水中燈影暈散。

「總之妳要好好吃東西、好好睡覺。我看怜司還有食慾，我也不太擔心。他的睡眠狀況我倒不清楚。」

「他身體哪裡不好嗎？」

「從東京回來之後，他就是不肯說回來的原因。學校畢業後好不容易找到工作……而且公司名氣還不小，但是他辭了工作，大概半年左右無所事事待在家裡。這段期間，也不曉得他在做什麼。但是他腰附近的疹子很嚴重。」

「是過敏？還是壓力呢？那孩子和彩菜皮膚都不太好。」

「原因我不清楚。我問過，他每次都敷衍我。彩菜很擔心……說那傢伙說不定會突然消失。」

「消失？消失是什麼意思？」

彩菜所說的消失，聽起來不太像是下落不明，更像是自殺的意思。但利一不打算告訴美雪。這對現在的美雪來說太沉重了，而且一說出口，彷彿就會成真。

「總之……那傢伙還能大口扒飯，我看應該沒什麼問題。反過來說，要是他哪天吃不下飯，就得特別小心了。那妳睡得還好嗎？」

坐巴士的時候都睡得不錯。美雪說。

「妳不用特別顧慮我啦。」

「是真的啊。只有搭車的時候，才是屬於我自己的時間。每次到池袋的巴士站，一看到從新潟來的巴士，想到這些車大老遠特地到東京來接我，就覺得很安心。巴士的車體都是我從小看慣的顏色，駕駛也應該都是這裡的人吧？我很少搭美越的白鳥交通，不過聽說你……」

「怎麼聽說的？」

這個嘛。美雪笑了。

「其實……是聽我父親說的啦。也不知道他是哪裡聽來的，聽說你在白鳥交通工作。但是真沒想到會在高速巴士上見面。」

美雪的視線追著擦身而過的路線巴士，她問：「你也跑市區裡的路線嗎？」

「現在不跑了。我們公司跑高速巴士的路線是專任的，跑了幾年路線巴士、累積經驗後，經過選拔才能開高速巴士。」

「所以巴士駕駛和長程路線駕駛，都算是公司裡的菁英吧。」

「難說。現在很多地方都有觀光巴士，有時候根本沒幾個乘客。」

「這種時候怎麼辦？如果只有一、兩個人預約，就不發車了嗎？」

「不會。我們公司除了高速巴士之外，還有路線巴士，高速公路上不是有很多停靠站嗎？離開東京或新潟的時候可能只有兩、三個人，跟載空氣沒兩樣，不過可能有乘客在後面的停靠站等，所以時間一到一定會發車。但東京這條路線的乘客確實比較多。可是跟其他公司比起來，我們的車比較老舊……我們開車會盡量小心，不過座椅可能不比那些最新型的舒適座椅了。」

「但我還是睡得很好。」

「妳上次下車後不是不舒服嗎？」

那不是因為巴士的關係啦。美雪說。

「突然沒辦法動，這是老毛病了。」

「老毛病？」

「最近早上起來，第一個念頭就是好難受。不能動，但是又不能不動。出門打工、做完家事，把孩子託給丈夫老家，往返東京和新潟……得到爸爸的醫院去，新家和舊家都有事要處理。現在我丈夫一個人派駐外地，我反而輕鬆一點……睡覺的時候腦子裡東想西想。然後早上又來了。我告訴自己，得快點動起來才行，但就是動不了。前一陣子，偶爾還會有想死的念頭。」

下了巴士之後，我一步也動不了。美雪低下頭。

「汗水不斷冒出來，頭暈得厲害。說不定我會比爸爸先倒下去。偶爾我會想……我們兩個人或許會一起病倒。但我爸比我更煩惱，他總是對我說，變成這樣子真抱歉、自己真沒用。受了傷明明已經夠難過了，他還在擔心我的身體。他叫我別勉強、不用這麼常來。但是我現在不勉強，以後還有機會嗎？如果現在不努力，一定會後悔一輩子。得好好振作起來才行。」

我果然還是太軟弱了。美雪低聲說道。

「最近暈眩和熱潮紅很嚴重，就好像……好像我想逃走一樣，像以前那樣。」

雨刷前方已經能看見醫院的招牌，把車開進醫院入口，美雪低下頭。

「對不起，一直跟你發牢騷。我實在太負面了。」

「有什麼我可以幫忙的嗎？」

「告訴你這些不是想請你幫忙，這是我的問題。但是有人能聽我說話，我也稍微輕鬆一點。」

美雪從後座取走東西，說了聲「謝謝」，再次對他低下頭。

「謝謝，高宮先生。」

說完謝謝到叫他的名字之間，有段小小的停頓。

她雙手謹慎地抱著紙袋往前走去。一想到她原本打算搭巴士來這裡，那一大堆行李看了實在讓人覺得不忍心。

美雪沒有回頭，筆直地向前走，漸漸消失在建築物中。

隔天，休假結束後的第一趟車是前往關西的班次。

新潟和東京之間總共有四間公司共同營運，白天晚上加起來有十六趟來回班次。不過關西方向只有關西的客運公司和美越的白鳥交通，只有一趟夜間的來回班次。

這班深夜巴士晚上九點從美越營運站出發，經過近郊各個車站，在早上六點到達京都車站、七點半到達大阪車站。

由於駕駛時間長，所以由兩名司機輪流負責，沒當班的時候可以在巴士下層的床上小睡。

坐在駕駛座時，利一全心集中在工作上，不過在休息站換班後躺在床上時，他腦子裡想起了美雪。

美雪從以前就是這樣，一有事就習慣性地去分析自己的心情，然後根據分析的結果來激勵自己。有時候這樣確實不錯，但是她往往容易走向責備自己的方向，遇到身體狀況不好時，又會給身心帶來更大的負擔，陷入惡性循環。不過自己擔心這些又有什麼用呢？

自從在醫院分手後，兩人沒有再聯絡。

結束關西這趟工作回到美越家中，彩菜她們的商品紙箱已經堆到走廊上。

怜司說要先清點箱子的內容和數量，再分類搬到空房間裡。但是這項作業遲遲沒有進展。

看到彩菜沒有回美越家中，只留怜司一個人工作，利一打了電話給彩菜，口氣嚴厲地告訴她，如果需要壯丁幫忙，至少也該讓之前提過的那個男朋友一起幫忙。

彩菜回答，下週末下午會跟男友一起回美越。

休假日剛好遇上週末的日子並不多，利一帶著些許緊張的心情，迎接這一天的到來。這天一早就在怜司的幫忙下清點好商品，十一點多時繪里花又開著小卡車載了一批新紙箱過來。

她說這次的商品是零食。今年初春曾經推出一批包裝上印有漫畫主角的零食，大獲好評，這次是第二波。

繪里花笑著說，順利的話想在夏天的活動裡大力促銷。她搬來的這些零食袋子上除了插畫，還有彩菜穿著彩娘裝扮的照片。

怜司打開一袋試吃用的零食，一臉不解。

「老實說……比起那些不入流的偶像，偶爾啦……偶爾我也覺得我妹確實比較可愛。但是這個……這到底是什麼？」

「這叫 Magical Wonder Food。」

「妳們連這種東西都出，而且還賣得這麼好，到底是什麼世道啊？」

「你還不是吃得很高興！哥娘，這可是我們貴重的食糧，你每一口每一口都要用心咀嚼！」

繪里花把紅筆插在耳後、交叉起雙臂，開始清點紙箱。

「而且最氣人的是，這超好吃的。」

「你幹嘛生氣啊？」

繪里花從迷彩圖案的束口背包拿出一個小袋子，丟給怜司。

「那你要不要也吃吃這個？這是魔法的種子，配啤酒一起吃真是不得了。」

「是柿種米果吧。」

「對。在 Magical Wonder Girls 的世界裡，這叫魔法的種子。這是試作品，夏天的活動裡我們打算搭配啤酒一起賣。」

「妳們還要賣啤酒？」

「我朋友的親戚在一間啤酒工廠工作，那裡的精釀啤酒很好喝，對方向我們提案，說想把沙娘的插畫當作商品標籤貼在啤酒上。但是彩娘有點猶豫，畢竟小孩子不能喝啤酒，所以現在我們正在透過朋友尋找能跟我們搭配推出兒童飲料的公司。」

「當妳朋友還真辛苦耶。」

「我們的方針是只要能利用，就算是自己的父母親也不放過。啊，伯父，真對不起。」

繪里花看著利一，向他點頭示意。

「剛剛那句話說得有點誇張了……不過沙娘她老家寺廟的本堂，最近這幾天都借給我們排練活動，魔法師會在釋迦牟尼佛面前跳舞。」

「妳們的活動主要都做些什麼？」

「以前都是搭個簡單的舞台，然後聊天、唱歌或者是拍照，春天的活動時我們也請來了跳舞的朋友，結果……怎麼說呢，所謂阿宅的朋友都是阿宅，舞者的朋友也都是舞者？」

妳到底在說什麼啦？怜司開始吃起柿種。

「不是啦，哥娘你到時看了就知道。這些人站在舞台上氣場超強的。本來只請了兩位舞者，後來那兩個人又幫我們邀了朋友，人數還不少。活動開始前先請他們跳了一小段，根本帥翻，我看了差點要掉眼淚。然後我們想要一些效果更好的服裝，那時候我跟已經化好妝的彩娘一起來過這裡，拿一些服裝和小道具。」

喔——。怜司拉高了嗓子。

「那時候……」

「原來是那次啊。」

真抱歉。繪里花搔了搔頭。

「好像嚇到你們了。也不知道發生了什麼事，但我在車裡等的時候，聽到了慘叫聲，那是你的聲音嗎？」

「結果有趕上活動嗎？」

趕上了。繪里花打開紙箱包裝。

「會場距離不遠。而且那是我們第一次的收費活動，說什麼也不能遲到。」

夏天的活動會場規模更大。繪里花笑著說。

「所以還想提供飲料。如果爸爸媽媽能帶著小孩一起來，大家手裡都拿著亮晶晶滋滋冒泡的飲料，不覺得很開心嗎？像冰淇淋汽水或檸檬汁那種。希望可以讓大家都甜蜜蜜、喜孜孜的。」

「甜蜜蜜、喜孜孜……然後我家的紙箱還會再增加是嗎。欸，爸！」

「可能沒辦法再多放了呢。」

對不起。繪里花恭敬地鞠了一躬。

「我們那裡真的放不下了，再說，那裡男賓止步，也不方便請哥娘來幫忙，您願意讓我們寄放，真是幫了大忙。」

「妳說男賓止步，那彩菜的男朋友也不能去嗎？妳見過他嗎？是個什麼樣的人？」

啊……。繪里花一臉為難。

「你說那個啊……怎麼說呢？」

「妳怎麼反過來問我呢。妳們都叫他『那個』啊？」

該怎麼形容好呢。繪里花認真地看著怜司。

「我和怜司都沒見過。今天他會過來。」

「他今天要來？」

繪里花眉頭一皺，怜司點點頭。

「對啊。因為爸跟彩菜說了重話，要把庫存放在這裡是可以，但不能這樣不乾不脆地拖下去，至少得帶那傢伙來幫忙一次。不然他就要把東西全丟出去。」

喔。繪里花點點頭，伸手去拿迷彩束口背包。

「本來今天想留下來幫忙的，但我差不多該走了。我下次再來。對了……上次發訊息問你的那件事，能不能考慮一下？」

怜司點點頭。

繪里花倉皇離開後不久，玄關門鈴響了。利一簡單整理了一下儀容，打開玄關門。

他一時搞不清楚狀況，愣愣地站著。

眼前站著兩個身穿西裝的男人，其中一個上了年紀，正好奇地盯著玄關電燈缺角的燈罩。身後站著一名中年女性，身穿優雅的灰色洋裝，而那女性身邊，則是穿著水藍色洋裝、滿臉不高興的彩菜。

美越車站附近一間講究的獨棟餐廳裡，這個應該是彩菜男友的年輕人正開心地笑著說話。這間店在網路上好像被評為美越最好吃的法國料理。

就算是這樣，也不該沒事先打過招呼就擅自預約請客。

本來想這麼告訴對方，但利一沒說出口。眼前那青年的父親正轉著酒杯在試紅酒的味道，母親則用崇拜的眼光看著父親。

一個小時左右前站在玄關門口的，是彩菜男友和他的家人。

彩菜說，她和這個叫大島雅也的年輕人約在咖啡廳，沒想到他帶著家人一起出現，然後說今天預約了法國餐廳，務必請彩菜的家人也一起來用餐。

對方父親聊起紅酒，利一邊附和著，邊不著痕跡地看看左右。

雅也和彩菜各自坐在長方形桌子的短邊，右邊是彩菜，左邊是雅也。彩菜說這是壽星的位置，雅也則笑著說，應該是教父的位置吧。

雅也是名記帳士，比彩菜大兩歲，個頭嬌小，親切的臉上掛著一對圓滾滾的眼珠，是典型的娃娃臉，可能也因為這樣，今天裝扮樸素的彩菜看起來年紀反而比較大。

雅也的父親聊完紅酒後，母親接著說起黃金週時全家到歐洲旅行的事。

彩菜始終面帶微笑地坐著，但很少開口，不過表情顯得很溫柔，就算不說話也充滿了魅力，頻頻吸引著雅也和他父親的目光。利一心想，這應該是她經過分析後，判斷自己看起來最漂亮的表情吧。

利一對上了彩菜的眼神。彩菜輕輕顰眉，迅速給他一個微笑。那笑容看起來像在說抱歉，也像在說，拜託你了。

雅也母親關於歐洲旅行的話題還看不到終點，利一吃著主菜，回想起家族旅行的往事。怜司和彩菜小時候一家人還蠻常出遊，不過他們進入青春期後，幾乎很少再有全家出門外宿的經驗。母親的話題結束後，父親說起自己的工作。他現在在縣政府工作。

利一維持著基本禮貌回應對方，這時他發現雅也母親正盯著怜司的手背看。看到她的樣子，利一有些不愉快。怜司的指尖可能是因為包裝和檢查商品，變得有些粗糙，指甲旁的皮膚龜裂，左手背上還有幾道傷痕。

怜司可能也注意到對方母親的視線，悄悄用衣袖遮住傷口。

話題不知不覺中講到大學。雅也的母親問起他是哪個學校畢業的，利一照實回答，原來跟對方的父親是同一所大學，只是系所不同。

雅也的父親一聽，立刻表現得很熱絡，又點了第三瓶紅酒。他說為了慶祝校友重逢，得選好一點的酒。

雅也的父親說，雖然是同一所大學，但彩菜爸爸的科系是學校裡最難考上的。

「我們的系根本比不上，以前和現在都一樣，分數可高太多了。」

「以前沒那麼好啦。」

沒這回事。喝醉的雅也父親笑著。

「其實我也報考了那個系，但是沒考上。不過大學念什麼系根本不重要，之後得看你有沒有好好努力，才能真正改變人生。」

「一點也沒錯。」

「出社會後也不太會跟別人提起自己念什麼科系，頂多只會說念哪間大學。真不知道當年為什麼這麼死命計較成績。我們那個年代的考試，應該算是競爭激烈的戰爭呢。」

「就是啊。」

「現在因為少子化，小孩都過得很輕鬆呢。雅也，聽說只要寫了名字，每個人都有大學念，對吧？」

沒那麼誇張啦。雅也輕聲笑著。

「以前和現在都一樣，難考的地方還是一樣難考。我考大學時也念了不少書啊。」

雅也母親優雅地喝著杯裡的水，看著彩菜。

「彩菜高中畢業後就直接出社會工作了是嗎？」

彩菜說出新潟市一間專門學校的名字，雅也父親拍了一下膝頭：「這樣很好。」

「女孩子別去東京上大學，要是被壞男人拐走就糟了。要是變成這樣回來，那可怎麼辦……」

雅也的父親做了個大肚子的動作。

「我們有個親戚的小孩就是這樣。還是留在家鄉好，不會學壞。」

雅也噗嗤一笑。那笑法讓利一覺得不太高興，這時雅也母親轉而問他，為什麼在當司機。

為什麼？這問題真不知從何答起。利一說完後對方的父親揮揮手，試圖打圓場。

「唉呀，真對不起，我家這口子不太會說話。」

雅也母親用手指抹去杯上的口紅印，看著身邊的父親。

「可是學習政治經濟的人，比起實務工作應該更擅長管理吧？」

不是嗎？她試著尋求同意。利一回答，也不見得。

「畢竟每個人狀況都不一樣。」

「都不一樣？那您是出於什麼理由才從事這一行的呢？」

回答這個問題真是麻煩。利一用紙巾擦了擦嘴角。

大概想換個話題吧，雅也爽朗地開口：

「對了，彩菜的爸爸和媽媽很年輕就結婚了呢。」

為什麼突然提這個——

他不悅地望向青年，而雅也正笑著看向彩菜。彩菜垂下眼，切著盤子裡的肉，故意避開他的視線。

「說到彩菜的媽媽，現在還有聯絡嗎？」

沒有。彩菜抬起頭來，燦然一笑。

這一笑確實讓氣氛也燦爛了起來，但利一不明白她為何而笑。

雅也的母親說，想見見彩菜的母親，說是有事要問她。

「有什麼事嗎？或許我也能幫得上忙。」

雅也的母親微笑著說，這種事要母親才會懂。利一同樣覺得，這不是微笑的時候。

「我聽雅也說彩菜的皮膚不太好，好像有過敏症狀？」

「小時候有一些，長大以後應該好多了。是吧，彩菜？」

是嗎？雅也母親說道。

「女孩子不太會跟父親談自己的身體狀況吧。她皮膚不好是到幾歲為止呢?跟母親一起住到幾歲?有些事不是母親是不會了解的。」

「我不懂妳在說什麼。」

利一老實地說出自己的想法。雅也的母親用紙巾按著嘴角。

「坦白說,我只是不想看到雅也的孩子將來也因為過敏受苦。我朋友的孩子也有類似狀況,看了真的很不忍心。如果彩菜也有這種症狀,將來是不是我們家孫子也會有?我看雅也應該是有這個打算,這讓我有點擔心。所以我覺得有些事還是事先知道比較好……」

彩菜臉上的笑容消失,怜司也停止用餐。

空氣中只剩下雅也母親使用餐具的聲音,他父親一口氣喝完杯裡的紅酒。

怜司先是低聲笑了,又開始動手進餐。

「知道以後,您打算怎麼辦呢?」

打算怎麼辦?母親看著怜司。

「事先知道,然後想辦法解決嗎?我想應該不是吧?」

利一輕輕踢了踢怜司的腳,怜司沉默了下來。他父親又往杯裡倒了紅酒,想改變當前的氣氛,他問雅也跟彩菜是在哪裡認識的。

報稅。彩菜低聲說道。

「報稅?」

「我到報稅的免費諮詢中心去……他教了我很多。」

怜司用紙巾按著嘴角輕聲說道:

「利用免費諮詢搭訕啊。」

「怎麼會呢，哥哥，不是的。別說那些讓人家誤會的話啦。」

雅也慌張地揮手。他的手很有肉，看起來很圓潤。

「而且彩娘……彩菜她，是穿公司的制服來諮商的。一身全黑打扮，看起來那麼可怕，我才沒勇氣跟她搭訕呢。」

「我是利用中午休息的時間去的。」

「免費諮商之後我們又湊巧見到面，我高中學長剛好在彩菜公司那棟大樓上班……其實我們……興趣還蠻合的。」

「興趣？角色扮演嗎？」

怎麼可能。雅也一臉嫌惡地笑了。

「哥哥，您怎麼一直開這種玩笑。您目前從事什麼工作？」

「沒工作。」

「我第一次看見有人這麼坦蕩地說自己沒工作。」

「見識到了吧。」

哥哥也一樣嗎？雅也笑著。

「跟彩菜一樣，是個抖S嗎？」

抖S……怜司不高興地說：

「我看你興趣還蠻特別的。那你算我妹的奴隸嗎？」

「抖S是什麼？雅也。」

雅也有些難以啟齒，怜司大大方方地說：

「就是超級虐待狂的意思。爸，你別再踢我的腳。還有彩菜。」

怜司用紙巾按著嘴角。

「妳也不要踩我了。」

我沒踩你。說完之後，彩菜摀著臉笑了起來。

「唉……果然會變成這樣……」

彩菜低聲說道。

「什麼果然？彩娘？」

「彩菜，手肘不要放在桌上，真沒規矩。」

彩菜彷彿渾身癱軟般趴在桌上。

接著她又活力充沛地抬起頭，拿著菜單。

「叫甜點吧！」

她的聲音十分開朗，一反目前為止的沉默。

「大家要點什麼？尷尬的氣氛就到此為止，不然大家都點冰淇淋，吃完就解散吧。」

我想喝咖啡。雅也的父親語帶不安地說。

好，那我們家也喝咖啡。彩菜擅自決定好。

「可以吧？爸、哥。別跟我說你們想喝紅茶。」

「我想吃點蛋糕。」

「就您一個人嗎？那要不要外帶？」

「為什麼這麼突然決定呢，看來這位小姐個性還真強呢。」

我先確認一下。彩菜看著雅也。

「你就是喜歡我這種個性吧？你瞞著我安排今天的聚餐是怎麼回事？」

「我在想結婚的事……」

「不是說好今後的事要一起商量嗎？我本來不想讓家人為難，才擺出女神的微笑來招呼大家。不過你這樣擅作主張？自作主張？隨便都可以啦，反正我不喜歡這個樣子。」

「對不起，對不起啦。彩娘……彩菜。」

「雅也，你為什麼要道歉？為什麼我們非道歉不可？」

「要吵架就去家人不在的地方吵！」

「哥你別說話。」

「彩菜，怜司。別再吵了。」

妳啊。怜司站起來。

「妳真的有心要結婚嗎？這可不是辦家家酒。突然那麼積極打點。想裝乖就給我裝徹底一點。

蛋糕要吃哪一種？」

怜司把菜單遞到雅也母親面前，父親接過菜單，用力闔上。

「我看今天就別吃甜點了。」

先各自回家吧。雅也父親說道。

「惠美子，走吧，我們回去。」

非常抱歉。利一站起來低頭道了歉，雅也的父親滿臉無奈。

「哪裡……狀況跟兒子告訴我的有些不一樣。我看，先讓年輕人自己談好，決定了再說吧。」

非常對不起。彩菜對雅也的父親低下頭。

「很抱歉。其實我還有很多想做的事，但是跟雅也完全無法好好談，我們的想法總是不一致……今天也一樣。驚動您們真不好意思。」

「今天真的非常對不起。」她再次向對方道歉，然後抓起包包走向店外。

「彩菜，等一下。」

利一快步向前，在門口抓住彩菜的手，但被彩菜用力甩開。

「彩菜……」

「爸，對不起，對不起。但是……」

轉過頭來的彩菜臉上掛著淚水。

「所以我才不想讓你們見面。」

「這是什麼意思？」

彩菜沒說話，直直跑了出去。

她是不想讓雅也見到自己的父親和哥哥，還是不想讓自己家人跟雅也家人見面？

怜司從餐廳裡走出來，站在利一身邊。看到彩菜轉過路口、身影消失後，他好像有點後悔剛剛的言行，輕輕低著頭。

怜司的脖子泛紅，浮起幾道抓過的痕跡。

看到那痕跡，利一就什麼也說不出口了。

跟雅也一家人聚餐後又過了好一段時間，在那之後，彩菜什麼也沒説。傳訊息她也不回，利一想打電話，又不知道該説什麼好。怜司也只是安安靜靜地負責送貨，兩人之間沒怎麼交談。

利一躺在美越家中的榻榻米上，閉起雙眼。

最近總覺得身體的疲勞一直消除不掉。

為了想在工作前多睡一會兒，到志穗店裡時他也很少過夜。要是對方發脾氣，或許還能吵上兩句，但是志穗卻反過來擔心他是不是身體狀況不好，這又讓他覺得內疚，感覺更疲累。

美雪説過，早上起來有時候會很想死。身體的疲倦遲遲消除不掉時，確實可能會有厭世的心境。

他翻了個身，忍不住嘆氣。

彩菜的眼淚讓他很不忍心。

一想到彩菜的眼淚，又會想起哭泣的美雪。

「原來她不想讓我們見面啊。」

自言自語般喃喃説道，他又閉上了眼睛。

彩菜原本希望到東京讀跟服裝有關的大學，但是高中三年級那個夏天，她把升學志願改成能從美越通勤的專門學校。剛好在那時候，負責家事的母親、也就是彩菜的祖母病倒，半身輕微麻痺。或許這就是讓她改變志願的原因吧。

利一告訴她不用擔心家裡的事，但彩菜什麼也沒説，只是笑著。

彩菜沒上大學，利一替她買了車，也出了改裝費用。但他並不認為這些可以取代大學。這樣或許反而讓彩菜每次開車時，都會想起自己沒有選擇的那條路。

沒有選擇的那條路，或者説是無法選擇的那條路。

如果母親還在，如果彩菜有個可靠的父親，她是不是能夠沒有後顧之憂，活得更自由自在呢？

他想起雅也那男孩的開朗自在，和怜司滿是傷痕的背。

有些事不是母親是不會了解的——

他站起來，抓起車鑰匙，對二樓的怜司喊了聲：「我出門一下。」然後走向車庫。

夜深人靜，車子在人車稀少的道路上開了一會兒，來到美雪老家附近。

美雪家附近有一個公園，以前本來是孩子們最愛的大型遊樂場。所以自己雖然沒住過這裡，來到附近也不禁湧起一股懷念。

車子經過美雪老家前，從磚牆外可以看見院子裡久未修剪的樹木。

他把車子停在附近超市的停車場裡，稍作休息。

抬頭一望，月亮散發著淡淡光芒，夜空看起來的確很像接近黑色的深藍。以往從沒注意過的夜空顏色，在聽到午夜藍這個形容後，也開始不自覺地注意起來。

既然已經知道，就不能視若無睹。

他試著撥了美雪的手機。

鈴聲響到第七聲時，美雪接起電話。

他告訴美雪彩菜要結婚的事，也問了過敏的事。

美雪說，彩菜在東京有一段時期很嚴重，但搬到美越後不久就漸漸好了。她又問，對方是個什麼樣的人？

利一回答，我也不太清楚。

「你是說，是個捉摸不定的人嗎？」

「我想對方應該也一樣吧，彼此還有太多不了解的地方，尤其是跟女人有關的事，我實在不懂。」

美雪追問是怎麼回事。

「比方說身體狀況，還有結婚的習慣、怎麼準備等等，看來好像很多事都不方便跟父親商量。青春期的時候……身體漸漸起變化那時，還有我媽能教她，但是現在家裡沒有女人能站在她的立場給意見。她結婚的對象會不會是現在這個男人我也不確定，但是將來她有一天會結婚，結婚之後還是有需要母親的時候。」

事到如今，要我怎麼當她母親……美雪躊躇地說。

「妳是不願意，還是雖然想，卻怕她生氣？」

我怕她不高興。美雪答道。

「但是難道妳不想幫幫她？彩菜可能會不高興，不過要是有什麼狀況，身邊有人能商量她一定比較放心，別說是自己親生母親了。」

美雪欲言又止，終究還是沒說出口。

「我也有事想問妳，關於彩菜和怜司的事。結婚的時候……需要替他們準備和服嗎？是不是得準備喪服當嫁妝？我不希望因為家裡是單親，讓他們覺得自己不如人。同樣的，我也不想看到孩子的外公和親生母親有困難卻視而不見。老家開窗通風這點事，我跟怜司能幫忙。妳來的時候我也可以叫怜司開車去接送。」

「我跟你說這些不是為了這個，不要同情我。」

「不是在同情妳。那段距離開車明明只要一會兒，妳叫我怎麼視若無睹？對彩菜和怜司來說，那是他們唯一的外公。妳不需要為了一些小事特地從東京趕來。如果看到我覺得不自在，我可以讓怜司去。這點時間他還是有的。」

我怎麼能拜託怜司做這些事？美雪無力地說。

「那孩子……不會原諒我的。」

「這事我來開口。」

利一察覺到電話那頭哭泣的聲音。

「美雪，不要什麼事都一個人攬在身上。回到家鄉就別再掉眼淚了。」

我也不會再把事情藏在心裡了。他仰望夜空。

「不管再大的橋或是高樓，都不可能靠一個人的力量蓋起來，更別說是一個人的人生了。難過的時候找人幫忙，不是什麼丟臉的事。」

妳還在聽嗎？「我在聽。」美雪回答。

「妳不要勉強。我們彼此都一樣，辦不到的事直接說辦不到就好。對了，走鋼索的時候……下面不是有一片網子嗎？」

「安全網嗎？」

「原來那網子有名字啊，就是像那種東西。彩菜和怜司走在鋼索上的時候，我就是他們拿在手上保持平衡的棒子，美雪妳只要在下面等著就行了。輪到爸和妳走鋼索時，下面有怜司和我這個安全網。總之，只要不掉到地上就行了。我們都別去在乎那些外在的形式了，好嗎？」

「話是沒錯……」美雪輕聲說。

不是嗎？利一說著，美雪用小到幾乎聽不到的聲音道了謝。

電話那頭傳來些微樂聲。

美雪向來喜歡在房間裡聽音樂，代替電視的聲音。

「妳現在也不看電視嗎？」

「很少看。怎麼了？」

「我聽到音樂聲，跟以前一樣。」

她好像笑了。手機真是方便呢。她的聲音裡飽含著感慨。

「換做是以前，我也不會像現在這樣說話。總是會在意住在一起的家人。真沒想到現在已經是一人一支電話的時代了。」

「不過我不想讓伶司聽到，現在到外面來了。」

這次美雪清楚地笑了。好像是第一次聽到她的笑聲。

「你現在在哪裡？」

利一回答，美雪老家附近。這時候電話那頭傳來孩子的聲音叫著「媽媽」。那聲音聽起來還沒變聲，跟小時候的伶司有點像。

「我……該掛了。晚安。」

晚安。他回答。

可能因為是手機的關係，總覺得對方的嘴唇貼在耳邊，在輕喃低訴。

隔天，利一吃早餐時對伶司說起外公住院的事。

他告訴伶司美雪每個月會來新潟幾次，身體狀況不好的時候甚至沒辦法動彈。但伶司什麼也沒說，只是動著筷子。

「所以呢？」

「什麼『所以呢』？總之……」

「要我幫忙？幫忙照顧外公？」

他的口氣比想像中更強烈，利一忍不住放下筷子。

「不是讓你去照顧他。只是……如果她沒有辦法從東京過來的時候。」

「你的意思是媽不能來的時候叫我去？我可以拒絕嗎？」

「如果我說不行，你會去嗎？」

怜司用力放下筷子。

「爸，如果我突然出現，對方應該也會很困擾。到目前為止我們都裝作沒有對方的存在，這種時候才突然出現，不是很奇怪嗎？」

「我沒有要你去醫院，至少每個星期去老家一次，讓房子通通風。那裡現在沒人住……」

為了財產？怜司壓低了聲音。

「什麼？你剛剛說什麼？」

「我說你是不是為了人家的遺產。」

你怎麼這樣說話？怜司聽了別過臉去。

「媽現在的老公也會這樣想吧。外公好歹也有些資產，既然有錢，為什麼不雇人幫忙？怎麼現在突然……你上次還問我媽現在過得怎麼樣，爸，為什麼現在反而是你對他們的事比較清楚？」

「我跟她通過電話，問她你們小時候的過敏症狀。」

怜司把吃了一半的碗拿到流理台，開始粗魯地洗碗。

怜司。他叫道，但怜司沒回頭。

「別人的經濟狀況怎麼樣我不知道，我也沒興趣。我不曉得你是怎麼想的，但是我一直盡自己最大的努力，沒讓你們缺少過什麼。」

怜司。他又叫了一聲，聲音有些顫抖。

「我們家是那種照顧有困難的親人、會被別人覺得有心爭產的人家嗎？」

怜司拿過布巾，不耐煩地擦了手後丟出去。

然後他上了二樓，又馬上走下來，大步走向玄關。

「你去哪裡？這麼一大早的。」

「打工。」

「你在打什麼工，喂！」

「不要隨便替我決定。」

怜司的手放在玄關門上，轉過頭來。

「爸，有些事就算在你心裡已經過去了，對我們來說還是什麼都沒有了結。」

他粗暴地關上玄關的門，響起一陣奔跑的腳步聲。

利一追在後面來到屋外，剛好看到那輛漆黑輕型車駛出車庫——

❖

——一輛漆黑的輕型車開進複合式餐廳的停車場。

正在吃午間漢堡套餐的江崎大輔停下動作，看著那輛車。
小小的車內走出兩個戴著太陽眼鏡的高大年輕人。
一個身穿深色襯衫和牛仔褲，另一個穿著迷彩圖案長褲，手裡提著束口背包，身披黑色連帽外套。
這兩個高挑的年輕人身高差不多，走起路來步履也很一致，簡直像黑道電影裡的某一幕。
兩人走進店裡，江崎舉起手。
穿連帽外套的年輕人拿下太陽眼鏡走上前來。
「江崎先生，好久不見了。」
「喔，金剛，金剛芭比。妳看起來精神不錯嘛，我今年又來了。」
我們等您很久了。身穿迷彩服裝的年輕人害羞地笑了笑。
「很期待您今天的現場演唱。」
這個綽號金剛的年輕人，其實是個高大的女孩，名叫植田繪里花，她有著一身曬過太陽的健康小麥膚色。每次到新潟的咖啡廳來演奏，咖啡廳老闆的朋友繪里花就會來幫忙搬樂器，今年已經是第七年了。第一次見面時她還是學生，那時她就已經有傲視周圍的身高和結實的體格，才剛見面，她就要人稱呼自己「金剛」。
江崎說，要這樣稱呼一個女孩，他實在很難啟齒。不過繪里花卻說，與其大家在背地裡叫她哥吉拉，還不如一開始就大大方方地叫金剛。江崎又說，我才不會在人家背後說三道四呢。繪里花聽了很高興，但是她說自己已經習慣了，就叫金剛吧。
金剛繪里花身邊的年輕人拿下太陽眼鏡。是個有著一對細長冰冷眼睛的男人。

「這位是？既然是金剛芭比的朋友，那要叫猩猩囉？」

猩猩？青年跟著唸了一遍，聽他的語氣似乎不太服氣。

「這傢伙會代替我，啊，這位先生會代替我……」

「怎麼了，今天怎麼這麼拘謹？跟平常一樣說話就行了。」

「不行，今天我是特地有事來拜託你的。」

繪里花緊張了起來，低聲說道，垂下眼睛。

看到她這個樣子，江崎就想起剛認識她的時候。七年前的繪里花雖然個子高大，但總是低著頭，她說她討厭自己的體格、性格，還有名字。

從那之後，每年見面她的體格都愈顯健壯，現在已經鍛鍊出一身不輸給男人的精實體魄，但偶爾還是會露出跟以前一樣怯懦的一面。

她抬起頭害羞地笑著，指指身邊的年輕人。

「江崎先生，今年美越的現場演唱我不能去幫忙，他會代替我去，他叫高宮……高宮……」

怜司。說著，那年輕人也低下頭行禮。

「心部加上令的怜，司令的司。」

喔——。繪里花輕嘆著。

「原來你叫這個名字啊……很好聽耶。」

江崎請兩人在對面坐下。光是繪里花一個人就夠有震撼力了，現在又來了個跟她差不多高大的男人，兩人並肩而坐，看來宛如一堵厚牆。

向女服務生點了兩人的咖啡後，繪里花問江崎是不是今早才到。

「對啊。昨天晚上還看了四個學生的聲音訓練，然後搭深夜巴士來的。」

「還是一樣在教課嗎？」

「當然啊，我還挺認真的呢。」

昨天晚上在澀谷區的音樂教室替學生上完聲音訓練課程後，拉著登機箱到池袋。從那裡搭高速深夜巴士來到新潟市，清晨進了站前的商務飯店。沖完澡後稍微睡了一下，不到十一點就起床，在信濃川河堤邊稍微跑了一趟，順便作發聲練習，接著直接到這間餐廳來。

「不過你們兩個人並排的陣容實在太豪華了，我好像在看一面高大的牆壁呢。」

牆壁嗎？繪里花笑著。

「牆壁很好啊，擋太陽、擋風、擋子彈。有什麼體力活都交給我們吧。」

擋子彈就免了吧。怜司面容嚴肅地說。

「不不，猩猩……怜司啊，現在跟以前不一樣，應該不會有子彈飛來了，放心吧。」

看到怜司狐疑的眼神，江崎笑著對他說：

「以前我站在台上常常有人丟紙袋、玩偶上來，女孩子也會尖叫著說『我就是你的禮物』然後跑上來，不過現在可安靜了。啊……最近，偶爾有人會送我痠痛貼布。」

大概是沒那麼緊張了，繪里花開始恢復平常慵懶的口氣：「江崎先生他啊……」

「以前是超紅樂團的主唱呢。」

繪里花告訴怜司三十二年前江崎隸屬的搖滾樂團團名。

這個令人懷念的樂團有段時期曾經爆紅，不過每當依照團員想要的方向推出新專輯，就會減少一批粉絲。

有些專家說，當時的作品早了潮流十年。但專輯賣不好，終究無法維持逐漸龐大的組織。最後樂團解散，他獨自單飛。偶爾接演電視連續劇，唱唱主題曲，又紅了一陣子。不過後來他到美國去充電一年，重回日本時，熱潮已經消退了。

不知不覺中，再也沒有工作上門，跟經紀公司的約也已經到期，他不是沒有動過離開音樂世界的念頭，但終究割捨不下。最後好不容易找到一份在音樂專門學校教歌唱和作曲的教職，偶爾在全國的咖啡廳和小型活動會場舉辦現場演唱，轉眼已經過了十二年。

在小空間裡跟觀眾近距離面對面的現場演唱，不需要太多器材，只要一把吉他就行。只要受邀，他幾乎哪裡都去。於是邀請的人逐年增加，他也排定了年度行程。每年到這個時期，就輪到巡迴新潟和京阪神地區。

怜司輕聲說著樂團的名字，說他聽過。

「真的？你這個世代的年輕人也聽過？真是太高興了。明天我會到美越去，也邀你父母親一起來吧。說不定你媽媽以前還是我的粉絲呢！」

我想應該不是。怜司小聲地說。

「有些人對音樂沒興趣，不過喜歡來聽我閒聊，有空的話就邀她來吧。」

「江崎先生最近聊天的部分根本像在說單口相聲。」

「妳應該說我愈來愈成熟才對啊。」

繪里花笑著，但那個叫怜司的年輕人還是垂著眼。

服務生收走用完的餐盤，他又點了一杯咖啡，這時繪里花怯生生地從束口背包裡取出電腦。

「那……我想跟您談談……要拜託您的事。」

「別說什麼拜託，是工作吧，不用這麼客氣。」

兩星期前他接到繪里花傳來的郵件，說有工作想委託他。繪里花想請江崎替她們經營的網站創作活動專用的音樂，信裡也附上了她們的網址。

點開一看，原來是少女的冒險漫畫，每當故事裡的主角找到具有魔力的服裝，就能夠變得更強大。

出場人物形象好像是取自真人，在網站上可以看到好幾張實際身穿主角「彩奈」服裝的少女照片，看起來挺可愛的。

現在眼前的金剛繪里花，也投影在「繪里」這個角色上。

這個平時害羞又矮胖的女孩「繪里」，一旦穿上服裝，就會變身為高挑美女，變身後她成為擁有結實肉體、手持矛盾，一身褐色肌膚的戰士。

但是變身的過程十分痛苦，所以她很少變身，平常都維持著又矮又胖的樣子。

一想到故事裡的角色可能取材於自己認識的人，就讓他覺得很有意思。再加上故事中的「繪里」為了別人而鼓起勇氣變身的情節也很容易讓人產生共鳴，昨天晚上從東京到新潟來的深夜巴士裡，他一直著迷地在平板電腦上瀏覽網站。

繪里花展示著電腦螢幕，怯生生地說明活動概要。

如同在郵件裡所說，她希望能有一首讓孩子們開心地唱歌跳舞的曲子。

江崎看著螢幕，不禁有些卻步。

既短又有震撼力的曲子，其實比長的作品更困難。再加上還得讓孩子們容易記住、有趣、跳起來好看，實在不是簡單的任務。

最近他開始覺得，寫不出原創的曲子。不管寫什麼都會有以前曲子的影子。在咖啡廳舉辦的現場演唱會，前半段是以前的暢銷金曲，再交雜一些爵士和藍調名曲，後半段會回應觀眾點歌，所以不太需要創作新曲。不過時間久了，雖然一樣能教導學生作曲的技術，自己重新創作的能量卻似乎減弱許多。

事到如今，又何必把不夠完美的作品拿出來？所以他打算拒絕，聽繪里花提起這件事後，他馬上報了個相當昂貴的製作費給她。本來以為她聽了自然會死心，沒想到幾天之後又接到繪里花的郵件，說是要好好思考委託的方向，他很驚訝。繪里花說，詳細內容等到新瀉辦演唱會時再向他說明。

「我說，芭比啊……金剛。」

是。繪里花挺直了背脊。

「我開的金額應該不低吧？好歹我也是靠這個吃飯的，說句不客氣的，妳們真的賺了那麼多錢嗎？」

不是的。繪里花頓了半晌，然後說了某個遊戲的名字。

「那個遊戲裡的曲子……全都是江崎先生作的吧？」

什麼！身旁的怜司驚訝地叫了一聲。

原本安靜得像睡著一樣，沒想到現在竟然有這種反應。

「妳說真的嗎？我超喜歡的。」

其實……其實我們也是。繪里花繼續說道。

「我們都很喜歡，從小只要聽到那首主題曲，就覺得精神來了。江崎先生總是對我們很親切，但是一想到你就是創作那首曲子的人，我就……」

呼——。繪里花深深嘆了一口氣。

「我就覺得我們果然是不同世界的人，讓我好緊張。」

怜司在繪里花身邊，感慨萬千地點點頭。

「結尾的曲子真棒。我妹妹經常唱。」

「謝謝。」

簡短地道了謝，江崎又喝了口咖啡。

那套遊戲推出之前風評本來不錯，但賣得並不好。或許因為是這樣，當時江崎總覺得這是他為了錢出賣自己靈魂的作品。

繪里花在桌上交握著雙手，眼神看來似乎在尋找適當的用字遣詞。

「我們很認真看待這個網站……現在一起創作的，都是在附近的專門學校學影像、服飾或者是活動企劃的朋友，在東京專家的眼裡，我們可能跟學生沒什麼兩樣。我本來以為江崎先生一定會馬上拒絕我們，但是你還是像現在這樣，認真把我們當一回事來應對，我真的很高興。關於製作費用……老實說，我的確嚇了一跳……不過，這也讓我知道，原來這就是專業的價碼。」

江崎喝著咖啡，看著電腦裡的螢幕。

繪里花雖然謙虛，不過這個網站的完成度很高，她提給自己的活動企畫書內容也相當細緻。現在這個企畫需要的可能不只是能唱能跳的曲子，繪里花可能不好意思提，不過，她們真正想要的，一定是一首能真正代表作品整體世界觀的主題曲吧。

其實……江崎喝著咖啡，想起自己報給繪里花的金額。

那個價錢理應還能再做兩、三首……

如果是個善於交涉的人，大概對行情有一定程度的了解，或許會要求用一樣的預算做三首歌，或者再加一點價碼做個五首吧。儘管她們有能力做出這麼有趣的內容，但也因為她們還是以鄉下地方「跟學生沒什麼兩樣的團體」自居，再加上不了解行情，才會老老實實地接受自己的報價。

江崎已經沒把握能像以前那樣作曲，但是事到如今也不能自動減價。他暗自決定到時候再以時間當藉口拒絕掉，告訴繪里花，還需要一點時間想想。

那就拜託您了。繪里花站起來，對他低下頭。怜司也站了起來，跟著繪里花低下頭。

「猩猩你也跟金剛一起工作嗎？」

沒有。怜司馬上搖頭。

不過他最近在幫我們的忙。繪里花說。

「大家都很依賴他。本來想在今天晚上的演唱會之前將他介紹給江崎先生，不過剛剛傳訊息給他，才知道他一大早就在市內，才想順便介紹你們兩人認識。今天晚上會由我們兩個人來搬樂器和賣東西。」

「真是豪華陣容呢，總覺得自己就像有隨身保鑣的大明星一樣。」

您本來就是大明星。繪里花說著，將束口背包放上肩膀。

「那演唱會兩個小時之前我會去飯店接您，在那之前如果需要什麼，請別客氣，儘管打電話給我。我們會在市區內到處跑，要是剛好在附近……啊呀，差點忘記了。」

繪里花連忙從束口背包拿出一個粉紅色信封。

「這是我們網站上賣的產品。」

她從大信封裡倒出三個白色小盒子，其中兩個各是大人和小孩子款式的粉紅色能量石手環，另一個是手機吊飾，上面有一把鑲著同色石頭的金色鑰匙。

繪里花說，這是漫畫裡出現的道具。她拿起那鑰匙的手機吊飾。

「這是男孩子用的。預計下個月會出現在漫畫裡，名字叫『夢想鑰匙』。以前推出的都是媽媽和女孩用的成套商品，我們也想試著做爸爸和男孩子能一起用的東西。」

這個送給您。繪里花將東西收進信封裡。

「可以送給您的孫子。」

孫子？怜司驚訝地轉過臉來。

「您有孫子了嗎？」

「不要這麼大聲，這樣人家就知道我在裝年輕了。我很早就生孩子了，別這麼驚訝嘛。」

繪里花笑著，為打斷江崎用餐而道歉，兩人離開了店裡。

江崎又加點了第二杯咖啡，看著那裝有小盒的信封。信封看起來挺結實的，貼上郵票和託運單，應該能直接寄出吧。

他把那男孩用的手機吊飾取出，將另外兩個盒子放進信封裡，站了起來。

離開餐廳回飯店的途中，他繞進便利商店，寫好宅急便的託運單。在電話號碼後面正要寫寄件人姓名時，他停下了動作。

江崎看著託運單想了想，然後使出渾身解數用可愛的文字寫上「Magical Wonder Girls」，把東西寄出去。

新潟晚上的現場演唱順利結束。

隔天下午一點，在同一間咖啡廳辦完以過去暢銷歌曲為主的一小時迷你演唱會後，江崎搭著怜司的輕型車前往美越市。

怜司的車外觀和內裝都是全黑色，車內帶有光澤的黑布上，裝飾著銀色十字架和黑薔薇。

太酷了！稱讚之後，江崎不知該說什麼，沉默地坐在前座。

車子的內裝不知算是唯美還是哥德風格，非常漂亮，但總讓他聯想起吸血鬼的棺材，一直很不自在。

下了高速公路，車子開進美越街上。儘管每年只會來一次，但是年年都來，風景也愈看愈習慣，今年能再次受邀，讓他很高興。

美越的演唱會場在 **Kitchen Café** 這間由老公寓一樓改造的咖啡店舉行。大家口中的老闆娘池上明江有著一頭明亮的栗色頭髮，從江崎出道以來就是他的粉絲。江崎單飛後一直到他暫時停止活動時，明江也都維持著自己設立的粉絲俱樂部，不斷支持他。甲信越地區有愈來愈多咖啡廳邀江崎去辦演唱會，都要歸功於她的努力促成。

而她的人生也跟樂團的變遷一樣起伏不斷。二十多歲從東京回到故鄉新潟市後，她馬上就結婚了，但後來不知何時離了婚，現在隻身一個人住在美越。

來到咖啡廳，門口掛著準備中的牌子，明江正跟女員工們一起搬動桌椅、布置場地，江崎便和怜司一起幫忙。

明江拿著拖把稍微拖了拖地，問他今年是不是也搭巴士來？

「對啊。」

「那今年也直接去關西嗎？」

「對。關西巡迴結束之後再回東京，繼續教書。」

聽到江崎還在專門學校裡當講師，明江顯得很驚訝。

「沒錯，我還在教。一邊教一邊感受著學生同情的視線，好像覺得我還捨不得放開過去的輝煌戰果，即使淪落到這個地步，也要繼續賴在這個業界裡。」

明江點起一根菸笑道。

「那你叫他們自己來試試看啊，自己搭著巴士巡迴全國唱歌試試。不是只有排行榜上的音樂才叫音樂呢。」

「可是如果真的能擠上排行榜，我也想上啊。拜託大家多多幫忙，讓我上榜吧。」

打開窗，明江開心地吐出煙圈。

「我也想看呢。到時候我就要像以前一樣，穿著短大褂、纏上頭帶，在你的演唱會上跳舞。」

「我也想看看妳的英姿呢。」

小咖啡廳的場布不需要太多時間，結束之後，明江拜託怜司幫忙換玄關的燈泡。

怜司跟著明江走到公寓隔壁的小房子。明江就住在這裡。每次江崎來的時候，明江就會提供她家的客房做為休息室。

天氣並不熱，不過梅雨即將來臨，濕度很高。

江崎聽從明江的建議沖了個澡，洗掉汗水，稍微整理一下儀容。從浴室出來後，他也叫怜司順便沖個澡。

怜司拒絕了，但是他的深咖啡色襯衫背後沾滿汗水。聽明江這麼說，怜司回答馬上就會乾了不要緊，不過明江堅持店裡畢竟做飲食生意，又得站在客人面前賣東西，還是弄乾淨點好，他這才不情不願地進了浴室。

聽著怜司淋浴的水聲，江崎讀起寄到咖啡廳來的明信片。

他每次都會將現場演唱的時間地點公布在自己的官方網站上，接受大家用電子郵件點歌。同時咖啡廳這裡也會徵求點歌明信片，隨著次數的增加，現在寄明信片點歌的數量遠比電子郵件還多。

明江分析，可能自己這一代很多人都有過寄點歌明信片到深夜廣播節目的記憶，所以聽眾都很懷念寫明信片的行為吧。明信片上的手寫字跡，寫下自己每天的生活和跟曲子相關的回憶，每次看著這些明信片，他就強烈地感覺到不只是自己，聽眾也跟著一起度過這一年又一年的光陰。

每次演唱會的最後，他都會朗讀這些文字，唱起觀眾點的歌。演唱會即將來臨前，也有很多人會直接到咖啡廳來寫明信片，對於店裡的生意多少有些貢獻。

看到每年都來信點歌的常客寄來的明信片，江崎臉上浮現微笑。這人去年住院，不過今年應該能來參加。明信片的一角還畫著江崎的肖像，他正看著那畫像，明江剛好拿著裝了熱水的熱水瓶、茶杯以及衣服走進客房來。

手裡的衣服是件T恤和水藍色的粗棉襯衫，她要江崎交給怜司。

明江說她看怜司個子高才請他過來幫忙換自家燈泡，結果讓他弄得滿身灰塵。剛剛要怜司去沖澡時，她語氣有種不由分說的強硬，但是現在看來卻滿心歉疚，希望怜司能夠換穿這些衣服。

衣服的材質摸起來有點皺，但東西是全新的，標籤都還在。

明江用剪刀剪去標籤，一邊對江崎說，替我跟他道歉。

「等那孩子回來之後……你告訴他，我這四十肩手舉不起來，雖然少一個燈泡也沒什麼大礙，但就是一直記掛著，他能幫我換燈泡真是幫了大忙。」

「我們兩個人都已經不算四十肩了吧。五十?六十?」

「沒聽見我沒聽見。你說什麼?」

明江笑著搖搖頭。

「你跟他說，這衣服就送給他。也不知道他喜不喜歡就是了。」

明江把衣服放在沙發上，又回到店裡。

江崎將點歌明信片放在桌上，拿起衣服走向浴室。怜司去沖澡已經過了好一段時間。

江崎在浴室門口叫他，但他沒回答，只聽見水流的聲音。

「喂，猩猩啊，你沒事吧?我開門囉?這衣服你拿去穿。」

打開門，江崎停下了動作。

他剛好看到怜司的背。怜司穿著一件四角褲，站在洗臉台前洗東西，不過他從腰部以上，整個背的皮膚都紅腫滲血。

怜司轉過頭來，手裡拿著浴巾。

「不好意思，被我弄髒了。」

「你說浴巾嗎?」

怜司點點頭。

「我剛馬上沖了水，但血漬一直洗不掉……我已經很小心地擦了。」

「不要緊，擰乾摺好放著吧，我再告訴她拿去處理掉。」

其實也沒有太髒，但是怜司滿懷歉意。

他剛剛躊躇著不想沖澡，大概就是猜到可能會這樣吧。江崎覺得有點不忍。

如果要丟掉，請讓我賠償吧。」怜司擰乾了浴巾說道。

「與其賠錢，明江一定更希望你能常到咖啡廳來露臉。反正你家住得近，以後常來光顧吧。我會告訴她是我弄的，你別在意。先別管這些了，快點把衣服穿上，會感冒的。」

他把衣服放下，回到客廳，開始替吉他調音。隨意唱起今晚的第一首歌當作練習。

怜司換上明江拿來的衣服走出來，看到桌上杯裡的熱開水只剩下一些，又倒了點新的進去，靜靜坐在角落的椅子上。

這個年輕人話不多，但做起事來很細心。每當自己想喝東西時，他總能適時遞上飲料。從新潟到美越來的時候，看到天色陰暗快要下雨，他就把車子停在行李不會被雨打濕的位置。

江崎告訴怜司，明江要把衣服送給他，怜司顯得有點遲疑。

「這、這很貴吧……是很有名的牌子呢。」

「既然她都這麼說了，你就收下吧。還合身嗎？」

「剛剛好。」

他想到明江剛剛剪標籤的樣子，記得她應該有個兒子。

「你拒絕她，還不如穿給她看，她會更開心。」

「為什麼？」

「這……大人的世界說來話長啦。你也一樣吧。」

不介意白開水的話，你也喝點吧。怜司聽了便給自己倒了杯熱開水，回到他角落的座位。

江崎看著他微微駝背，喝著熱開水的樣子。

剛剛看見他腰部附近的皮膚慘狀，深深烙在自己眼裡。

抓成那個樣子，不可能一點痛覺都沒有，但眼前這個年輕人卻那麼安靜，讓人一點都想像不到身上有那些傷痕。看到他這樣子，不禁喚起江崎自己痛苦的記憶。

怜司問他，為什麼要喝熱開水。

「我唱歌前盡量不攝取刺激的東西，其實就算喝了咖啡或紅茶也不會怎麼樣，只是我已經習慣了。」

已經習慣了？怜司問。

「對啊，就是習慣了。」

回答之後，他自己又想到。

「我這個人很容易入迷，一旦喜歡上某個東西，就會完全沉溺其中。其實也不能算堅持，可能只是我的心太軟弱。你該不會也跟我是同類吧？你現在沉溺在什麼當中嗎？」

沉溺？怜司問道。

「很多啊，酒、女人、賭博或者毒品。」

怜司喝了口熱水，問他為什麼覺得自己正在沉溺。

「你腰部附近有很嚴重的抓痕呢。其實我也有類似的經驗，那時候我沉溺得可嚴重了。」

「沉溺在什麼東西上？」

「性、毒品、搖滾樂，本來想這樣說啦，但其實是酒。以前還曾經登上綜藝新聞呢。沒聽過嗎？」

沒聽過。怜司說。

「你那時候大概還小吧。知名樂團前主唱成天與酒為伍，體重爆肥。拿來當茶餘飯後的閒話是很有趣，不過身邊的家人可受不了。女兒在學校被欺負，跟我老婆也常常起爭執……」

雖然不曾對孩子動過手，不過江崎記得有一次，妻子正要從他手中搶過酒瓶，卻被他推倒，當時女兒呆呆地站在一旁親眼目睹。

「當一個人沉溺在一件事情當中時，所有試圖阻攔的人，在他眼中都是敵人。我那時候也警覺不能再這樣下去，想離開酒精……不過後來身體就不行了……到頭來進了醫院。」

那時候妻子帶著孩子分居，在身邊幫忙的是最後擔任自己經紀人的女性。

這位前經紀人於公於私都一直支持著江崎，好不容易讓他重新恢復健康。想出在咖啡廳辦現場演唱會的點子，並且去拜託了許多人，想辦法爭取到案子的也是她，之所以能有現在的生活，都多虧了她當時所鋪下的路。

看著窗外，美越的天空開始烏雲密布，好像隨時都會下起雨來。

他在心裡祈禱別影響今天的來客狀況，輕輕撥起吉他。

「我的例子可能有點極端吧。對不起啊，跟你說了這些，真是沒禮貌。你就忘了吧。」

怜司看著變暗的窗外。

他小聲地問：剛剛那首歌是什麼？

「〈進來我的廚房〉（Come on in my kitchen），羅伯・強生，一個傳說中的男人寫的歌。」

怜司又問：是什麼樣的傳說？

「他的傳說可多了呢，太多了……。比方說〈十字路口〉（Crossroad Blues）。」

怜司偏著頭，好像聯想到其他的事。

「我剛唱的這首歌，聽說只要他在現場演唱中慢慢唱著，每個觀眾都會開始輕聲啜泣。」

「歌詞講的好像是：『外面快下雨了，快進廚房來吧。』」

沒錯。江崎答道。怜司又問：為什麼大家會掉眼淚呢？

「這歌裡……講的是一個女人。一個惹上麻煩的女人。一個男人在歌裡對這女人説：『外面快下雨了，妳可以到我們的廚房來避雨，我以前也幹過荒唐事，所以妳不用介意……』」

江崎彈起前奏，輕輕哼起歌。

「Kitchen……廚房，象徵著溫暖、有食物，可以遮風避雨的地方。儘管我不能承擔妳現在的困難，不過在這短暫片刻，至少可以給妳一些溫暖。」

喔……。怜司隨口回答著。

「怎麼覺得你好像不以為然。明明是一首很——棒的歌啊，為什麼這種反應？」

江崎特意強調了那個「很」字，但是怜司偏著頭問。

「這首歌的第二段、還是第三段？裡面講到從袋子裡取出最後的鎳幣，她就不再回來了，那是什麼意思？」

沒想到自己只是隨口唱唱，怜司卻把歌詞聽得那麼清楚，他有點驚訝。

「你英文挺不錯的嘛。」

「聽是聽到了，但意思不太懂……」

這個嘛。邊説著，他撥動吉他和著拍子。好像在教室裡給學生上課一樣。

「歌詞是這個意思。那女人在一個護身符般的袋子裡裝了硬幣，以備不時之需，結果被偷走了……大概是拿去買酒了吧。我們也會放個千圓鈔票應急不是嗎？塞在鞋底下或者護身符裡。而她的緊急救命錢，被對方給偷了。」

所以說……。怜司點點頭。

「因為對方手腳不乾淨，連偷東西也這麼小家子氣，那女人徹底死心，決心不再回頭……所以這是首講零錢小偷的歌嗎？」

「單看字面或許是這樣沒錯。」

自己如此欣賞的名曲，竟然被怜司說成零錢小偷的歌，他急忙再補充：

「是種比喻啦，比喻！」

怜司狐疑地看著他。

「我唱歌的時候心裡也經常想：『她唯一的小小希望，因為我而消失了。所以她再也不會回來了吧……』」

他慢慢地唱著這一段給怜司聽。怜司也稍微將身子往前傾。

六年前，江崎跟替他打下在各地咖啡廳開現場演唱會之路的女性分手了。才三十出頭的她，希望能結婚生子。

不過，已經年近五十歲、也剛當上外公的江崎，並不打算再生孩子。跟她說開之後她就離開了。後來她跟其他男人結了婚，現在已經是兩個孩子的媽。

一直在身邊支持自己的她，那唯一的希望——

本來只想隨口唱兩句，現在唱著唱著卻不禁投入了感情。

在這個有一對伶俐雙眼的年輕人面前，竟然忘我地進入自己的世界中，讓他覺得有些難為情，唐突地扯著嗓子，用開朗的語氣說道。

「這裡的老闆娘最喜歡第三段歌詞了。這間店的店名 Kitchen Café 就是從這段歌詞裡取的，所以每次在美越演唱時，第一首一定先唱這首歌給她聽。」

他繼續唱給怜司聽。

一個女人惹上了麻煩事，大家都裝作不知道。原本以為是朋友的人，也漸漸地離開她身邊。這是第三段的歌詞。所以這男人對著孤獨的女人唱道：既然如此，就到我這裡避避雨吧——

江崎心想，不只是女人，男人也一樣。平時看似身邊有許多人簇擁，家人、朋友、同事，不過一旦落魄，身邊的人就像潮水一樣，轉瞬消失。

就像退潮一樣。

他帶著這樣的情緒唱完這首歌，咖啡廳的員工出現在客房，員工表示觀眾已經陸陸續續進場，即將依照預定時刻在三十分鐘後開演。

江崎稍微活動活動身體，接近開演時間，明江到休息室來接他。

怜司拿了掛在門框上表演用的外套，從身後幫江崎穿上。江崎閉著眼睛任憑手穿過衣袖。

人們就像退潮一樣離去。

儘管如此，還是有人始終在身邊守護。而且也有了新的邂逅。

轉過頭去，明江和怜司站在身後。他對兩人笑了笑，輕輕扳了扳雙手的指關節。

「好！開始吧。」

那女孩說過，對你來說，「演唱」就等於「活著」。

歌聲在稍暗的燈光中響起。一唱到激動處，觀眾也會跟著輕搖身體，看起來像是乘著旋律而動，也像是靈魂在搖擺。

沒透過器材修飾的原音，能夠直直闖進聽者的內心。

會這樣想，或許只是自己的一廂情願？

他全心投入演奏，不知不覺現場演唱已經進入尾聲。他讀起點歌明信片，跟觀眾互動閒聊了一陣後，再次唱起歌。明信片的寄件人多半是匿名，無法分辨這個人是否在現場。江崎總會從書寫的文字、氣氛和內容來判斷，發自內心為這唯一的人而唱。

八點多時，演唱會依照預定時間結束，觀眾開始離場。江崎在出口向大家打招呼，最後一個離開的觀眾問，有沒有打算發行新的CD。

「我每年都來，江崎先生的CD，我全部都有。」

江崎說，如果發行了新CD還請多多指教。不過日前暫時沒有計畫。

送走了觀眾回到店內，怜司正在整理環境。看到怜司打算搬動樂器，他阻止了。

「放著就行了。明天運器材的車子會過來。」

「真的有這種車嗎？」

當然有啊。怜司聽了顯得很感動。

「我的器材車旁邊還畫了**Chat noir**[6]呢。」

Chat noir？怜司反問，江崎沒回答，轉頭對明江說。

「老闆娘，給我黑貓的託運單。」

「四張夠嗎？」

「我想想，衣服也一起寄吧。給我五張。」

6 法文黑貓之意。

「宅急便還可以寄樂器？」

是啊。回答之後，怜司一臉訝異。

「畢竟我一個人帶不了三把吉他啊。吉他放進硬盒裡包裝妥當，現在用宅急便寄送沒什麼問題的。為了以防萬一，我會把時間和日期稍微錯開。」

「假如自己隨身只帶一把吉他……算算省下的運費，就能搭新幹線來了不是嗎？」

「可是我至少想用兩把。如果能夠全部自己帶當然最好，但不太可能。以前還有經紀人的時候，我們會兩個人一起開車移動。」

但現在沒有了呢。明江說道。

「一把吉他雖然輕，但是帶著這麼大的行李，行動很不方便。別看我外表年輕，其實年紀不小了呢。對吧，老闆娘？」

「什麼？沒聽到我沒聽到。」

明江輕輕摀起耳朵。

「我三十歲以後就決定不再長歲數了。大概二十年前開始吧。」

「妳臉皮也真夠厚的。既然這樣，那我就是永遠愛做夢的十六歲了。」

「那豈不是比我還小。」

「有什麼不好。」

明江和女員工笑了，但怜司並沒有笑。

結束在美越的現場演唱會，搭怜司的車回新潟市時，雨正好落下。接過寄放在飯店櫃檯的行李，江崎前往高速巴士的車站。車子開到飯店時，他向怜司道謝告別，不過怜司說想送他到最後，替他拿著行李。

在新潟車站前的巴士站，很多人都在等著深夜巴士。

距離開往關西的巴士到站還有一點時間，他們先在附近大樓的屋簷下避雨。怜司問他要不要喝點什麼，江崎要了一瓶礦泉水，怜司馬上拔腿跑去買。江崎看著他的背影，口袋裡的行動電話忽然響起。

是女兒寫來的訊息，上面寫著「Magical Wonder Girls・宮島」。

上面除了感謝江崎寄去的手環，還附上一張照片，六歲的孫女美希和女兒兩個人戴著同款式的手環，滿臉笑容。

美希很喜歡這個作品，還買了繪里花她們在網上賣的漫畫。

聽說最近女孩們之間流行收集相關商品，而江崎寄去的手環可是個「超級、超級稀有的寶物」。

江崎忍不住微笑了起來，剛好跟買了飲料回來的怜司四目相對。他把行動電話拿給怜司看，怜司專注地看著那張照片。

「那手環還挺受歡迎的呢。」

「因為是限量商品，而且玫瑰石英在漫畫裡也是最受歡迎的石頭。」

怜司看到郵件的標題，輕聲唸道：「宮島？」

「我的本名。我女兒他們都叫我宮島先生，孫女叫我宮島爺爺。」

為什麼呢？怜司問道。

「我太太跟我分手後又再婚，對方人很好。女兒可能是顧慮到對方的心情吧。」

不對。

聽著雨聲，江崎閉起眼。

其實是因為自己曾經在女兒面前展現的惡行惡狀，讓她不想再叫自己一聲父親吧。

睜開眼睛，怜司把行動電話還給他。

「我以前曾經送過我外孫女七五三的賀禮，想做些外公該做的事。後來收到一幅畫，上面寫著『謝謝宮島爺爺』。仔細想想，那孩子已經有兩個祖父了呢，分手老婆再婚的對象，還有我女兒她先生的爸爸。現在我又插進來，總不能也讓她一樣叫我外公吧。」

我知道自己不能太多管閒事。他低頭看著手機裡的照片。

「但是那粉紅色的手環實在太漂亮了，忍不住想寄給她們。不過真沒想到她會是粉絲呢！你看看，她多開心。」

怜司再次看著手機，輕聲説道：

「原來收到的人會這麼高興啊。」

「孩子的笑臉真是好東西哪。」

雨中，白色的巴士逐漸進站。電子顯示板上出現「京都．大阪」的字樣。

「是白鳥呢，運氣真好。」

運氣好嗎？怜司問。

「我這個人很迷信，每次只要搭白鳥交通就有好事發生。」

有些人會很失望呢。怜司輕聲説道。

「有人抱怨白鳥的巴士太老舊了。」

巴士的車門打開，高個子的司機撐開了傘下車。那一身深色制服很適合這個男人。

「是嗎？我很喜歡，他們的制服跟白鳥標誌，看起來都很像航空公司，不覺得嗎？」

原本望著巴士的怜司突然轉了個方向。

「怎麼了？」

「沒有，沒什麼。」

客運公司的員工和司機開始分頭確認車票。

路上零零散散的人群聚集起來，排成兩條長龍。檢查完車票後，乘客接連上車，不過人流突然停止了。

一個男人揚起手中的車票粗聲說話，看起來醉得很嚴重。

司機向他低下頭，男人繼續怒罵。客運公司的員工停下驗票工作，插進兩人之間。明明是那喝得爛醉的客人無理，司機卻不斷地為無法讓他上車而道歉。

那樣子令人不忍再看，怜司背對著這片騷動。

「身體不舒服嗎？」

「我沒事，對不起。」

到這裡就可以了。說著，江崎伸手去拿登機箱，怜司抬起頭來。

「我、我送您到最後……」

「不過我也差不多該過去排隊了。」

請再等一下。怜司握住登機箱的把手。

這孩子很認真。

怜司啊。江崎對著怜司的背影叫著他，想起怜司那片滲血的肌膚。

「你這個人很認真。因為太過認真，遇到無法原諒的事……所以才在折磨自己，是嗎？這些事不能跟別人商量嗎？說出來之後，可能心裡會輕鬆一點吧。」

雨勢愈來愈強，男人的怒吼聲斷斷續續地傳來。

「我明年也會來，你可以寫匿名點歌明信片啊，到時候我會為你而唱的。」

怜司的肩膀微微顫抖，好像是在哭。

江崎先生！繪里花撐著迷彩圖案的傘，大叫著跑過來。

「太好了，終於趕上了……咦？怎麼了？」

繪里花擔心地看著怜司。

「猩猩正在跟我悲傷道別呢。明年我決定帶著我一票徒子徒孫，一起來開現場演唱會。」

繪里花看著巴士，再看看客人和司機，然後從她的束口背包抽出一頂黑色帽子放在怜司頭上。

「走吧，江崎先生，行李我來拿。」

繪里花拿著行李走上前去。工作人員拉著那個爛醉的男人離開，司機再次開始檢查排隊乘客的車票。

江崎和繪里花一起排在隊伍的最後。

「怜司他怎麼了？」

他個性比較纖細點。繪里花說。

「他眼力好，把一切都看得太透徹，所以把自己搞得很累吧。」

既然這孩子能如此了解怜司，想必也是同類吧。

繪里花把登機箱放進巴士的行李廂裡。裝在把手上的手機吊飾石頭散發著淡淡光芒。

跟女兒孫女成套的東西。

夢想鑰匙。記得繪里花是這樣稱呼這手機吊飾的。

繪里花向江崎道歉，說他這次停留期間無法在身邊幫忙。聽說是為了準備夏季活動，得到遠處去開會。

江崎聽著，腦中想起戴著閃亮粉紅色手環、滿臉笑靨的外孫女。

如果寫了歌，那孩子會唱嗎？

她們母女倆會一起跳嗎？

「妳上次說的那件事……」

繪里花端正了姿勢。

「那個工作我接下了。詞曲我來寫，不過名稱上……作詞可以用我的本名發表嗎？我的本名叫宮島治雄。漢字的寫法我之後再傳給妳。」

你要寫嗎？繪里花說道，然後又改口：「您願意幫我們寫嗎？」

「寫啊。不過只寫一首夠嗎？其實妳們不只想要能唱能跳的歌，還想要更多曲子吧？其實妳們真正想要的，是不是聽了那種之後能讓孤單的人鼓起勇氣……長大成人之後也能夠一直陪伴在身邊的主題曲？」

繪里花低著頭。

「像這種帶給人們歡樂的工作，就算覺得不可能也得先把夢做大一點，有時候出乎意料就實現了呢。有趣的事大家都喜歡，只要有本事做到極致，人跟錢都會跟著來的。」

雨水打在繪里花的肩膀上，儘管她全身都是鋼鐵般的肌肉，但是當她低下頭，彷彿能夠看透她肌肉底下纖細的心。

「妳不能老是等別人開口。如果真的有心，不管對方是什麼地位的人，都不用客氣，儘管把自己的想法說出來。」

他輕輕拍了拍繪里花強壯的臂膀。

「總共想要幾首，再回信給我吧。」

繪里花還是看著地上，輕輕點了點頭。

「怎麼了你們，跟我告別就這麼難過嗎？不用哭啦，我明年還會再來。」

我會等你。繪里花擦了擦臉。

「我們都會等你的，江崎先生。」

在座位上坐好，巴士已經開始動了。繪里花揮著手，站在大樓屋簷下的怜司則低著頭。

巴士慢慢開動，將高挑的兩人拋在後方，駛向街道。

躺在這午夜藍的座椅中，江崎閉上眼睛。回想著在這個地方遇見的人們，睡意很快湧現。

睡一下吧，他脫掉鞋，換上自己帶來的拖鞋。

在睡夢中，巴士會將他送向下一個舞台。再過幾個小時，京都的邂逅就在前方等著。

車子駛上高速公路後開始加速。他隨手掀開窗簾，剛好看到一輛畫著黑貓圖案的卡車行駛在旁邊。

江崎微笑著，拉攏窗簾，再次閉上眼睛。

搭乘專車移動的年輕歲月已經久遠，但是跟觀眾的距離卻拉得更近。

反覆體驗著邂逅和別離的「現場」演唱會帶來的喜悅，一天比一天更加強烈。

第四章

氣象局宣布梅雨季節結束那天早晨，利一打開美雪老家的防雨門。把家裡的窗全都打開讓室內通風後，頭上捲著毛巾的怜司將梯子搬進院子裡，說是要修剪院子裡亂長的樹枝。

上個月某天早上，利一告訴怜司，希望他能幫忙無法頻繁回來的美雪管理老家的房子。當時怜司激烈抗拒，不過，幾天之後，當利一結束深夜巴士的工作回到家裡，怜司做好了早飯等他，沒好氣地問他，該做些什麼好。

利一不知道是什麼改變了怜司的心意。但是從那之後，怜司每週有一次會開車到離家三十分鐘左右路程的美雪老家去看看狀況，偶爾也會去看看外公。

三天前，怜司要求利一跟他一起到老家去，他說梅雨期間庭院裡的草木茂盛，現在樹枝和雜草繁密，他一個人應付不來。怜司說自己會整理院子，要利一幫忙打掃屋內，於是利一在下午工作之前來了一趟。

利一拿著吸塵器爬上樓梯。美雪老家是兩層樓高的木造建築，在樓梯轉角處的窗戶還鑲嵌著時髦的彩繪玻璃窗。屋子本身是日式風格，看起來也有點像歐洲山莊。美雪的父親敬三以前教授英國文學，屋子裡處處可見他的喜好。

把所有房間大致打掃過一遍，看看庭院，怜司正修剪著那棵大枇杷樹的樹枝。利一拿出從家裡帶來的水壺，對著怜司的背影說：「休息一下吧。」先告一段落再說。怜司答道，頭也沒回。

「那我先喝了。」

坐在緣廊邊喝著麥茶，喝到一半，利一停下動作。他不知道怜司的皮膚狀況現在如何，但夏天的日曬強烈，流太多汗對他的皮膚一定不好。

「喂，你別太勉強自己了。反正還會再來。」

也對。怜司解開頭上的毛巾，擦了擦汗，然後又纏回頭上，低頭看著手上的高枝剪。

前幾天，見到他了。怜司說。

「他是指誰？」

「那個號稱彩菜男朋友的傢伙。我到寄賣彩菜她們商品的店裡去交貨，那傢伙剛好也來工作。戴著眼鏡、手裡拿著帳簿，看起來跟另外一個人似的，感覺很可靠。那樣應該也算是一種角色扮演吧。」

「他說了什麼嗎？」

「他叫我跟爸問好。」

「問好？他們兩個還在繼續嗎？」

那傢伙不會放棄的。怜司剪掉一段樹枝。

「那種人就喜歡被強勢的女人引導。以前應該什麼事都是媽媽替他安排好的吧。不過媽媽的安排漸漸讓他受不了，接下來就想換個年輕貌美的媽媽。」

「你這人說話還真過分。」

「不過我也不是不懂。如果一切都有人安排好，確實很輕鬆。要吃什麼、去哪裡、將來的日子該怎麼過，思考這些真的很麻煩。彩菜的好惡分明，只要照她的話去做，就可以什麼都不用想。」

「他們要是結婚，彩菜可是得叫那邊的家人爸媽呢。」

怜司拿起剪斷的樹枝，觀察樹葉的生長狀態。

你就明說了吧。怜司笑著說。

「爸，你是擔心她們的婆媳關係？我看彩菜是不會輸給那個媽媽的。如果真想好好相處，她並不是辦不到。但對方要是說什麼難聽話，她也不會老老實實挨罵。我自己是很受不了那種家庭啦。」

怜司從梯子上下來，把剪下的樹枝收集在一起，接著挑了幾根樹枝拿到緣廊邊來，又換了一枝園藝剪刀把葉子剪下。

利一問他在做什麼，他說要拿去給外公。

「外公說把這些葉子當成貼布來敷可以減輕疼痛，他說他平常都這麼做。」

「不知道護士會說什麼，不過既然他想要我就帶去吧。」

「抱歉啊，給你添了許多麻煩。」

利一伸手去拿枇杷葉，摸起來很硬。這種常綠樹的葉子冬天不會枯萎，或許生命力真的很強吧。

「外公有說什麼嗎？」

「說想跟你打個招呼。」

點點頭，他看著葉子。

現在見了面該說什麼才好？

你就去看看他吧。怜司很謹慎地斟酌著用字。

「我總覺得，愈快愈好。」

「別說那種不吉利的話。」

「不是吉不吉利的問題。我也跟彩菜說過了，要她找時間去看外公。」

「是嗎，謝謝。」

怜司從小腦筋就動得快，不管是出去幫忙辦事或者是家裡的事，只要他答應下來的工作，總是做得又快又好。學校的成績也很優秀，跟彩菜比起來，是個一點都不讓人操心的孩子。

爸，還有……怜司說到一半，吞吞吐吐起來。

利一問是什麼事，怜司說，這個月的油錢比較多，想借點錢。

「彩菜說她們工作花的費用，之後會再算給我，不過……」

「需要多少？」

「你能借我多少？」

「要花在什麼地方？」

「大概就是油錢那些的吧……現在手頭有點緊，早知道應該在還有閒錢的時候回來，不過一直遲遲下不了決心。」

對不起。怜司小聲說道。

如果大方說個需要的金額，自己還能問他錢要用在哪裡，也可以考慮考慮自己的經濟能力。但這種客氣的問法，倒讓給錢的人困擾，不知該給多少。

最近怜司這類的商量愈來愈多。

借了之後有還的一天嗎？

如果他手頭有困難，倒也不用馬上還錢。但是這種狀態到底會持續到什麼時候？

利一打開錢包，給了他一萬圓。然後又靈機一動，抽出一張能在加油站用的信用卡。

「用這個吧，雖然離家裡有點遠。」

「謝謝，真是幫了大忙。」

怜司雙手接過信用卡，深深低下頭，然後又開始剪枇杷葉。

借錢的人難受，開口借錢的應該更難受吧。

但是他到底有沒有找工作的打算？打算在哪裡工作？在故鄉還是東京？還有，他到底想做什麼？想問的話接二連三地浮現在腦中。

怜司。他叫道。怜司再次停下動作看著他。

一看到他的臉，就什麼都問不出來了。那張臉似乎寫著，他很清楚父親現在心裡在想什麼。

「怎麼了？幹嘛不說話。」

「沒有……貼布需要這麼多葉子嗎？」

「你本來想說別的吧。」

「我本來就想說這個。」

他看著怜司手上的葉子。

「我想把這些葉子帶回家，做成枇杷葉茶喝喝看。但是做法好像只有外婆知道，網路上不知道能不能找到。」

如果去問志穗，她可能會知道吧。

「那就把葉子帶回去，我去問問朋友。」

是嗎。怜司微笑著，把剪下的葉子塞進塑膠袋裡。

「你做事還真仔細，前一陣子還說我覬覦人家遺產呢。」

「會覺得你覬覦遺產的不是我，是媽現在的老公。」

「說得好像你們見過面一樣。」

有啊。怜司答道，看看自己的手錶。

「我該走了。這些事你也好好跟媽談一下吧。涉入太深，到時候不愉快的可是你自己喔。」

「你在說什麼啊？」

怜司把裝了葉子的塑膠袋輕輕丟下。

「茶就拜託你了。你說的朋友該不會是志穗小姐吧？那你順便告訴她，謝謝她平常做的小菜。」

「要是喜歡吃什麼可以告訴她，她會很高興的。」

「碎肉味噌拌茄子吧……其實我哪記得這麼多。爸，你這些細心應該多用在自己人身上吧！」

「我現在應該有吧。」

怜司站起來，笑了。

明明在笑，不知為什麼，看起來又像在哭。

往東京的工作前，利一傳了訊息問志穗知不知道枇杷葉茶，志穗回答，以前經常煮。

他又接著回，那這次會帶葉子過去，想請志穗幫忙煮些茶。她回答：「樂意之至。」信尾還加了可愛的跳動圖文字，看了令人有點難為情，又忍不住想微笑。

今天預計的到達的時間是下午六點二十分。今晚在東京住一夜後，再駕駛隔天早上八點出發的班次回新潟市。

從萬代巴士總站出發時，滿天烏雲密布，不過一過關越隧道就放晴了。

這條關越隧道貫穿群馬和新潟縣境的谷川岳，全長約十一公里。開在這條又長又陰暗的隧道裡，經常會強烈感受到日本海和太平洋兩邊天候的差異，尤其是寒冷的季節，有時候日本海這邊還下著雪，一過隧道來到太平洋這一端，卻是一片大好晴天，道理心裡都清楚，但偶爾還是會因為這陽光差異之大而頓覺困惑。

對於只能往前看的駕駛來說，高速公路風景沒有太大變化。但只要通過這個地方，還是會立刻感受到接下來即將進入關東、或回到新潟。

高速公路的車流順暢，今天也依照預定時刻來到東京。完成事務手續後便到志穗的店裡稍作休息，順便吃晚餐。

打開那扇以定食屋來說稍嫌豔麗的朱色大門，看見那個最近常光顧，跟志穗差不多年紀的男人。他看來已經吃完飯了，但還在跟志穗喝茶聊天。

利一點了肉燥燉冬瓜套餐，把裝了枇杷葉的袋子放在腳邊，他看見那個男人腳上穿著涼鞋，形狀像是運動涼鞋，不過黑色皮革上嵌有銀色標章般的裝飾，看起來很時尚。

利一吃著志穗端出來的餐點，男人的話聲傳進耳中。

男人似乎每到假日就會趁著天亮前到千葉和神奈川衝浪。他說，最近想跟衝浪夥伴們辦一場宴會，拜託志穗負責外燴。

志穗開心地問，參加的大概都是什麼年紀的人？喜歡吃什麼菜？說著說著，臉上好幾次浮現起幸福無比的酒窩，每次看了都讓人覺得，她對眼前的男人應該有好感。

那男人說，大家都是多年好友，大半是從事音樂或出版工作的人。他還邀志穗一起來參加水上活動。

志穗婉轉拒絕，男人站起身來，然後好像突然想起了什麼，從口袋裡掏出一個小盒子放在櫃檯上。

「對了，差點忘記了。上次的那個，不介意的話請用。」

志穗再次露出酒窩道謝。男人輕輕揮手，離開了店裡。他的雙手看來鍛鍊得很結實強壯。

志穗把小盒收進櫃台裡，到外面去掛上準備中的牌子。回來之後，從二樓拿下來一個包袱。利一問那是什麼，她說是漆盒。

「漆盒？過年用的那個？」

「對啊，就是那個。」

志穗打開包袱，拿出漆盒。裡面是個畫了松竹梅蒔繪的豪華漆盒，是志穗的母親留給她的重要遺物。

「怎麼突然拿這個出來？」

「我想常拿出來用。明天的外燴工作剛好可以派上用場……」

「外燴是什麼？像外賣那樣嗎？」

對啊，其實就是外賣。

「他說約了一些同好朋友，一起喝點小酒。熱食可以在他家廚房做，我想把在家裡做好的現成小菜，裝進這漆盒裡帶去。」

「妳還接這種工作啊？」

這是第一次呢。志穗笑著說。

「總覺得，得開始一些新嘗試。這是居古井的新服務呢。」

「為什麼突然這麼想？」

笑著的志穗突然嚴肅起來，問利一知不知道車站附近的某家連鎖店。

「有那間店嗎？」

「大概半年前左右開的吧。那裡的套餐便宜又好吃。從此之後，這附近的人潮就不一樣了。那條路……」

志穗指向車站方向。

「從車站到我們這裡的時候，不是得過一條很大的馬路嗎？現在客人都不願意過那條路了，大家都在過馬路前就被那間店給吸走了。」

「原來有這種事。」

「我們這裡主打的是有機蔬菜和無添加食品，我本來以為客層應該沒什麼重疊，但是以前每個星期會來兩次的客人，現在大概只來一次了吧。經濟不景氣真是讓人傷腦筋。」

我也去過那家店了。志穗一臉惆悵地洗著漆盒。

「東西好吃，店裡明亮又有朝氣，而且價錢划算得驚人。我自己也覺得客人會被搶走不是沒道理。然後最近店裡的燈光、流理台都開始故障，冰箱也到了該換的時期……仔細想想，繼承我母親的工作後一直做到現在，以前好幾次想裝修，都沒有實現。」

「因為費用的問題？」

「也有，更重要的是，像我們這種小生意如果因為改裝而休息，客人就會跑了。本來就已經不太抓得住客人了。」

志穗說，她稍微改了午餐的口味。

「我刻意強調香草、藥膳還有香料這些以前學過的東西，結果客人更少了……大家都習慣我媽的味道，好像不太想嘗試新口味。」

「我跟怜司都覺得妳的小菜很好吃啊。」

謝謝。志穗拿起漆盒，用布擦著。

「不過那些大半都是我媽的味道。因為利一不喜歡羅勒和八角啊。」

也是。利一應著，志穗聽後嘆了口氣。

「只不過是開了一間有競爭力的店，就會給店裡的客人帶來這麼大的變化，我實在沒信心以後可以在這裡繼續工作二十年。我再不久就四十了，如果還要做到六十歲，現在不做些改變不行。我想做點新嘗試，但是每次新挑戰都帶來反效果。」

有點迷失方向了呢。志穗將漆盒放在櫃檯上。

「最近有一位上了年紀的客人不再來了。我偷偷去看了他的部落格，結果他部落格裡寫著，我們家附近的家庭餐館突然開始趕流行，學人家做藥膳和香草。我想上面寫的應該是我們的店吧。他說，這間店正在迷航中。」

「可是妳以前就一直在學這些不是嗎？」

「謝謝，利一。」

真是的。志穗輕輕吸了吸鼻子。

「難得你在，怎麼說起這些煞風景的話。要不要再喝杯茶？」

志穗開始泡茶，鍋子裡冒出水蒸氣。冉冉升起的蒸氣對面，志穗帶著微笑俐落地動著手。

想做點新嘗試——

要不要一起開始新生活？那天，他本來打算這麼對志穗說的。他下定決心，還買回志穗可能會喜歡的杯碗，整理了庭院、圍起花壇，迫不及待等著志穗到美越來的日子。

就算沒辦法馬上一起生活，但只要志穗願意……自己本來打算問她，要不要考慮結婚。

志穗。他叫了一聲。「什麼？」志穗微笑著看向他。

「妳別太勉強自己了。」

「我沒有勉強啊。」

「志穗。」

嗯。這次她溫柔地應了一聲。

他有些話想說，但是這些話不能輕率說出口。

一直關在家裡的怜司終於開始外出，但往後會怎麼樣還不知道。怜司說自己存款耗盡，這麼說除了美越老家以外，他真的沒地方可去。如果把怜司從最後的歸屬趕走，他可能會像彩菜說的一樣永遠消失。

啊！志穗輕聲說道。

「熱水應該快放好了。利一你先去洗澡吧。我處理完枇杷茶再上去。」

「枇杷茶妳有空再弄就好了。」

「不過我想趁新鮮處理好。沒事的，你先去吧。」

在志穗的催促下，利一走向二樓。

爬上樓梯時，他突然覺得，自己和志穗都在逃避該對彼此說的話。

志穗家裡的浴室雖小，不過浴缸又大又舒服，臉盆和椅子都是木製的，她一定經常刷洗，不管何時看來木紋都清爽潔淨。

泡在已經不太燙的熱水裡，他伸展著雙手放鬆身體，想起剛剛那男人健壯的雙臂。

他瞥了一眼對方戴在手上的高級潛水錶，大概能推算出價格，這再次讓他覺得自己不愧是活過了泡沫經濟的世代。以前自己那一輩比較重視車子和手錶，不過看看怜司，現在的年輕人似乎對這兩者都沒什麼興趣。一想到這裡他又轉念，那男人雖然看來年輕，說不定跟自己差不多，也步入中年了吧。

跟自己一樣？真的嗎？

現在這份工作往後還能再做多久？

他在浴缸裡伸直手臂。

如果六十歲退休，那還有十一年，六十五歲退休的話還有十六年。

還有十一年……正當他數著時間，聽到浴室的門慢慢拉開的聲音。

利一？是志穗的聲音。

「什麼事？」

「利一啊，我在樓下洗枇杷葉，突然覺得好寂寞，我可以在這裡的洗臉檯洗嗎？」

「不准偷看喔。」利一笑著。「不會啦。」志穗也笑了。

「明明要你先上來，但是你一不在，又覺得寂寞，很想你。我想像隻貓一樣，黏在你身邊。」

「這樣好像會不小心踩到妳。」

「別踩我啊。」

洗臉台傳來靜靜的水聲，讓他強烈感覺到志穗的存在。這讓他覺得無比平靜又溫暖，他把身體靠在浴缸邊緣，閉上眼睛。

他放鬆心情問志穗，玩不玩水上運動。

不玩。志穗回答。

「比起乘風破浪，我更喜歡開巴士的人。」

「怎麼這麼會說話，我可不會給妳什麼獎品喔。」

志穗笑著，又傳來水流的聲音。聽著聽著，他開始好奇放在櫃檯那個小盒子。

「對了……他剛剛給妳什麼東西啊？」

「你該不會是在嫉妒吧？」

算是吧。他回答。「葡萄乾。」志穗說。

「葡萄乾？把葡萄曬乾的葡萄乾？」

「對啊，有機葡萄乾。聽說在美國那種小盒葡萄乾是一打一打賣的。宇佐美先生在健身房的時候，肚子餓了都會吃葡萄乾補充營養。我很好奇那是什麼，所以他送了我一盒。」

「只有葡萄乾？」

對啊。志穗回答。

「說不定盒子裡會有什麼時髦的驚喜呢。」

拜託，太老套了吧。志穗笑著。

「金幣呢?就像人家在日式甜饅頭的盒子底下放金幣一樣?」

「這哪算什麼時髦驚喜啊。」

「『哼哼哼，越後屋[7]，你心眼也挺壞的。』像這樣嗎?越後……越後是指新潟吧?為什麼老是說越後屋啊。」

「不知道，可能因為是賣米的批發商吧。」

「新潟人不會生氣嗎?」

誰會因為這點小事生氣啊。他用熱水洗了把臉。志穗又開口:「喂，我說越後屋啊。」

「什麼事?」

你身邊該不會有病人吧?志穗問。

「為什麼這麼問?」

「這個枇杷葉做的茶，之前我媽生病的時候我經常做。你帶來的葉子夠多，我順便做點枇杷精吧，有沒有效就因人而異了。……是誰生病了?」

他說不出是前妻的父親，只回答是以前照顧過孩子的人。

水聲裡夾雜著刷洗的聲音。他仔細聽著，好像是牙刷刷著葉背細毛的聲音。

「看起來挺費事的呢。抱歉，給妳添麻煩了。」

「不要緊啦，我喜歡做這些。而且我覺得很高興。」

「高興?」

「當然高興啊。能幫上利一的朋友忙。你這個人絕不會自己先採取行動。如果我說我希望你跟我在一起，你就會跟我在一起，我要你溫柔一點，你就會對我溫柔。但是你絕對不會自己先主動表示，也不讓別人擅自跨進你的世界。如果我告訴你我喜歡上其他人，我想你大概也只會笑著說：『是嗎？』然後再也不到這裡來吧。」

不會的。他答道。「是嗎？」志穗道。

「你應該會平靜地離開，我總這麼覺得。所以你邀我去美越的時候，我很高興。那好像是你第一次讓我進入你的世界。而且今天……你還吃醋了呢。」

水聲中好像混雜著志穗的笑聲。

「就算你脫光了衣服，還是不會赤裸裸地面對我。另外還有一個我不認識的利一，那張臉才是真正的你，住在我不知道的地方，每隔幾天就會翻過山頭來見我。雖然我們不用彼此束縛……我也很喜歡現在的生活，但是，如果你願意慢慢讓我走進你的世界，我還是覺得很高興。」

說完之後，志穗就此安靜了下來。

這個春天，他原本希望彼此能夠更接近。送走了父母，孩子們也都長大離家，接下來他正想為自己而活。

利一並不是不想讓志穗走進自己的世界。他只是還在猶豫。

年紀的差距、家人的問題，還有自己不如人的條件。

對不起啊。志穗慌張地說。

「我做事這樣慢吞吞的，還胡說八道扯了一堆。快弄完了，我出去囉。」

志穗。他叫道，毛玻璃另一邊浮現她纖瘦的身影。

朦朦朧朧看到她疼惜地揣著懷裡的東西，好像在哭泣一樣。

過來。說完之後，玻璃門另一端身動影搖。

「過來，志穗。」

他伸出手，玻璃門上的影子消失了。

真不像自己會說的話。他苦笑一聲。浴室的燈突然暗了。

東京的夜晚光燦燦的，關了燈後街上的燈光一樣能從窗戶照進來。

隔著玻璃門，他聽見窸窸窣窣的衣物摩擦聲。

來回兩趟東京後隔天是假日，剛好遇上週末。這時美雪剛好從東京來到新潟。她說去醫院看父親前，想先看看老家的狀況。於是星期六下午，利一開車到萬代橋附近的大樓等她。

他傳訊息說已經到樓下門口，美雪便拿著一頂時髦的草帽下樓。她穿著一件及膝深藍色洋裝，披著白色針織衫，手上拎著大紙袋。

美雪對著他慢慢低下頭，坐進前座。

夏天的陽光晴朗，天空萬里無雲。開到萬代橋上，看到幾個撐著洋傘的女人走在橋上，彷彿正在享受河面吹來的風。

幾句寒暄之後，兩人聊了聊天氣，對話就此打住。在這之前偶爾也會通通訊息或電話，不過一見面就是聊不起來。兩人就這樣維持著沉默，從市區開到郊外，來到美雪老家。

車子停進車庫，一打開老家的門，美雪就露出驚訝的表情。怜司把院子裡恣意生長的草木都修剪得整整齊齊，還在通往玄關的小路上擺了松葉牡丹的盆栽。

進到房子裡拉開防雨門，美雪輕嘆道，差點認不出來了。

「那傢伙愛乾淨嘛。」

「這豈止是乾淨，我從來沒看過家裡玻璃這麼一塵不染。」

美雪摸著玻璃窗。確實，那玻璃擦得一點汙漬都沒有，彷彿根本沒裝玻璃一樣。

「我開始擔心了。怜司他沒事吧？」

不知道。他回答後，美雪從皮包裡拿出了化妝包。

「喂，要抽到外面去抽。」

美雪坐在緣廊。聳聳她細瘦的肩膀點起菸。

他靠在房間後面的柱子上，看著煙融入天空的樣子。

家具都清空後室內顯得很寬闊，人和東西好像都像這煙一樣消失無蹤。

美雪用菸指著那棵枇杷樹。

「上次……爸很高興，說怜司拿葉子去給他。」

「他說想做枇杷葉茶，這我正在處理。妳該不會知道做法吧？」

不知道。美雪低下頭。

「我什麼都不知道。怎麼醃梅干、怎麼用枇杷葉。很多事情我媽都會自己下功夫研究，但是我什麼都沒學會。」

我以前很看不起那些事。她說道，一縷細細白煙往上繚繞。

「我覺得那些事很無聊。比起醃梅干的方法，國際法和政治學還比較高等。真笨，知識哪分什麼高等低等呢。」

美雪聳聳肩笑了。

「學了政治學，對家裡的政治角力可是一點都派不上用場呢。」

現在也是嗎？他問道。美雪拿出攜帶菸灰缸，慢慢站起來，穿上放在緣廊的涼鞋，走在院子裡。

「枇杷葉啊……我都沒發現。媽以前好像常拿這個來敷呢。男人之間是不是比較好說話啊？護士告訴我，怜司一來爸的話就變多了。」

「妳沒跟怜司聯絡嗎？」

「我嗎？還沒有……」

「不是告訴妳他的手機號碼了嗎？我不在的時候打電話給他，他會幫忙的。」

美雪伸手摸著樹幹，輕聲道：「我怕啊。」

「怕什麼？」

「怕跟怜司說話。」

枇杷葉影落在白色窗簾上，看來像窗簾的花紋一樣。利一不懂她害怕的感覺，便盯著美雪。

「那孩子太冷靜了。」

我的手很冷吧。美雪握著自己的手。

「怜司小時候，我要握他的手，他總是會先搓搓我的手再握。應該是討厭冷冰冰的感覺吧，我伸出去，他也不愛握。彩菜就不一樣了，不管冷不冷，總是愛黏在我身邊，緊握著我的手不肯放開。」

他想起從前兩個孩子握著美雪的手走路的樣子。

廣闊的青空下，漲滿水的綠色田間小路上，三個人牽著手輕輕晃著、走著。眼前這光景是如此幸福，那個瞬間，他覺得回故鄉真好。

一瞬間，利一閉上眼睛。真的只是一瞬間的幸福。

「以前我跟你媽吵架的時候，怜司總是一直看著我。他的眼神跟你一模一樣。我離開美越家時也一樣……我想帶他一起走，但是他說，我不走。那時彩菜還在睡，他在彩菜的枕邊說，我會看著彩菜，妳一個人走吧。」

決定離婚的時候，美雪說過想帶兩個孩子走。但是身為母親竟然放著孩子離家，她這個媳婦被百般刁難，結果根本沒辦法好好商量。

如果那時候帶著怜司和彩菜離家，或許情況會不太一樣吧。

「怜司上大學那年來找過我。」

「好像是吧。前陣子我第一次聽說。」

「明明是夏天，他還特地拿了手套來送給我。我覺得他好像在說，我是個冰冷的母親……我心一慌……也沒能好好跟他說話。」

美雪垂著頭，那細瘦的肩膀讓人看了很不忍。利一別過視線。

他拿起草帽站起來，丟給美雪。

「如果還要站在外面就戴著帽子。太陽曬太久對身體不好，既然身體不舒服就多注意一點。」

美雪接過草帽，回到緣廊。

「別想東想西。過一陣子大家一起吃頓飯吧，我會安排的。」

想東想西？美雪蹙起她形狀漂亮的眉毛。

「我是說妳不要想那麼多，一天到晚分析這分析那。如果能往好的方面想就算了，一直自責，只會讓自己受不了。別想太多。房子看過了吧？走，到醫院去吧。帽子記得戴上。」

「我又不是小孩子。」

「妳比小孩子還難纏，給糖果也逗不了妳開心。」

「你這個爸爸還挺稱職的。」

「多虧了妳啊。」

美雪側過身，拿著帽子回到房間。利一看美雪腳步有些不穩，接過她手中的帽子，拿起放在房間一角的皮包，走向玄關。

真體貼。他聽到美雪小聲說著。

「我什麼都沒有。現在不用擔心父母親，也不用擔心孩子……算是告一段落了吧。」

「但是你過得很滿足吧？」

美雪套上白色涼鞋扣好鞋帶，抬起頭來。

「你有女朋友吧？是個年輕女孩。」

「幹嘛突然說這個。」

美雪細瘦的手指伸向自己的脖子。

「這裡還有口紅的痕跡，還有這裡……你身體又大又溫暖，但是皮膚很薄，所以很容易留下痕跡。」

利一下意識伸手去摸自己脖子。「騙你的啦。」美雪笑著說。

「跟你開玩笑的，什麼痕跡都沒有。」

喂！利一叫了一聲，美雪戴上帽子往前走。

「看來被我猜中了，本來只是隨便說說，沒想到還真的是年輕女朋友。」

美雪。他叫道。「什麼？」

「妳啊……」

美雪走到屋外，在那擺著松葉牡丹的小徑上回眸一笑。

經年的歲月遮在草帽的影子下看不清晰，眼前的微笑跟遙遠從前一模一樣。

從美雪老家前往醫院，看到停車場裡停著漆黑的輕型車。

利一指著那車說，是怜司的車。美雪低聲道，怜司在病房裡嗎？

「應該吧。要打個電話看看嗎？但是該怎麼說？」

美雪抽出手帕，按著自己的額頭。

「不用打電話了。我進去吧，也得跟他道謝。」

利一本來想跟她一起進去，但又打消了念頭。孩子們入學或畢業等大日子時他會聯絡敬三，但是兩個孩子出社會後，兩人就沒再說過話了。

把車停在停車場，放下美雪的行李。那袋子很大，他直接提著跟美雪一起走向醫院玄關。他想至少幫她把這袋東西提到病房前，就在這時，醫院裡推出了一台輪椅。

推輪椅的是怜司。

看到幾年不見的敬三，他不禁停下了腳步。記憶中的敬三就像個喜歡粗呢夾克和威士忌的英國紳士，一頭白髮永遠梳理得整整齊齊。但是從玄關走出來的敬三卻不復以往的風貌，那頭稀疏的白髮已經泛黃。

後面跑出一個穿著白衣的人影，本來以為是護士，沒想到是彩菜。

她撐開手上的陽傘替外公遮擋日光。

身邊的美雪倒吸了一口氣。就在這個瞬間，彩菜望向這裡。她今天妝很淡，很適合那一身白衣服。

彩菜一臉狐疑，接著瞪大了眼睛。

爸！她響亮地叫道。

「爸！你們為什麼在一起？你手上拿的是什麼？你什麼時候跟她感情這麼好了？」

彩菜！怜司皺著臉。

「上次不是說了嗎，我現在在幫外公整理房子。」

我是聽說過啦。彩菜說道。

「但這件事我可沒聽說。怎麼？為什麼你跟這個人這麼親密地走在一起？」

你也知道嗎？彩菜瞪著怜司，把洋傘推給他。

「哥你也知道？為什麼大家都知道……只有我一個人不知道？」

彩菜。美雪虛弱地叫著。

「不是的，我……」

「裝什麼熟！不要叫我名字。把我生下來又不要我。自己逍遙自在高高興興在東京生活，現在看苗頭不對，就要哭著來求我們鄉下人幫忙了嗎？」

夠了。敬三低聲說。

「不能這樣跟自己母親說話。妳媽常想著你們兩個掉眼淚呢。」

敬三輕碰著彩菜的手。

「冷靜一點，美雪。」

「我是彩菜。」

彩菜。敬三點點頭。

「真對不起。妳是彩菜……抱歉抱歉。」

外公。怜司叫著他。敬三求助般地轉向他。

「那美雪在哪裡？那孩子去哪裡啦，利一？」

外公。怜司的語尾有些顫抖。

「我是怜司。」

「怜司？怜司還很小吧。」

「外公你冷靜一點。美雪和利一在那裡呢。」

怜司把輪椅轉了個方向。

敬三的視線游移了一陣，像看陌生人般看著美雪，然後慢慢閉上眼睛。

對不起。他小聲地說。

「天氣太熱……太熱了，我都熱昏頭了……」

怜司把輪椅轉向，回到建築物裡。美雪小跑著追在後面。

彩菜看了走向醫院大門。

大家就像一盆灑在地上的水一樣，各自往不同的方向飛濺四散。

利一在電梯前追上怜司他們，敬三輕聲向利一打了招呼，然後虛弱地笑著說，彩菜跟美雪實在太像了，讓他很驚訝。

利一把行李拿到病房，告訴美雪他在樓下等。

他在咖啡廳喝著咖啡，怜司下樓來。他問怜司要喝什麼，怜司想喝可樂，他買了遞給他。

兩人坐在長椅上，怜司嘆了一口氣。

「爸，你來的時機也太糟了吧。」

利一無話可說，沉默地喝著咖啡。

彩菜她們預計要在附近的公園辦活動，她來場勘，順便到醫院來探望。好像是一個人去覺得冷清，才叫了怜司來陪她。

喝了一口可樂，怜司問，媽是不是哪裡不舒服？

「也不算生病，但身體狀況不太好。」

好像變小了很多。怜司輕聲說。

「跟上次見面時比起來，看起來更漂亮。不過總覺得……好像更憔悴了？」

聽到憔悴這兩個字，利一眼前浮現起美雪抽菸的背影。

是種自暴自棄的感覺嗎？怜司一邊深思，一邊說道。

「好像會消失不見一樣。」

利一想起彩菜也曾經用同樣的話形容過怜司。

他往旁邊一看，剛好跟怜司四目相對。

怜司別開了眼，問美雪有沒有說什麼。

「說了枇杷葉，還有手套的事。」

手套？怜司反問。

「喔，你說那個啊。」

「聽說你夏天送了手套給她？」

因為很漂亮。回答之後，怜司略顯尷尬地繼續說下去。

「考大學的時候剛好在澀谷一間店裡看到的。那雙手套是商店櫥窗裡的裝飾，像雪一樣純白，當時覺得這怎麼會這麼漂亮。」

怜司喝著可樂，輕輕笑了一聲。

「上大學之後我開始打工，等到終於買得起時已經是夏天了，那時候還請店員從倉庫調貨。我拿著那手套去見媽。」

怜司喃喃道，真是個不合季節的禮物呢。

「見面之後，把手套交給她，媽卻哭著大聲跟我道歉。她跟我說，對不起，我是個冷酷的母親。可是我根本沒有那個意思。」

怜司微駝著背。

「我總是在傷害別人。我不會說話，又不懂得怎麼表達自己的心情，明明沒那個意思，但是回過頭來總是發現自己狠狠傷害了最重視的人……」

怜司站起來，把紙杯丟進垃圾箱。

「替我跟媽問好。」

「怜司，你自己去說吧。既然知道自己不會說話，就好好想想該怎麼說。自己去說吧。」

我怕人。怜司說道。

「我怕跟人深入交往。」

「這是什麼意思？」

怜司沒回答，繼續往前走。

喝完咖啡正要買第二杯飲料時，美雪下樓來。說敬三想睡了。

利一沒說話，載著美雪回到市內。

車子開進市區後，美雪問，要不要一起吃個飯。

「爸說……讓我們大家一定得一起吃頓飯，還塞了錢。」

美雪撝著嘴角，微微笑了。

「他還塞了錢給我，問我這樣夠嗎？我說不夠吧，怜司已經長大了。然後他就給了我兩萬圓，說大家回去時，用這些錢順便吃個飯吧。」

「妳就拿著吧，我不要緊。」

也對。美雪看著窗外。

「約是約了，但是大家現在都沒什麼食慾吧。」

車子進入市區內，很快就來到敬三家的大樓前。美雪道過謝後，走進大樓入口。利一正要切出車道，往後一看，發現美雪的帽子放在後座。

他想起是自己把帽子放在那裡的，立刻下車追上前去，結果看到美雪正蹲在大廳一角。

這裡的玻璃門是自動門鎖，他進不去。輕輕地敲了敲門，美雪望了過來。利一搖了搖帽子，美雪作勢要他將帽子放在門外。

他本來正要依言將帽子放下，又猶豫了起來。

他輕聲問，沒事吧？美雪慢慢走過來，打開門。

接過帽子後她馬上轉過身，走向電梯。不過她的腳步蹣跚不穩。就在自動門快關起來的那瞬間，利一衝進去抓住她的手，美雪驚訝地看著他。

做什麼？被她一問，他也不知怎麼回答。

「沒做什麼……妳沒事吧？整個人搖搖晃晃的，頭暈就先坐一下再說。」

「我本來就是這麼想的。」

美雪不耐地說，他才想起自己剛剛的遲鈍。

美雪低著頭，按下電梯按鈕。

「我看起來那麼奇怪？搖晃得很嚴重嗎？」

「妳沒事我就先走了。到底怎麼了？」

美雪小聲地說，好像在搭電梯一樣。

「明明踩在平地上，卻覺得腳下輕飄飄的，跟平常不太一樣。症狀平息之前根本沒辦法走路。」

「我背妳上去吧？」

到十二樓嗎？美雪淺淺一笑，靠在柱子上，電梯的門打開。

與其攙扶她，還不如直接背她來得輕鬆，利一在美雪面前輕輕蹲下。

「別這樣，太難看了。」

「又沒人看到。妳穿那種鞋要是跌倒，會扭傷的。」

他指著美雪腳上的細跟涼鞋。美雪正要脫鞋，又晃了一下。

利一再次擋開快關上的電梯門，叫了聲，快點！美雪趴上他的背。

身體接觸的那一瞬間，他聞到一股花香。跟以前美雪常用的一樣，是白色花朵的香氣。

電梯開始上昇，環繞在脖子的手加重了力道。

真討厭。他聽到背後傳來微弱的聲音。

「竟然連走路都沒辦法……」

「一會兒就好了。」

「真不中用。」

電梯很快就來到十二樓，利一盡量平穩地走到房門前，避免晃動身體。

從那細瘦手臂中的力道，可以感受到她的不安。

彩菜在醫院裡那番話一定讓她很難過，但是父親把孫女和自己搞混，帶來的衝擊或許更大。

在房門前放下美雪，她往包包裡翻找了一番，拿出鑰匙，搖搖晃晃進了門。

打開燈，可以看到玄關門口堆了兩個牛皮紙箱，沿著走廊還堆了幾個上面寫著「書」的紙箱。

「你別看啦。」

美雪脫著涼鞋，小聲地說。

「爸的行李我很難收拾。不介意的話就進來坐坐。本來應該招待你喝杯茶的，但是現在這個狀況你也不自在吧。」

「那倒不要緊。」

搬家後不久馬上遭逢意外，家裡都還來得及沒收拾。美雪看著這些箱子說道。

「一開始我本來想……至少可以慢慢把書放上書架。」

「應該拿出來的。等爸回來看到這樣，也很頭痛吧。」

美雪倚著玄關旁的牆壁，癱軟地坐下。

「我總覺得，爸再也不會回到這裡了。」

「別說那種不吉利的話。」

「我不是說他會過世……只是，我單純覺得他沒辦法在這屋子裡生活。」

美雪靠著牆閉上眼睛，然後眼淚就掉了下來。

「你也聽到了吧，他最近說話……經常像那個樣子。」

「最近天氣熱，而且住院久了，腦子總是會錯亂的。」

走廊上的牛皮紙箱已經積了一層灰塵。房間後面沒裝窗簾，只在成堆的紙箱當中放了一疊摺好的棉被。

「至少把書放進書架，看起來也舒服點。妳不要說這種喪氣話。」

我沒有。美雪睜開眼睛。

「我在東京很努力，不管是家事或者是帶孩子，我絕對不會說喪氣話。但是一來到這個房間，就覺得全身無力。每次都想，該整理了，但是又忍不住躺下去。」

「妳先生怎麼說？」

「我沒告訴他。我不想說。」

為什麼？他問。美雪緊閉著嘴。

「爸也說……不用打開他的行李。」

是嗎。利一坐在美雪對面，突然就惆悵起來。

兩人在這狹窄玄關裡面對面，就像兩個小孩子在說什麼悄悄話一樣。

「不過把走廊整理一下，爸也不會拒絕的。有人幫忙的話應該沒問題吧？」

不用了。美雪搖搖頭。

「不能再讓你和怜司幫忙了。彩菜她……」

美雪無比憐愛地叫著這個名字，淚水又掉了下來。

「……她長得好大了。怜司也是個大人了。就像以前的你一樣。難怪爸會搞錯，實在太像了……他們就像分手時的我們一樣。看到跟以前的自己一模一樣的彩菜，我覺得好像被過去的自己譴責。『妳在東京逍遙過日子，現在才想回鄉下來依靠親人嗎？』她說得一點都沒錯。」

「身體不好的時候，就別再想這些事了。」

不要自暴自棄。他又補了一句。美雪拿起手帕擦了擦眼睛。

「怜司也很擔心妳。他問妳哪裡不舒服。」

怜司嗎？美雪低著頭問。

「他這樣問你？」

「是啊。」

利一看著美雪，心想，母親跟孩子果然很像。以往他沒怎麼注意，不過怜司鑽牛角尖的個性跟美雪愛分析的習慣很像。美雪哭泣的樣子也跟彩菜一模一樣。

別哭了。他說。美雪說：「不要對我這麼溫柔。」

「這樣我會太依賴你。」

他輕輕將手伸向哭泣的美雪，回想起總在淩晨時做的夢。

在夢裡，往往在這裡就睜開眼睛了。

他的手指輕觸著美雪的臉頰，美雪雙手按著他的手，繼續哭著。

她身上有股令人懷念的花香。

看著那細瘦顫抖的肩膀，利一忍不住將美雪擁入懷中——

❖

——花香乘著夜風而來，木村沙智子微笑著。

在明亮的月光下，高宮彩菜坐在從沿海高地通往鬧區的階梯上。

炎熱漫長的白晝結束，柔和的風伴著日落吹來。

彩菜的頭髮在空中飄著，散發出微微的香甜氣息。這種精油叫「希望之香」，是前幾天才剛在網路商店開賣的商品。

不管是故事裡的「彩奈」或者是靈感來源「彩菜」，都非常適合這種清新的香氛。

彩菜看著沙智子，輕輕笑了起來。

「怎麼了，沙智子？」

「我就猜彩菜會在這裡，妳外公狀況怎麼樣？」

我們很久沒見了。彩菜說到這裡就此打住。她好像刻意想換個話題，問沙智子是不是該出發了。

沙智子伸手制止站起來的彩菜，在她身邊坐下。

「不急，時間還多得是。不過……彩菜，妳每次想替自己打氣的時候，都會來這裡呢。」

嗯。彩菜有點不好意思地說，然後又坐下來。

「因為這裡是我們……或者應該說是漫畫的原點啊。」

「為了明天的東京之行，我也要來這裡替自己加油。」

「沙娘妳不用勉強自己，原本的妳就很好了。」

平常彩菜都叫她沙智子，不過偶爾也會用故事中角色「早智子」的暱稱來叫她。每次聽到這稱呼都有點難為情，只好保持微笑。

因為下巴有點突出，再加上沙智子這個名字，她的小名永遠都是「戽斗智」。而彩菜用沙娘這個暱稱，溫柔地替她塗掉了那惱人的記憶。

「東京呢……」仰頭看著星星，彩菜低聲說道。

是啊，東京呢。沙智子回應著她，眺望著山坡下的市區。

這道山坡被稱為多倍離，總共有五十九階階梯。這奇怪的名字來自德文中的 Doppel，寫成英文則是 double 的意思。以前高台上有一所舊制高中，當時傳說如果下了這道階梯到市區裡去玩就會落榜，才有了這個名稱。

不過在她們的故事當中，這個坡道是連結現實世界和異世界的通道。

活在現代的主角奔上這道階梯時，會使用魔法的咒語開啟通往異世界的門。

當她唸著咒語全力爬上階梯，一轉身，異世界就開展在眼底。

這個常出現在故事裡的橋段是彩菜想出來的，當時還在專門學校電影科裡就讀的繪里花，以描繪這個場景的漫畫為基礎，製作了一段影片，拿下學校裡的大獎。

從此以後，她們開始嘗試網路漫畫和網路商店，在今年夏天，她們將集結目前為止的成果，舉辦大型的讀者活動。

今天晚上她們即將前往東京，彩菜要去上歌唱課，而沙智子要跟繪里花會合，一起去推銷這次活動。

繪里花已經先到東京去找在媒體業任職的同鄉朋友，一一詢問有沒有可能幫忙在媒體曝光。

涼風吹來，彩菜的頭　迎風飄動，淡淡傳來「希望之香」的味道。

「彩菜的頭髮聞起來好香喔。」

彩菜說，她都把精油滴在精製山茶花油裡用來護髮，不過今天竟然遇到一個跟自己有類似香味的人。

「是買了我們商品的人嗎？」

「應該不是，那不是精油，我猜是香水。」

「那就不用太在意了吧？是什麼樣的人啊？」

「跟我們爸媽差不多年紀的人。」

「會喜歡這類香味的，一定是很溫柔的人吧。」

是嗎？彩菜沒好氣地說。

「不要再想這件事了，我們差不多該走了。」

彩菜的聲音有點疲倦，她站了起來，兩人整理好行李前往萬代巴士總站，坐在車站裡的長椅上。

晚上十一點的巴士總站裡，聚集了很多等待前往東京高速深夜巴士的乘客。東京大概有什麼活動吧，乘客比平常多，顯得很熱鬧。

大家是不是也跟自己一樣，對東京懷抱著夢想呢？

想到這裡，彩菜抱歉地對沙智子說：「對不起，沙智子，我可以預習一下明天的功課嗎？」

「當然囉，不用在意我啦。」

彩菜把耳機戴在耳朵上，輕輕閉上眼睛。

看著她那認真的側臉，沙智子想起幾小時前見到彩菜哥哥怜司的事。

今天傍晚，她正在老家寺廟本堂畫著活動用的看板時，怜司送了畫具來，說是繪里花拜託他的。然後他看看周圍問道：彩菜有沒有來這裡？

「你們不是在一起嗎？她說你們兩個一起去探望外公了。」

怜司回答，中午就跟彩菜分開，在那之後打電話她也不接。

沙智子看怜司很擔心的樣子，告訴他彩菜這時候應該正在新潟上聲音訓練課。怜司一臉狐疑，他問，歌唱課不是有幫忙作曲的音樂家江崎大輔幫忙嗎？

「那傢伙今天晚上要去東京不是嗎？昨天江崎先生還傳了訊息給我，說他已經準備好學校的教室等她。」

「江崎先生是大師啊，在上大師的課之前得先練到一定程度才行。」

大師嗎？怜司笑著。

「對啊。以寺廟來說的話就是總本山。對了，你聽過老師替我們作的曲子嗎？」

怜司說那首唱跳用的曲子已經聽過了。

「結果副歌部分一直在我腦子裡面響個不停。」

「那就再給你一些震撼力更強大的吧。」

沙智子調高 **iPod** 的音量，放出剛寄來的主題曲給怜司聽。

喔喔！怜司驚嘆著。

「不會吧！他還替妳們寫了這個？」

也太讚了吧。怜司低聲讚嘆。接著流洩出來的江崎歌聲讓他更驚訝了。

「等等……彩菜要唱這首嗎？這樣就好了吧？我比較想聽江崎先生的聲音啊。」

「彩菜的聲音也很不錯啊。但是彩菜自己也說了一樣的話，所以現在她拚命在練習。」

原來如此……。怜司將手放在嘴邊。

「怎麼偏偏在她最緊繃的時期……」

「對了，你剛剛說有急事想找她，遇到什麼麻煩了嗎？」

也沒什麼啦。怜司交代得含糊不清。

「就是一些家裡的事。」

「跟爸爸有關嗎？」

「不，跟媽媽。」

什麼？沙智子顯得很驚訝。她一直以為這對兄妹的母親已經過世了。

怜司冷冷一笑。

「那傢伙該不會說媽已經死了吧？」

「也沒有啦……」

會讓沙智子有這種感覺的其實不是彩菜，而是怜司的樣子。

怜司到這座寺廟來送過好幾次貨，之前有一次，她在寺廟後方的觀音像前看到他靜靜在那座令人聯想到溫柔母親的像前合掌，讓人不忍出聲叫喚。

「我稍晚會跟彩菜會合，要不要我告訴她你打電話找她？」

不用了。怜司說。

「我再打電話給她。可能只是我自己多心，說不定根本沒事吧。」

打擾了。怜司客氣地打過招呼後，離開了寺院。

沙智子回想著那高高的背影，看著在自己身邊聽著音樂的彩菜。

精油的香氣有幾種選擇，最後交給代言人彩菜來挑選，決定了現在的香味。

彩菜口中那個擦著相似味道香水的，應該是她母親吧。

如果真是這樣，母女的喜好大概很類似。

巴士總站響起引擎聲，開進好幾輛前往東京的巴士。先是東京客運公司的車輛，接著是新潟公司的巴士。

最後是一輛白色巴士，慢慢駛入，停在她們眼前。

一個高大的司機走下車，一邊放下捲起的襯衫袖子。一看到他，彩菜拿下了耳機。

「沙智子，今天我們搭幾號車？」

看看車票，正是眼前這輛巴士。

「是白鳥，我們美越的客運公司耶。真好。」

有什麼好的。彩菜說道，那個扣完袖子鈕扣的司機正看向這裡。

糟透了……。彩菜輕聲說道。

那個很適合深藍色制服的人，正是彩菜的父親。

開往東京的深夜班次通常是有三列單人座椅的車型，不過這次白鳥交通的車班用的是雙人座椅。跟彩菜並肩坐著，回想起畢業旅行的回憶，讓沙智子湧起一絲雀躍。但是，坐在靠走道座位的彩菜卻一臉陰沉。

搭上巴士後彩菜跟父親簡短交談了幾句。彩菜的父親今天本來應該休假，但是因為出了點狀況臨時跟人換班。可是兩人的交談顯得很冷淡，沙智子在旁邊聽了都覺得難受。

怜司說過，彩菜跟母親之間有點問題，看來跟父親也處得不太好。

巴士穿過新潟市內，開上高速公路，漸漸接近美越，沙智子看看彩菜，她閉上眼睛，似乎在睡覺。

沙智子掀開窗簾，看著窗外。一片黑暗當中，房屋透出的燈火零星可見。

從高速公路上看不見，但是前方應該有我們的老家和以前上過的學校吧。

而現在駕駛這輛巴士的彩菜父親，自己在國中時也曾經見過。

進國中時，隔壁班的彩菜在學校裡相當引人注目。

那對彷彿會說話的大眼睛就已經夠吸引人了，再加上一身貼合身體線條的制服，明顯跟其他人的衣服不一樣。單調的制服穿在她身上顯得很成熟，但也有人說，這樣太過強調身體線條，很快地就在學校裡引發了問題。

老師們指責彩菜改造制服，而彩菜則回道：「這樣線條比較漂亮啊！」接著她又說，長得胖的人可以把制服加寬，為什麼瘦的人不能將腰圍縮減？這規定未免太奇怪，她還在老師們面前大大方方地說，一件不能讓身體看起來更漂亮的衣服，根本稱不上衣服。

不久，她父親就被叫來學校，沙智子曾經在放學後看過彩菜跟父親在一起的樣子。外面下著雨，高大的父親替女兒撐著傘，而彩菜搶過傘來，不知說了什麼，一個人逕自向前跑。被丟下的父親在雨中沉著一張臉，往停車場走去。

後來彩菜又買了一件制服，服裝雖然融入了其他人，但是她在教室裡卻始終被孤立。上了二年級，彩菜跟沙智子分到同一班後，這個情形也依然持續，她自己似乎不太在意，休息時間手裡總是拿著一塊布在縫東西。

沙智子很好奇她在做什麼。有天探頭一看，原來是一件蕾絲髮飾。因為實在太漂亮了，沙智子上課時在自己的筆記本上試著畫了戴著髮飾的彩菜。那樣子看起來就像魔法師一樣，她還試著畫了彩菜騎在掃帚上的樣子，不過不怎麼可愛。

看看窗外，從西伯利亞飛來的白鳥走在田間小徑。於是她讓這個以彩菜為模特兒的女孩乘在白鳥身上。接著腦中浮現愈來愈多畫面，她開始畫出各個不同角度的畫面。

說到在教室被孤立，其實沙智子也一樣，從以前開始自己就沒什麼朋友，大家都說她「說話方式很噁心」。但是像彩菜這種長得漂亮的女孩子獨來獨往，跟自己可不一樣，看起來格外帥氣。

在那之後，每當覺得上課無聊，她就會以坐在斜前方的彩菜為模特兒，在筆記上畫插畫。她讓自己筆下的人物做出各種姿勢，穿上適合的服裝，這成了她自己的小樂趣。不過有一天，打掃時間大家拔完草回教室後，她發現筆記本被撕破，其中有一張被貼在黑板上。

那是裸露度最高的一張畫，知道畫中人物的模特兒是彩菜之後，看起來就更加猥褻。她急忙撕下那張紙塞進包包，直接回家。離開教室時，有人在身後笑著叫道：「色鬼沙智！」直到現在那聲音還盤旋在自己耳邊。

隔天起，她就開始害怕上學。

以往不管同學再怎麼捉弄她，她從來沒動過不去學校的念頭。因為她希望自己優雅又高貴，如果屈服於那些惡作劇，就等於把自己拉到與他們同等的地位。

可是她開始害怕自己的東西會被人隨意窺看。更重要的是，自己把同班同學畫得跟裸體沒兩樣，還被所有人看到，這樣的自己離高貴和優雅太遙遠了。

除了自己難為情，她更對彩菜感到抱歉。一想到這裡，就更不敢去學校了。

沒想到第三天，彩菜自己拿著學校交代的資料來到寺廟裡。其實她帶來的資料根本沒重要到非親自送來不可。根據出去應門的母親說，彩菜語氣冰冷地表示，方便的話想見一面。看來她應該在生氣吧。

於是她請彩菜來到自己房間，讓她看了那張貼在黑板上的插畫，雙手伏地向彩菜鄭重道歉。

彩菜什麼也沒說，沙智子怯生生地抬起頭。看見彩菜正偏頭看著那張插畫。

「一點也不色啊……不覺得很可愛嗎？」

彩菜要求想看看其他的畫，於是沙智子拿出自己的得意之作給她看。那是彩菜騎在白鳥上的樣子，還淡淡上了色。

哇，這是什麼？彩菜驚嘆道。

「太漂亮了吧，這真的是以我當模特兒嗎？不會吧！」

彩菜說還想看其他作品，沙智子拿出其他角度的圖。彩菜問，為什麼要騎在白鳥身上？她回答，因為她把彩菜設定為魔法師，彩菜又說，想看看她的漫畫。

「我沒畫漫畫，只是些插畫而已。」

太可惜了。彩菜說。

「妳應該畫成漫畫的。」

「我會畫插畫，但是我想不出故事。這幅畫的意思是，在現實世界裡、也就是我們身處世界裡的主角，有一天突然到了異世界……」

異世界？彩菜好奇地問。

她是不是覺得我在說很奇怪的事？沙智子有點惶恐，但還是繼續往下說：「就、就是所謂的魔法世界啦。那裡有一個魔法的島和一片大陸……接下來她就要去那裡冒險。」

「妳已經想好故事了嘛。」

彩菜整理著座墊上自己的裙褶，笑著說。

「可是我完全想像不到那個島是什麼樣子、什麼形狀、上面有什麼，這些我一點都……」

「島？像佐渡那樣嗎？」

什麼？沙智子反問。彩菜在筆記本邊緣畫出佐渡島的形狀。

「像佐渡島的形狀很好啊。這形狀看起來很帥。魔法島的地圖？到車站去要一張觀光導覽圖就行了。把實際存在的地方當成故事背景不是很有趣嗎？」

「那魔法大陸呢？」

「新潟怎麼樣？妳看新潟有山坡、有高樓、也有塔，現實世界中的彩虹塔，就是魔法世界裡的『虹色之塔』。說到塔，好像還是有兩個塔比較好。」
「兩個塔。妳是說像《魔戒》那樣嗎？」
「妳也喜歡《魔戒》嗎？」
彩菜探出身子問，這時家裡的咕咕鐘剛好響了。
差不多該回去了。彩菜說道。她說，得回去幫忙做家庭代工的祖母修改衣袖和加寬。
「我奶奶最近不能做太細緻的工作了，我不在她會很頭痛的。」
那明天見囉。彩菜站起來。
「明天？」
「我不喜歡說再見、拜拜，那樣太寂寞了。妳明天會來學校吧？」
頭不由自主地點了兩下，她還想跟彩菜繼續聊這個故事，也想聽聽她的點子。
而更讓她高興的是，聽到彩菜說寂寞這兩個字。
她來到外面目送彩菜，白鳥交通的路線巴士剛好駛過。
騎著白鳥的魔法師呢。彩菜笑著。
「結果白鳥在現實世界裡其實是巴士……」
「如果是大一點的白鳥，說不定真的可以變成巴士呢。」
「要是畫成漫畫，我們拿到東京去賣吧！自己去推銷，搭著白鳥。」
歸巢的白鳥成群飛過天際。抬頭看著白鳥，彩菜笑了。

沙智子微笑著想起十多歲時的自己，高速巴士正經過美越的巴士站。

看看身邊，彩菜閉著眼睛躺在放低的座椅上，角度跟當年一模一樣。

沙智子看著她彷彿含著微笑的睡臉，心裡充滿了感謝。

巴士在新潟縣內休息了一次，進入埼玉縣內後又休息了一次，繼續行駛著。

彩菜在第二次休息時睜開眼睛，到外面去呼吸了一下新鮮空氣。

但一回車上她又馬上睡著了。愈接近東京天色也愈來愈亮，沙智子看著窗外已經看過無數次的風景。

她很久以前就開始搭高速巴士。

高中時夢想能上美術大學，有一段時期曾經搭著巴士到東京讀專攻美術大學的補習班。後來放棄上美大的念頭，開始念新潟市內的專門學校後，每個月也會到東京一次，看看美術展覽或電影。現在每當要把自己畫好的漫畫拿到出版社去自薦時，也都會搭巴士。

不過每當她把作品拿到出版社時，對方總是會說：妳畫得不錯，但故事有點弱。因為這些機緣，偶爾也能接到一些插畫工作，不過她真正想畫的還是會哭、會笑，會逐漸成長的人物。但是現在她還沒有辦法靠自己的力量出道。

在網路上發表的全彩漫畫，她們自己稱為網路漫畫的作品，之所以能獲得好評，是因為有彩菜和繪里花一起構想故事。

最近她心裡經常想，真希望能就這樣不斷創作自己的作品。

但是彩菜有了男友，好像也考慮到婚事，而以拍電影為目標的繪里花，也有朋友邀她一起創業，開網路相關的公司。

二字頭的年紀過了一半，大家紛紛找出自己未來的道路。

今年夏天讀者活動辦得這麼盛大，或許也是想以這次活動為終點，結束這個以興趣來說發展得太過龐大的活動吧。

巴士開進東京，車內燈光亮起。身旁的彩菜睜開眼睛，輕輕伸了個懶腰。

「呵……我好像睡了很久。沙智子妳呢？」

「我也睡得很好。」

那就好。說著，彩菜抱著化妝箱走向車裡的廁所。

沙智子從包包裡拿出有色護唇膏塗了塗。

雖然她告訴彩菜自己睡得很好，但其實每次搭深夜巴士，她都睡不著。

她總是懷抱著希望，搭上前往東京的巴士，希望能揮別現在的自己，成為一個更出色的人。去程的車內因為期待而亢奮雀躍，回程又因為自己的能力不足而頹喪，根本無法入睡。

她看著被朝霞染紅的街景心想。

這種循環，到底還要重覆幾年呢？

巴士到達池袋時，繪里花在車站裡等著。她很驚訝司機就是彩菜的父親，笑著說，真是個好兆頭。

她們從巴士的行李廂裡取出行李，搬到繪里花車上，再回頭要拿彩菜的行李時，有個小女孩抬頭看著化好妝的彩菜，問她是不是「彩娘」。

她手上的零食有著自己畫的插畫和彩菜的照片。

彩菜把手指放在嘴唇前，做出「我可不准你發問喔」的動作，女孩和她母親開心地笑了。彩菜和繪里花也被逗笑了，連彩菜父親的表情都好像稍微柔和了些。

國中時，彩菜半開玩笑説的故事設定，兩人在那之後又數次仔細琢磨，現在她們將新潟市實際的風景描繪進主角們生存的現實世界中。在魔法世界裡是一個以現實世界為基礎的遼闊幻想世界，夏季活動裡，會發放故事裡描繪的場景地圖，並舉辦印章集點活動。

從貼在黑板上的筆記紙開始，這個世界慢慢開展，但是夢想的世界也快要迎來結尾的高潮。

彩菜的父親回到駕駛座上，巴士緩緩開動。目送著巴士離去，沙智子出神地想著。

自己沒能成為美大的學生，也沒能成為漫畫家。雖然心裡藏著願望，卻沒有勇氣向朋友坦白。還要再搭幾趟巴士，才能成為理想中的自己呢？

「走吧，沙娘。」

早晨的陽光下，美得令人嘆息的彩菜説道。一身迷彩服的繪里花站在她旁邊。拿掉眼鏡，彷佛是故事裡的人物來到自己面前。

「沙娘，不要睜著眼睛睡覺，我們的隊長怎麼一大清早就這麼弱呢！」

「我醒著啦……應該吧。」

她揉揉眼睛戴上眼鏡，兩人笑了。

夢想的世界總有一天會結束。

她心裡很清楚，但是現在，她只想跟面前的兩人手牽著手，一起往前衝。

在現實世界中，自己的身邊能夠有一起旅行的伙伴，這是在遙遠的從前，自己根本無法想像的事。

第五章

星期四傍晚，利一從萬代橋附近停車場把車開出來，前往市中心的鬧區古町。要去的店附近沒有空的停車場，他把車停在稍遠的地方，步行前往。

以前要大採購都會來這裡，最近多半都靠網購，或者到自家附近的購物中心，很久沒來這個商店街了。

新潟市有個別名叫「水都」，市區呈棋盤狀規劃，幾條與信濃川平行的較寬道路稱為「大道」，橫向連接這些道路則被稱為「小路」。

這些街道以前都是很深的水道，停靠在新潟港的北前船[8]所運來的貨物，透過「大道」和「小路」等水路卸貨上岸。

現在所有水路都已填埋成馬路，不過還沿用舊時稱呼做為街道名稱。走在路上，到處可見寫有小路名稱及由來的導覽板。

從本町市場所在的大道走向白山神社，穿過小原小路走向新津屋小路——。看著路邊擺著新鮮蔬菜水果的攤商，來到有人情橫丁之稱的本町中央市場，鼻尖聞到一陣鮮魚店門前串烤當季鮮

8 江戶至明治時代以日本海為中心、往返於大阪和北海道之間的貿易商船。

魚的香味。

走過這個角落，離美雪全家最愛的醬汁豬排店就不遠了。

隔了很久沒來，他沒什麼把握，邊走邊注意兩旁的店家，發現一間精緻的咖啡廳門口貼了彩菜她們活動的可愛海報。她們三人創作的網路漫畫人物並排在海報上，穿著主角服裝的彩菜手指抵在唇前，燦爛地笑著。

「我可不准你發問喔」，擺出這個姿勢並穿著角色裝扮的彩菜，在孩子之間超乎預期地大紅。

上個月臨時負責前往東京的深夜班次時，彩菜和沙智子也是車上的乘客。彩菜身上穿的是極普通的服裝，不過一到池袋，乘客中有個小女孩抬頭看彩菜，問她是不是「彩娘」。

彩菜溫柔地對她微笑，然後擺出海報中的姿勢，將手指輕輕在嘴唇前搖了搖，那女孩開心地笑了，還點點頭，就好像在說：「我會保守祕密的。」

利一看著寫在彩菜照片下的文字，活動就在這週末，會場規模也相當大。本來以為這不過是三人的興趣，沒想到還辦得煞有介事。

他將視線離開海報快步向前走，很快就找到醬汁豬排店。他進去點了兩人份的外帶，坐在櫃檯前等待。

盂蘭盆節後回鄉的美雪看來更瘦，臉色也更蒼白。這個年代身體不好的原因通常是過胖，但美雪卻相反。她擔心是不是身體有什麼問題，也去看過醫生，但是似乎沒什麼特別的毛病。

美雪不願意多說，原因大概跟怜司的皮膚一樣，也是來自壓力吧。

利一喝著店家放在櫃檯上的水，想起上個月的事。

跟彩菜和怜司在醫院巧遇後，他把美雪送回敬三住處。看到美雪癱倒在雜亂的房裡哭泣，他忍不住緊擁住她。

不過只是短短一瞬間，兩人馬上分開，就這樣沉默了一陣子。聽到美雪說她頭不再暈了，利一這才離開。

他不知道美雪怎麼看待那個擁抱。但是在自己的心裡，那感覺很像在安撫一個哭泣的孩子。隔天，美雪傳來訊息，為前一天的事道謝。

在那之後兩人有一陣子沒聯絡。不過進入八月後，美雪又來了一封訊息，簡單說了幾句夏日的問候，回報老家大概能脫手了，最後又附加一句，整理新家的事就看利一的意思，請他幫忙，還說八月下旬會回新潟。

往返兩輪來往東京和關西的工作後，八月已近尾聲，這一天終於來了。他打算跟怜司一起去整理，不過怜司卻說要去幫忙彩菜的活動。

他只好下午一個人到敬三的住處，跟美雪一起整理房間。把書放上書架後，再到敬三的書房把接到一半的高級音響布線完成。結束之後走向客廳，發現美雪已經靠在沙發上睡著了。

房間一角疊著一床薄被。但他不好意思去碰那床棉被，連待在房間裡也覺得尷尬，於是想起了古町這間豬排店。

敬三以前說過，他很喜歡外帶這家豬排，夾在麵包裡當宵夜吃。他想，不如散步過來順便買晚餐，這才走進了久違的鬧區。

店員招呼了一聲，說是外帶已經準備好了。

結好帳走到店門外，美雪剛好來電。她抱歉地說，自己不小心睡著了。聽到利一出來買晚餐，美雪有點驚訝，接著小聲道了謝。

提著醬汁豬排蓋飯的袋子，再次走上來時路，他跟一對年輕情侶錯身而過時，想起學生時代只要一拿到打工的薪水，就會買兩人份的外帶海苔便當，跟美雪一起吃。

所以……端坐在茶几前的美雪看著眼前的杯麵。

「你還泡了麵？」

對啊。說完後他坐下來，剛好三分鐘。

「差不多可以打開了。學生時代我們經常吃海苔便當配杯麵吧？代替味噌湯。」

是沒錯。美雪苦笑著，掀開杯麵的蓋子。

「都是二十多歲時的事了。再說豬排蓋飯加上杯麵，簡直像食欲旺盛的高中生呢。」

「如果有咖哩飯，就集滿中性脂肪三大美食了呢。不過……」

妳啊。話說一半他又吞了回去。

「……最好再養胖一點，比較有體力吧？」

美雪微笑著動筷。利一出門買東西這段時間她好像又補了妝，嘴唇染著桃紅色。這一點點顏色就能把她那沒有血色的輕薄肌膚襯托得雪白水潤，真是不可思議。

吃了一口豬排，美雪很難為情地說：

「本來覺得沒食慾，但是筷子卻動個不停呢。真令人懷念的味道。」

這蓋飯有人叫豬排蓋飯，也有人說是醬汁豬排蓋飯，它是將幾片浸過甜辣醬汁的薄豬排放在飯上，不是一般澆上蛋花的豬排飯，更能直接吃到炸豬肉的美味。

這麼好吃的東西，為什麼東京都沒有呢？聽他這麼說，美雪輕聲笑了。

「你也知道東京沒有啊？也對，畢竟每週都來回東京。」

「也只有來回而已。」

「那你在東京都吃些什麼？」

很多啊。他答道，醬汁很入味，他用筷子把各處的飯粒集中起來。

「對了，妳現在在東京做些什麼？上次妳好像說在打工？」

工作嗎？說著，美雪也仔細地聚起飯粒。

筷子抵著保麗龍容器的角落，發出令人聽了背脊發毛的聲音。

「很多啊，主要是跟醫療有關的工作。以前也在其他地方做過全職，現在每週三天在附近的診所幫忙……我丈夫他在製藥公司工作。」

猶豫半晌後美雪說：他年紀比我小。利一問小多少，她說四歲。

「小個三、四歲，其實也沒太大差別啦。」

也不見得。美雪垂下眼。

「再說，既然他也從事這方面的工作，妳自己和爸的事也好跟他商量吧。」

「他只是從事跟醫療有關的工作，又不懂得看診。就算聽過一些病例，也不知道是不是符合我跟爸的狀況。其實我也一樣，所以才會更加不安，特別是爸的事。」

美雪放下筷子，把寶特瓶裡的茶倒進兩個杯子裡。

「最近爸常常忘東西，也偶爾會搞錯事情。」

「跟上次一樣嗎？」

「更小更無聊的事啦。多半馬上就會想起來，而且我看爸好像不想讓人知道，就裝作沒看到。我覺得……該不會是阿茲海默症吧。」

美雪喝著杯裡的茶，手放在膝蓋上。

「但是每次心裡不安的時候我就會想，最近身體狀況愈來愈糟……除了頭暈，看字也很吃力。我那麼喜歡閱讀……看書就是我最大的興趣，但是最近什麼都看不了。以前習以為常的事慢慢辦不到了，這讓我覺得很可怕。我爸他……」

美雪語塞了片刻。利一在她杯裡倒滿茶，美雪輕輕點頭道謝。

「我爸他……身體慢慢不聽使喚……一想到他以前能正常做到的事，現在通通辦不到了，也難怪他會慌。一想到這裡，只不過看到他忘了一些小事，就動不動大驚小怪的我，真是很過分的女兒。」

利一不知道該如何回答，吸了一口麵。美雪放下筷子，用衛生紙按了按嘴角。

首先呢。聽到利一開口，美雪抬起頭。

「先去買一副合度數的眼鏡，這樣就能重拾妳的興趣了。別顧著發牢騷，先去眼鏡行吧。」

美雪淺淺一笑，又拿起筷子。

「麵也要吃啊。」

她把柔軟的頭髮撩到耳後，夾起麵。

「但不用勉強啦。」

到底要我怎麼樣。美雪停下筷子，笑著說：「你這人真討厭。」

「我哪裡討人厭了。」

「平常老是板著臉，冰冰冷冷的，但是一旦卸下心防就會把人寵上天。真討厭，從以前就是這樣。」

為什麼不寵我到最後呢？美雪快速低喃著。

「夫妻之間如果只有單方面的寵對方，是無法長久的。」

也對。美雪看著眼前的碗。

「你說得有道理。」

接著兩人就沒再說話，吃完東西後已經七點多了。

利一發現自己待得比預計的久，他站起來，告訴美雪自己明天有工作，會讓伶司來接送她去醫院，美雪搖搖頭。

「不要緊。有巴士也有計程車，你今天已經幫我很多忙了。」

「我還是會問問他，他如果願意，我會叫他跟妳聯絡。」

美雪一臉不安，但利一不顧她的反應，又補了一句：「畢竟是母子。」

「過去發生那麼多事……上次在醫院見面又搞成那個樣子，但是總不能這樣放著不管。不趁現在拉近距離，不管過多久，中間的鴻溝都彌補不起來的。」

走到玄關正要穿鞋，美雪遞出鞋拔。

接過鞋拔時，他想起從前在東京時，每天早上美雪都像這樣把鞋拔交給自己。現在丈夫上班的時候，她一定也會這麼做吧。

美雪問他，現在的女朋友是個什麼樣的人？

「她愛笑嗎？很開朗？溫不溫柔？」

「妳丈夫是個什麼樣的男人？」

「我不想說。」

「那妳也別問我啊。」

他交還鞋拔時，美雪直勾勾地看著利一。他回想起自己當初如何被這毫無畏懼的眼神所吸引，婚後卻又漸漸害怕看到這樣的眼神。

那我走了。說完之後，那眼神靜靜垂落在腳邊。

隔天下午，他負責開往東京的班次，傍晚時分到達池袋。跟平常一樣在休息室休息片刻再到志穗店裡，剛好是快打烊的時候。

上次負責東京班次時，志穗去參加在外地舉辦的藥膳研討會，兩人已經超過十天沒見面了。

打開朱紅色的店門，志穗露出深深的酒窩對他說：「歡迎光臨！」

看到她寫在臉上的開心，利一覺得有些難為情。

櫃台前有一名上了年紀的老太太獨自在用餐。利一挑了最旁邊的位置坐下，點了烤魚套餐，吃完西京漬鮭魚，開始舀起甜點的青梅果凍時，那位客人結了帳離開。

志穗看了一眼時鐘，拿起「準備中」的牌子。

「時間還有點早，不過今天就休息了吧。」

「多賺點錢比較好吧。」

沒關係。說著，志穗到外面掛好木牌走回來，突然從背後抱住利一。

「你終於來了——利一，好久不見！我今天從早上開始就好想你。本來還想把店關掉，傍晚到營運站去接你呢。」

利一笑著吃果凍，志穗又輕聲說：「開玩笑的啦。」

「我才不會那麼纏人呢。但是今天就讓我這樣好嗎？」

志穗把手環繞在利一脖子，靠在他的背上。

「好重，我不能吃飯了。」

「只剩下點心啦，果凍你就一口吞下去吧。」

「別胡鬧了。」

就在他回答的瞬間，轉動門把的聲音傳來。

志穗連忙離開利一的身體，男人的臉從門外探了進來。一張日曬後益顯精悍的面孔，是上次拿葡萄乾給志穗的那個男人。

「歡迎光臨，宇佐美先生。」

「今天已經打烊了？真早呢。」

他爽朗地說，幾分鐘前才剛經過店門。

「我去了趟便利商店再回來，妳已經掛了準備中的牌子。我只是姑且推門試試。」

「發芽糙米已經沒了，還有主菜也都賣光了。」

就差那麼幾分鐘！對方顯得很遺憾。

「我可是餓著肚子來的。」

志穗一臉擔心地走進櫃檯，打開幾個密封容器。

「主菜沒了，不過如果你不嫌棄配菜的小菜的話，還有一些涼拌燙青菜和燉菜。」

沒關係。宇佐美走進來，坐在櫃檯前。

「這樣反而好，我沒太多時間。」

「要外帶嗎？」

「我配小菜喝兩杯就走，今天來，是想拿這個給妳。」

宇佐美交給志穗一本小冊子。

上次的照片嗎？志穗開心地接過冊子。

「這麼講究！謝謝。但是你寄檔案給我就行啦。」

別這麼說嘛。宇佐美笑著，志穗在櫃檯上放了三個小盤。

「上次妳做的菜大受好評呢，還有人說其他活動也想請妳去辦外燴，可以把聯絡方式告訴他嗎？」

志穗點點頭，正想把店裡的名片給他，「沒關係，我有了。」宇佐美拒絕道，開始動筷。

志穗露出淺淺的酒窩，專注地看著宇佐美交給她的冊子。宇佐美看著她，說了幾個人的名字。

「他們說歡迎妳再來。下次別來工作，就單純來玩吧。我學長的小兒子悠里說，下次一定要跟妳一起到海裡玩。」

志穗道了謝，但是並沒有答應。她指著冊子說：

「照片裡的悠里好可愛喔。」

對啊，很可愛吧。宇佐美點點頭，他看著照片。

「我也想教自己的孩子衝浪，不過在那之前得先找對象才行。真希望能夠在四十歲以前定下來。」

「男人不管幾歲都可以生孩子的啦。」

話是沒錯。宇佐美夾了一口燉茄子放進嘴裡。

「要是年紀太大，以後到學校參加家長會，人家會說我是爺爺呢。現在這個年紀還勉勉強強吧。」

宇佐美抬起頭看了利一這邊一眼。志穗正看著冊子，滿臉微笑。

「父子一起衝浪，感覺真不錯。」

是吧？宇佐美喝了口啤酒。

「要不要跟我生一個？」

「生不出來怎麼辦？」

也沒怎麼辦。宇佐美聳聳肩。

「那就兩個人一起變老，變成感情融洽的老爺爺和老婆婆。」

宇佐美先生。志穗叫著他的名字，把冊子放在櫃檯上開始洗碗盤。

「我們這裡不是酒店，你別跟我開這種玩笑。」

「我不是開玩笑。」

宇佐美放下手上的杯子。

「我還沒結過婚，因為不想隨隨便便結婚了事。如果妳不希望我在這裡講，那我就另外安排個正式場合說。不過志穗小姐，我每次約妳，妳從來不答應，剛剛也三兩下把我敷衍過去。妳是不是很想說：『我都這樣迂迴拒絕，你也該發現了吧？』其實妳心裡已經有別人了是嗎？」

請給我茶。利一對志穗說。

「好的。」志穗用布巾擦了擦手。

「還有甜點。」

「喔……很少看你追加甜點呢。」

「就是想再吃點。」

志穗泡著茶，溫柔地開口：「宇佐美先生。」

「如果你需要外燴，我隨時都樂意幫忙，不過我休假時還得準備食材、學很多東西。再說，上次宇佐美先生說過，你光是聞到納豆的味道就快不行了。可是我每天早上都要吃納豆，我想你一定受不了吧。」

納豆嗎？宇佐美苦笑著。

「一大早就聞到那個味道實在有點吃不消。」

「那就沒辦法了。」

宇佐美笑著站起來，拜託志穗把他沒吃完的菜打包。

「我要把剛剛的對話帶回去，跟公司的年輕人一邊下酒一邊哭。」

「這樣會沒辦法工作的。」

宇佐美提著志穗打包的袋子走出店門。

吃完加點的果凍後，志穗要利一先上樓休息。

利一聽她的話，上二樓看著電視，不久後志穗端著托盤上樓來，托盤上放著剛剛那本小冊子，還有裝了淡褐色飲料的玻璃杯。

她說枇杷葉茶做好了。

喝了一口，味道很像帶有甜味的麥茶。志穗有些得意地說，她先把枇杷葉在太陽下曬乾後，再輕輕炒過逼出香氣。接著她打開櫥櫃，拿出三個裝有枇杷茶的密封袋交給利一。

接過袋子，利一拿出下個月的預定班表給志穗看。志穗開心地看著班表，然後在月曆上寫下利一負責東京班次的日子。

咦？志穗偏著頭。

「你負責的深夜班次通常都是從東京回新潟的班次，但下個月也有從新潟往東京出發的班次呢。」

「就那麼一次。」

其實上個月也臨時有一次開往東京的班次，但那時候沒過來，一直待在營運站。

「那……那天你幾點能來？一起吃早餐吧。」

「抱歉，那天我會留在營運站。畢竟不比平常的班次。」

喔。志穗臉上寫滿了失望。

「等班表穩定一點我再來……」

喔。志穗又輕應了一聲，然後她猛一抬下巴。

「我總覺得，你最近……」

怎麼了？他看著志穗，志穗難為情地笑了。

「算了算了。對了利一。」

什麼？他盯著電視上的綜藝節目，志穗把電視關掉。

畫面突然被關掉，他訝異地看著志穗，志穗則一臉嚴肅。

「利一，你剛剛是不是不太高興？」

「妳在說什麼？」

「我說宇佐美先生啊。對不起啦，沒辦法直接拒絕他。你是不是生氣了？」

憶裡。

「我沒生氣。」

「可是你又點了一個甜點啊。」

那是因為很好吃啊。嘴裡這麼回答，但當時宇佐美拎著小菜離開的身影卻格外清晰地留在記

「該不會又少了個常客吧？」

志穗搖搖頭。

「剛剛他傳了訊息來，說納豆真可恨，還預約了明天的本日特餐。這是不是他們關西人特有的玩笑話啊？還真有點小鹿亂撞呢。」

「你們還會互傳訊息啊？」

「會啊，我有一台專門聯絡客人的手機。願意告訴我電話的人，我每天都會傳明天的菜單給他們，受歡迎的菜色很快就會賣光，預約也一樣。不過你別擔心。你來東京的日子，每一種菜色都會幫你留一份。對了對了，你看這個。」

志穗翻開小冊子，上面是她替宇佐美的衝浪夥伴在宴會上準備外燴的樣子。

照片編排得非常時尚，還加上有趣的標題和說明，媲美雜誌。原來宇佐美從事網路和印刷品相關的設計工作。

志穗給利一看自己做的菜色，開心地一一說明。上面拍的菜色跟她平常在店裡出的菜不同，大部分是帶有異國風情的大盤料理，下了許多功夫在擺盤上，也設計成讓大家能直接用手拿著吃的形式。

利一很佩服志穗能做出這麼時尚的菜色，不過他更在意的，是菜色以外的部分。

舉辦宴會的會場是其中一位衝浪夥伴的渡假小屋，房子是仿美國西海岸風格的小木屋，還有中庭。照片裡的人男女老少都有，不過每個人看起來都率性自由，走在潮流尖端。

翻著頁面，看到志穗跟身穿泳褲的男人們一起開心笑著。有年輕人，也有上了年紀的，大家都鍛鍊出一身精實無比的身體，一絲贅肉都沒有，笑容燦爛耀眼。

這張照片旁邊是志穗和宇佐美還有一個小男孩三人並列的照片。三個人手裡拿著生春捲開心笑著。

利一盯著這張宛如全家福的照片。

那男人對志穗說：要不要跟我生個孩子？

那句看似輕率的話，讓利一心生怯意。自己和志穗如果有了孩子，等到孩子成年，自己已經七十歲，差不多是美雪父親現在的年紀。

志穗的話題從甜點轉移到飲料，又回到枇杷茶。她說，還另外用枇杷茶葉做了枇杷精，不過還得再熟成一陣子。

「你有沒有在聽我說話啊？」

「妳在說枇杷精吧？我有在聽啊。」

「總覺得你今天很奇怪，一直發呆。」

是嗎？利一躺了下去。「就是啊。」志穗低聲說。

「我看妳今天才特別多話呢。」

「幹嘛這樣話中有話啊？」

志穗闔上冊子。

「我平常話就這麼多，反倒是你，你平常都會好好聽我講話的。該不會以前都是為了配合我在勉強自己？」

「不是啦。」

他躺下來，吐出一口長長的嘆息。吐完氣時，發現自己比想像中更累。

「……大概是有點累了吧。」

中暑了嗎？志穗擔心地問。

「大概吧，最近事情不少。」

他雙手摀著臉，再次深深嘆息。

「真的有很多事……」

「真辛苦，你明天還得工作呢。」

志穗從矮桌上拿起扇子，替他搧著。

「加油，利一。」

「我有啊。」

「也對……那放鬆，利一。」

「我現在正在放鬆。」

「好，那不要放鬆到連靈魂都跑掉囉。」

他將手從臉上拿開，微微睜開眼，發現志穗正從自己的正上方看著自己，用她的食指摸著自己額頭中央。

「靈魂是從這裡跑走的嗎？」

「嗯嗯，大概吧……你的臉好僵硬喔。」

由下往上看志穗，臉龐比由上往下看更加柔和。她這些小動作鬆弛了利一的心情，讓他忍不住笑了。

「看到你覺得舒服，我就覺得好開心。」

「妳今天好像特別歡迎我呢。」

我每次都很歡迎你啊。說著，志穗笑了。

「不過真的好久沒見了。如果是狗，應該會拚命搖著尾巴吧。我畢竟是人，只好老實一點。」

妳有嗎？他笑著，志穗也笑著站了起來，把玻璃杯放上托盤。

「等到枇杷精做好，你要天天喝喔。我會弄得很好喝的。」

聽著她下樓的輕巧腳步聲，利一再次看起宇佐美那本冊子。

翻開最後一頁，志穗跟那個孩子，在黃昏的海邊一起吹著肥皂泡。

那張沒有注意到鏡頭的笑臉，只有不斷在遠處守護的人，才能捕捉到這瞬間的表情。當利一感受到攝影師的溫柔眼光，那男人藏在輕率話語後的真心，也頓時清晰可見。

結束兩趟往返東京的工作，時序已經進入九月。

利一帶著志穗做的枇杷茶和怜司交代的包裹，走向敬三的病房。

包裹裡的英語書是怜司替敬三訂購的。

本來應該是怜司帶來，但是今天早上利一結束東京的工作回家後，發現廚房餐桌上放著吃了一半的調理粥。

怜司向來愛乾淨，很少這樣放著不管，他上了二樓往房裡探問，怜司回答：「不太妙。」

利一心想，什麼不太妙？拉開紙門後只見怜司在開著冷氣的房間裡，全身裹著毛巾蜷縮著。

「我感冒了，身體到處都痛。」

什麼時候開始的？他問。「昨天白天。」看過醫生了嗎？利一又問。

「狀況好一點再去。」怜司回答。

「狀況好一點就不用去了啊。我早上送你去醫院吧。」

我不想動。怜司的聲音悶在嘴裡，語尾還有些破音。

「那至少把冷氣關了吧。」

「關掉冷氣會流汗，皮膚會癢得睡不著。」

「怎麼會感冒得這麼嚴重呢？」

怜司說，上個月開始彩菜的朋友間開始流行感冒。

「大家在活動之前接二連三感冒，每傳染一次病情就更嚴重。前天活動結束整理完，就輪到我了，我好像抽到最後一張鬼牌。」

「待會兒送你去醫院。」

怜司低聲說，這樣在車裡會傳染給你的。

「我會停止這個傳染連鎖。飯幫我放在房間前吧。爸，還有件事。」

怜司指著桌上的袋子。

「那個你拿去吧……我待會兒傳訊息給你。」

「現在先說啊。」

喉嚨愈來愈痛了。怜司虛弱地說。

「不要讓我一直說話啦，你把那個拿去給外公。」

打開包裹，裡面放的是英文小說和一些文獻。

「等你好了再帶去給他吧。」

「我上次可是送媽到醫院囉，輪到你聽我一次了吧。」

爸。怜司咳了幾聲。

「這感冒真的很不妙。連繪里花都倒下了，如果你不想抽到鬼牌，趕快拿著這個下樓吧。」

「所以我非拿去不可嗎？」

對。怜司又咳了幾聲。

「如果你不想見他就把東西放在護理站。不過我可是聽你的話去接送媽了。」

聽怜司那得意洋洋的語氣，他也很難拒絕，睡到中午後，只好來到醫院。

由於是平日，醫院的訪客少，非常安靜。本來想把東西放在護理站，又覺得這樣太不近人情，他找到名牌上寫著山邊敬三的病房。探頭一看，敬三正在兩人房的病床上看著書。

猶豫了一會兒，利一還是出聲招呼，說自己是代替怜司來的，遞出了書和枇杷茶。

怜司怎麼了？敬三問。他說怜司感冒了。敬三便把其中一袋枇杷茶塞回給他，說道：那記得讓怜司喝枇杷茶。

「這個對感冒也很有效，對什麼都有效，你最好也喝一點。」

利一把裝在寶特瓶裡能馬上飲用的枇杷茶交給敬三，敬三拿出紙杯問：要不要喝了再走？

「我已經嚐過味道了。」

「到上面去喝吧，我想呼吸一下外面的空氣。」

利一問，上面是指哪裡？原來屋頂上有個小庭院。

不熱嗎？他試著想迂迴拒絕，但敬三堅決地說，熱也無所謂，他就是想看看外面。

利一拒絕不了，獲得護理師許可後，他推著輪椅前往屋頂。

把輪椅推進通往屋頂的電梯時，敬三悄然說：「我已經決定不再客氣了。」

「所以想說什麼我就說。我會表達謝意，但我不再道歉、不再說對不起了。」

利一不知該怎麼回答，簡短說了聲：「好。」之後敬三什麼都沒說，只聽到電梯上昇的聲音。

電梯門打開，屋頂上有一條小道，沿著小道旁裝飾著花壇。小道前方有個爬滿藤蔓能遮蔭的地方，下面放著小桌椅。

利一依照敬三的指示，把輪椅停在桌前，自己坐在他身邊。

這間醫院位於高地，可以俯瞰城裡的景色。

利一將枇杷茶倒進紙杯裡，遞給敬三。敬三皺著眉。

「太好喝了吧，真的是枇杷茶嗎？」

利一解釋好像是炒過、逼出了香氣。「也犯不著這麼費功夫。」敬三又喝了一口。

「這種茶就是難喝點好。」

「可能跟媽的茶口味不太一樣，不過效果應該差不多。」

敬三俯瞰著街景，住宅區的另一頭是整片金黃色的遼闊田地，橫切過那片農田的高速公路一路延伸，上面車流交錯。

敬三靜靜看著那片風景，輕聲說，怜司跟你很像呢。

是嗎？他答道。接著敬三又說，彩菜跟美雪很像。

「她們兩人確實很像。」

「不過美雪沒彩菜那麼開朗。」

敬三微笑著說，他看了彩菜的網路漫畫網站。

「我聽怜司說了，後來每天都用談話室的電腦瀏覽那個網站，還有她們的部落格和影片……」

敬三點著頭說，那孩子真是聰明。

「她腦筋動得快，跟美雪很像。這孩子很有野心。」

敬三瞇著眼，彷彿在懷想從前。

「美雪以前說想到國外工作，所以到東京去上大學。她以前英文很好，想當外交官，選了政治系。女外交官……私立學校畢業或許不容易，但我心裡也暗自期待，說不定那孩子辦得到。」

敬三問，知不知道美雪現在在做什麼。

我們很少聊這些。「是嗎。」敬三嘆了一口氣。

「她考過不動產經紀人證照，也當過補習班老師，還做醫療相關的行政工作……總之她工作換個不停，總是安定不下來。我就好像看著斷了線的風箏一樣。很久以前我問過她，妳到底想要做什麼？結果她生氣了，從那之後就不太跟我說話。本來我們就很少交談。」

妳到底想做什麼？敬三又重複了一次。

「現在回想起來，我猜她的答案應該是想跟你一起在東京生活吧。」

我說過，我不會再客氣了。敬三笑著。

「想說什麼我就說。你要是覺得不舒服儘管回去，不過記得叫護士來接我，把我放在這裡我會曬成人乾的。」

「這裡還有好喝過頭的枇杷茶呢。」

「也對，真的很好喝，很容易入口。」

敬三伸手去拿紙杯，他輕輕搖了搖左手說，最近左手開始能動了。

「那右手呢？」

「右手幸好沒事。兩隻手都不能動真的很不方便，現在還在復健呢。」

是嗎。說到這裡找不到其他話題，又沉默了下來。

她想跟你一起在東京生活。剛剛那句話還縈繞在耳邊。

這陣子真是受你照顧了，敬三低頭向他道謝。

「美雪說，你還幫忙整理萬代橋那邊。」

利一告訴他，還有很多行李沒拆箱，敬三點點頭。

「那些就別拿出來了。其實不是美雪偷懶不整理，是我再三交代她別把東西拿出來。」

「您交代一聲，怜司和我也可以幫忙。」

不需要。敬三說得決絕。

「我不會再回去那裡了，既然要處理，整箱比較方便吧。」

「別說這種喪氣話。」

「客觀看來是不可能的吧。那裡走廊太窄，輪椅動不了。但也不可能再回老家。」

我不是說喪氣話。敬三平靜地說。

「我最近發現，要是我喪氣會拖累女兒，我們兩個都會倒下。我想搬去關東……搬到東京附近的養老院，前一陣子我跟美雪說了。我這身體不可能一個人生活了。」

「這附近的養老院不行嗎……？」

「總不能老是讓美雪來回東京跟這裡吧，也不能再給你們多添負擔。」

我們……利一沒再往下說，安靜了下來。現在的狀況確實不可能長久持續。

「所以還要請你多幫忙一陣子了。」

利一點點頭，敬三又向他低頭道了謝。

一陣舒爽的風吹來。

一隻大鳥乘著風，劃過天際。

敬三低聲說，以後到那邊就看不見這些白鳥了吧。他說，每年白鳥都會飛過老家上空。

「晚上也有成群的白鳥呢，我坐在桌前，經常聽見牠們的叫聲，不怎麼悅耳就是了。你家那裡也聽得到嗎？」

「好像聽得到，但我很少注意。」

白鳥是全家一起飛的，敬三的頭靠在輪椅椅背上。

「牠們不是一大群，而是一個小家庭同心協力一起過海。連動物都能這樣，為什麼人就不能好好相處呢？」

敬三輕輕笑了。

「我不是說你，是在說我自己。」

躺在床上就會回想起很多往事呢。敬三閉上眼睛。

「那孩子離開你家的時候，半夜一個人回來。我問她，孩子呢？她沒回答。我說怎麼可以把孩子們丟下不管，妳給我回去冷靜冷靜。開車送她到你家附近，本來以為她回去了，結果隔天早上打電話過去，你媽很生氣地說她沒回來，還說，要走悉聽尊便，但絕對不會把繼承這個家的孫子交給她。」

那時候還搞不清楚發生了什麼事。敬三嘆了口氣。

「她什麼都不說，可能是因為當初不顧家裡反對結了婚，低不下頭吧。」

那是因為……利一沒再說下去。

母親和美雪之間處不好，追根究柢原因都在自己。不過現在說這些也無濟於事。

「那時候美雪如果帶著孩子們回來，我就不會趕她回美越。你母親說她沒資格當母親，我心裡也確實這麼認為，所以沒替她說話。」

敬三仰望著天空。

「她到底想怎麼做?那時候我應該問個清楚的。」

「都是我不好。」

不是全因為你。敬三說。

「我的處理方式也有問題。」

真奇怪。敬三笑著。

「躺在床上心裡想的都是後悔，真是千金難買早知道啊。」

其實她大可不用管我。敬三喃喃道。

「我們這對父女老是起衝突，她冷淡一點我心裡倒還輕鬆。但是以她的個性，看到我現在這個樣子也放不下。」

美雪說，這次不能再逃避了，現在不勉強，以後還有什麼機會能勉強？夠了。敬三說。

「其實她不用再努力了。把我放到一個不會給她帶來負擔的養老院吧。難道不是嗎？」

他雙手摀著臉。

「繼續這樣下去，那孩子會承受不住的。」

爸。他又改口。山邊先生。

「您不要多想，等到身體好一點……」

「我的身體不會再好了，我的體力跟你們不一樣。」

利一什麼也說不出來，只能沉默著，耳邊傳來車輛行駛在高速公路的聲音。

敬三慢慢抬起頭。

「抱歉啊，我失態了。」

真對不起。話說了一半，敬三又打住了。

「每次開口說抱歉，我就覺得受不了自己的人生。真沒用，說這些只是讓自己難堪，什麼都解決不了。之前每次見到美雪我老愛說這些，以後我不再說了。」

「也別對我和伶司說。」

我不說。敬三安靜地點頭。

「但是我非常感謝你們。」

敬三說差不多想回房了，利一站起來，正要轉換輪椅的方向，敬三指著高速公路。

「你也跑那條路嗎？」

「是啊，去東京還是關西都會先經過那條路。」

「我從病房看得到。路上有巴士、也有卡車，偶爾看見白色的大型巴士，我就會想，說不定你就在車上。」

「可能真的在車上呢。」

這個週末美雪還會來，敬三說。

「那孩子過來的夜裡，我總是在心裡祈禱她平安無事。清晨睜開眼睛我就會想，她正走在那條路上。」

將輪椅推到電梯前時，又看見鳥兒橫越天空飛來。

「雖然希望她別管我，但是她來了我還是高興。不過見了面，我又說不出什麼好聽話。相隔幾年不見，我也老是說些你們不愛聽的。為什麼總是這樣呢？」

「因為我們不是動物，是人啊。」

敬三似乎在笑，小聲地說：「看來彩菜可能比較像你呢。」

他傳了訊息告訴志穗，收到枇杷茶的人很高興，志穗回了封附有圖文字的訊息表達喜悅。她說下個星期天早餐和晚餐都有外燴工作，問他二十到四十多歲的男人大概喜歡哪些菜色。

利一不清楚二十歲的人喜歡什麼，不過說會問問周圍的人。志穗回了封信末有愛心符號躍動的訊息，雖然旁邊沒有其他人，他還是慌慌張張地關掉了畫面。

兩人總是在餐後或睡前有這樣的訊息往來。從關西回來的那個星期六，美雪下午搭新幹線來到新潟。早上孩子學校裡有活動，所以她這次搭新幹線來。

美雪說有東西要讓他看，於是利一傍晚來到萬代橋的新家，到達時，戴著口罩的美雪正從宅急便送貨員手中收下一個行李箱。

利一指著口罩問她怎麼了，她說喉嚨痛。

「該不會關節也痛吧？」

有一點。美雪一邊把行李箱推進客廳一邊回答。

「有什麼我們能幫得上忙的儘管說啊。」

正在開行李箱的美雪停下了動作，小聲地說：「是我自己想來。」

「雖然有點猶豫……」

是嗎？說著，利一坐在沙發上，美雪拿下口罩。

妳沒事吧？他問。「我看起來這麼糟嗎？」美雪反問。

「上次怜司也這麼問我。」

「他有好好接送妳嗎？」

美雪輕輕點頭，微笑著。

「離開醫院後他還帶我到彩菜跟朋友舉辦活動的會場，大家剛好在彩排。真了不起呢，組了那麼大的舞台，還有好多穿著各式各樣服裝的人，彩菜就站在正中間。」

「她說了什麼？」

「我想彩菜應該沒發現我，她很認真，根本沒空注意到其他事。」

美雪把行李箱裡的東西一個一個拿出來排在客廳裡，全部都是疊紙[9]，裡面放的大概是和服吧。

「那時怜司告訴我彩菜她們的部落格，我最近常看，她上面寫到對和服很有興趣，所以你看。」

她打開幾張疊紙，裡面是假縫線還在的和服。每件都是美雪母親以前交給她的，不過她說沒什麼機會穿。

美雪說，彩菜結婚時如果對方希望新娘帶和服當嫁妝，可以訂作新的。如果對方什麼也沒說，也可以把這些帶去。當然，前提是她喜歡的話。

「每一件都是好東西，彩菜跟我的體型很像，應該能穿。不過我聽很多人說，最近的新娘好像不太帶和服當嫁妝呢。」

結婚啊。說著，利一自然而然地交叉起雙臂。

現在情況怎麼樣了？美雪問，「不知道。」利一回答道，皺起了眉頭。

「不知道？怎麼回事？」

「那個男人有這個意思，但對方母親好像不太喜歡彩菜，彩菜也很煩惱的樣子。」

對方的母親……輕聲說著，美雪又把疊紙蓋起來。

「是不是我拿去比較好呢？」

利一說總之暫且收下，找個好時機再跟彩菜談，美雪開心地輕撫著疊紙。

她的側臉泛著淡紅色，看來明顯在發燒，兩人決定今天就不整理了，先把和服搬到車上，然後各自買完晚餐就分手。

路上很擠，兩人決定走到附近的購物中心。

跟美雪並肩走著，感覺很奇妙，就好像孩子們都長大了，又回到兩人世界、搬到一個新的地方開始生活一樣。兩個人推著推車走著，這感覺又更加強烈。

美雪拿起一個便當問：怜司和你想吃什麼？

「妳不用擔心我們。」

美雪把一人份的便當放進籃子裡，偌大的推車裡只放著一個便當顯得很冷清，她又放了些零食和飲料。結完帳後，利一要把這些放進美雪的購物袋，她笑著搖搖頭，要利一帶回去給怜司。

提著買完的東西，走在信濃川邊，天色已經完全暗了下來。

不知不覺中日落的時間變得很早，迎面的風多了幾分涼意。

利一問，敬三是不是要去東京。「我還在煩惱。」美雪答道。

「這裡的朋友、看慣的風景、語言……他得放棄這一切搬到女兒家附近，這樣真的好嗎？好像會把爸活到今天累積起來的一切都破壞掉。我很猶豫。」

「妳先生怎麼說？」

「他說，這應該是最好的選擇吧。上次他回來的時候，我稍微跟他提了一下。但是這種心情，老家就在東京的人是不會懂的，再說，我們兩個雖然是孩子的父母親，彼此之間已經互不關心了。」

「他是一個人在外地工作吧。在哪裡？」

「博多。在那邊好像有個年輕女朋友。」

上次，我看到行動電話了。美雪輕聲笑了起來。

「這個人的保密措施也做得太草率了，他怕別人看，手機鎖了密碼，但是我輸入孩子的生日，

9 用來包裝梳髮道具、和服的和紙，或者成疊懷紙。在此係指包裝和服的厚和紙。

馬上就解開密碼了。裡面有很多他女朋友的訊息。」

妳看了嗎？美雪遲疑地點點頭。

「我知道這樣很不應該，但還是忍不住。那個女孩好像叫亞美，他都叫對方亞亞。我先生的名字叫健，那女孩叫他小健。還有……」

美雪輕輕地嘆了一口氣。

「他在東京的時候還寫訊息給對方，上面寫著『小健，寂寞，好想妳喔』。」

「一個四十多歲的男人？」

對啊。美雪點點頭。

「還有什麼『亞亞啾可愛~』。啾好像是『超級』的意思，看了都替他覺得難為情，眼淚快掉下來了。」

「有沒有可能只是玩玩？」

是啊。美雪認真地思考。

「也有可能吧。看起來也不像願意為了那個女人拋棄一切，所以我就裝作不知道。我先生還跟她說我的更年期症狀很嚴重，那個亞亞笑著說：『更年期？』這我也裝做沒看到。」

利一手上拎著美雪的購物袋，這一丁點重量讓他莫名覺得悲哀。

不過呢。美雪笑了。

「那個亞亞還說，我丈夫有老人臭，但是她很喜歡那個味道。」

「根本就被對方吃得死死的嘛。」

「可能是真心喜歡吧，不過……」美雪輕嘆了一口氣。

「我這輩子拚了命地活，經歷過這麼多事，也有過不少煩惱，總算好不容易走過來了，但是現在卻因為身體變化被人取笑，這實在讓我很受不了。上次我迂迴地跟我丈夫提起這件事，結果他說，妳跟我說這種事，要聽的人怎麼反應？也對啦……」

美雪的臉轉向信濃川，街燈再燦亮也照不了整條大河，河面上還是一片黑暗籠罩。

「我愈掙扎就愈不懂，現在自己到底身在何處。我在一片漆黑當中，分不清哪裡是出口，有時狂奔、有時蹲下、有時回頭。結果只是不斷在兜圈子，根本沒有前進。」

到底什麼時候才會停止？美雪喃喃道。

「這一切，到底什麼時候才能輕鬆一點……」

美雪笑了，然後輕咳了一陣。

「對不起，跟你說這些沉重的話題。」

「不要緊。」

「既然要道歉還不如一開始就別說是吧？不過我在東京都盡量叫自己笑。」

看來就是因為一直把想說的話硬吞下去，身體才出現這些狀況。

他看美雪的腳步有些搖晃，便放慢了腳步。

真是的。美雪難為情地說。

「本來希望在你面前可以保持漂漂亮亮的。本來希望在你面前，一定要帶著笑容。」

迎面一個年輕人慢跑過來，兩人一前一後讓了路。美雪問利一為什麼不再婚。

利一沒回答，反問她為什麼再婚。

「我回答了你也會回答我嗎？因為寂寞，因為一個人活下去很不安。那你為什麼不再婚？」

「因為不覺得寂寞。」

是嗎。美雪低下頭，小聲問。

「你覺得幸福嗎？」

「不知道。我不知道什麼樣的狀態叫幸福。」

說完後，又覺得這回覆好像有點冰冷，他又補了一句。

「如果說家裡每個人都能好好過日子、不需要我擔心就叫做幸福。那我大概算幸福吧。妳問這些做什麼？」

只是問問而已。美雪又輕晃了兩下。利一看她走路似乎很吃力，伸出手來。

別對我這麼好。細瘦的身體從他手中滑出。

利一沒說話，抓住她的手臂扶住她。你放開。美雪邊說邊咳。

緊握的手臂傳來冰冷的觸感，讓他一股莫名惆悵。

一想到從前自己愛過的人、孩子的母親，要回到那個房間一個人吃便當，裹著薄薄的棉被入睡，那惆悵又變成了哀傷。

你放開。美雪的聲音聽來像在命令。

「彩菜她……真的跟妳很像。長得這麼溫柔，說起話來卻很毒辣。」

美雪困惑地看著他。

「但是又很怕寂寞，嘴上逞強，一回頭又馬上哭了起來。妳離開之後，有一次我跟怜司牽著她的手，帶她去參加附近的祭典，她朋友從我們面前走過來，她說跟我們牽著手很丟臉，叫我們把手放開，我們就放手了，結果她哭個不停。」

為什麼？美雪問。

「她希望我們能告訴她，這裡很危險，我怕妳被人群沖散，絕對不可以放開妳的手。看到一個跟妳這麼像的孩子在哭，我心想，或許妳也一樣吧。我總覺得，妳嘴裡叫我放手，其實心裡也希望我對妳說：『我不放。』如果我當時能懂……或許現在的我們會不太一樣吧。」

敬三的新家大樓就在眼前。

放手。美雪小聲地說。他放開手，腳步停了下來。接著他繼續往前走了幾步，轉回頭來。

「東西我放在大樓入口喔。」

美雪點點頭。

「還是妳要跟我一起去？」

去哪裡？美雪問。

「回美越。怜司應該還在睡，今天家裡只有病人吃的東西。妳好好在我家休息，明天我再送妳去爸的醫院。」

不要？他問道。「我害怕。」

「我在妳也怕？」

美雪低下頭。

妳再拖拖拉拉我就要背妳囉。美雪聽了，靜靜吐出一句：「你這人真是討厭。」

回到美越上了二樓，怜司關著燈在房裡睡覺。

利一告訴怜司，美雪好像緊接著抽到了鬼牌，所以把美雪帶回家來了，怜司說：「不會吧？」

他又說了聲抱歉，翻個身繼續睡。

「我現在起不來，渾身關節酸痛。」

「吃飯了嗎？我要煮蛋花粥。」

「煮好了放在我房間門口吧。」

下了一樓，美雪悄然站在樓梯下，他急忙到客房鋪好了棉被。然後開始煮蛋花粥，不過怜司幾乎都剩了下來，美雪也吃不到一半。

他只好傳訊息給志穗問，每次他快感冒時志穗做的那種飲料是什麼。志穗馬上回訊說那叫梅醬番茶，是把搗碎梅干加上醬油跟生薑，再用番茶沖泡的飲料。

他拿這飲料給怜司喝，換下不受歡迎的蛋花粥，接著又把飲料端到客房。

美雪沒躺下，正站在窗邊看著外面。

「院子跟以前很不一樣呢。」

「其他地方都不一樣了，流理台也是。手頭寬裕的時候就一點一點換掉，修修補補的不太好看就是了。怎麼樣，害怕嗎？」

有一點。美雪說。

「怕老媽變成鬼出來找妳嗎？」

美雪沒回答，大概是猜中了。

「不過……能給她上香，心情輕鬆了一點。」

「她一定會歡迎妳回來的。」

是嗎。美雪把手放在窗上。

「嗯，我想她應該會這麼說。」

利一來到窗邊，站在她身旁，不知哪裡飛來的種子長出的波斯菊，正在圍籬上款擺搖曳。

「我媽這輩子的願望從沒實現過，她賣了田、送我去東京念大學。可是她其實希望我能夠上當地的國立大學，進縣政府或者是市公所工作。」

說著母親的心願，他突然想起彩菜男友的父親。大學畢業後進入縣政府工作，那男人的家庭一定是母親夢想中的樣子。

「本來以為我畢業後就會回家，結果突然結婚留在東京工作。好不容易回到這裡，又不從事她想要的工作。妳在的時候，她把對我的怒氣全都發洩在妳身上。我當時要是能了解這些就好了。」

「我也不是個討人喜歡的媳婦。」

「誰都一樣……雖然她是我媽，我不應該說她什麼，不過她就是跟任何人都無法好好相處。」

她好像跟大家都處不來。

他想起春天志穗來的時候，她脫口而出的這句話實在太過精準，讓他一時說不出話來。他一直告訴自己別想這件事，但確實是這樣沒錯。

「我媽她……她嘴巴壞，身邊又沒有任何人。要是我不管她，她就真的一個人孤零零的。她對彩菜和怜司倒是挺好的……不過，有時候我會想，說不定孩子們跟著妳會比較好。但那時候我覺得這樣是最好的選擇，因為妳馬上可以再找到好對象。」

美雪離開了窗邊，利一一個人看著陰暗的庭院，心裡某個角落開始崩解。

「有好幾次……我都想拋棄一切，逃到一個沒有家人、沒有任何人的地方。可是我媽她過世的前幾天悄悄對我說，真對不起你們。要是她直到最後都性情剛烈也就罷了，最後關頭這麼說，反而讓我不知所措。」

妳別害怕。他說。

「妳或許無法原諒她，但是不要害怕，她其實很想跟妳道歉。」
美雪的手溫柔地輕觸利一的背。那雙手從背後環繞著自己，美雪將額頭抵在利一背上。
他碰了碰環繞在自己身上的手，冰冷的肌膚傳回確實的存在感。
美雪的手更用力地從背後包覆著他。
那觸感是如此溫柔，他低下頭，幾乎覺得窒息，這時行動電話響了。
是我兒子。美雪低聲說道。
「對不起……我接個電話。」
美雪拿起行動電話說了一陣子。
在那電話的另一端，有她現在的家庭。
離開房間，聽到二樓傳來怜司的咳嗽聲。

隔天早上，他聞著味噌湯的香氣睜開眼睛。走向廚房，美雪正站在瓦斯爐前。
餐桌上擺著筷子和餐具，角落放著今天早上的報紙。
美雪打了聲招呼，向他道歉說自己擅自用了廚房。
他不知該怎麼回答，坐在椅子上拿起報紙，怜司正從二樓走下來。美雪問他要不要喝粥，他搖了搖頭坐在桌前。
開始用餐後，怜司先夾了一塊煎蛋，一入口就噎到了。
「喂，我看還是煮個粥吧。」
不用了。說著，怜司繼續把煎蛋吃完。利一也跟著吃了，那味道吃起來真叫人懷念。
三人靜靜地圍著餐桌，他幾乎要覺得，這樣的日子明天、後天都會一直持續下去。

飯後美雪開始洗碗盤。他本來要美雪放著自己來整理，不過身體的關節開始有點疼痛，覺得全身無力。這些症狀跟怜司很像，讓他有點擔心。回房間去拿感冒藥時，發現昨天晚上志穗傳了訊息來。除了確認他梅醬番茶做得怎麼樣，還報告這批枇杷精做得很好，說明天一大早要帶著這份成就感出門工作。

利一想起衝浪客都很早出門，腦中不禁掠過宇佐美的臉。

本來想問志穗是不是要給別人送早飯，不過看到她充滿幹勁的樣子，又抑制住這個衝動。他只回了下次去東京時很期待喝到枇杷精，志穗馬上回傳：「對吧！」過了一陣子，又有訊息傳來。

「……我就知道你很期待，所以我來了！」

門鈴響了。

美雪看怜司正在刷牙，說自己要去應門。

玄關傳來拉門的聲音。他急忙跑向走廊。身邊放著行李箱的志穗，正抱著紙袋站在玄關。

志穗呆呆站著，美雪邀她進屋，兩個女人互望著對方。

志穗。他叫了一聲，美雪垂下眼。

「這位是孩子們的母親……山邊小姐。」

美雪輕咳了一聲，「我現在姓加賀。」

「所以是你前妻？」

美雪點點頭，看到志穗手上的紙袋。

「這……這樣嗎。太太……」

志穗把大紙袋放在進房的踏階上，拿出一個用兩塊手巾包著的東西。解開布巾，裡面是個漆盒。

「這些……你們今天和明天可以吃，還有……」

她又從紙袋裡取出一個咖啡色的細瘦瓶子。

「這是枇杷精，對身體很好。還有……」

志穗慢慢走到屋外，打開行李箱拿出兩個紙袋。

「這是湯，用紅棗和枸杞燉的……藥膳湯。還有這個……」

「請先進來吧。」

志穗反射性地抬起頭，看著美雪。

「對啊志穗。別站在那裡，先進來吧。」

沒關係。志穗說，她又從另一個紙袋拿出四個大密封容器。

「這是當季小菜，可以放一個星期。我打擾了……」

志穗低下頭，搖搖晃晃轉過身。接著她把那大布包再次掛上左肩，右手拉著行李箱往前走。

利一連忙套上拖鞋追上去。

「志穗，說來話長，總之妳先進來吧。」

志穗沒回答，加快了腳步。

「妳冷靜一點，這附近招不到計程車的，這樣走也不是辦法。先回家吧，難得來一趟。」

「剛剛的計程車司機說，我打電話他就會過來。」

志穗停下腳步開始操作手機，說了美越家中的住址，然後環顧四周。

「距離……號很近。對，前面有個派報站。」

「志穗，等一等。」

志穗還說自己帶了個大行李箱很好認，才掛上手機。

「他說馬上會過來。」志穗說道。

「志穗妳冷靜一點。妳搭巴士來的嗎？」

「昨天關店後從池袋坐車來的。搭白鳥的巴士。」

我一直很期待。志穗開始哭。

「你給我看班表的時候我就想到這個點子了。」

「這是怎麼回事？」

志穗沒回答，她抬起頭。

「……你對我說了謊。」

「我沒說謊啊。」

那耳環。志穗擦擦眼睛。「上次你說那耳環……是客人的，其實是她的吧。」

「怎麼突然說這個？」

「她手上的戒指很漂亮，是珍珠戒指。那設計很特別所以我記得很清楚。戒指跟耳環一樣，都是花的形狀。」

他伸手去碰志穗的肩膀，但志穗用力甩開。

「你一直把她的耳環放在胸前口袋嗎？一直把她的耳環當護身符一樣來到我身邊？你說身體不舒服的人其實是她？枇杷茶和枇杷精都是為她做的？」

「耳環已經不在我身上了。」

「已經是什麼意思？」

「這說來話長，志穗等一等，妳聽我說。」

志穗用力地搖頭。

「我不聽，我不想聽。」

前方一輛計程車靜靜接近，停了下來。

志穗對停在身邊的司機說，請把行李放上車。

利一壓住行李對司機說，不要放上去。志穗甩開他的手。

「請放上去。」

一陣激烈的咳嗽聲傳來，怜司穿著拖鞋慢慢走了過來。

「那個……志穗小姐，平常真是謝謝妳了。請進來吧，我母親也這麼說。」

怜司駝著背激烈咳著。

「不好意思，我現在身上很多病毒。」

「怜司，你回去睡。」

志穗抬起頭，瞇起眼看著怜司，好像在確認他的身高一樣。

「利一……是有家庭的呢。」

請保重身體。志穗向他鞠了一躬，搭上計程車。車子往前開去。

「我是不是……說了不該說的話？」

不是你的錯。利一答道，跟怜司一起回到家中。

打開玄關門，美雪正盯著那枇杷精的瓶子，她抬起頭，小聲地道歉：「對不起。」

第六章

離開車站的剪票口，直直走向商店街，過了大馬路後，右邊有間便利商店，前方就是那間叫「居古井」的餐館。

那個人說，紅色的店門很好認。六天前的晚上，她在新潟萬代巴士總站認識了古井志穗。

菊井綾子在電車上，回想著她當天的樣子。

那天她和丈夫兩人來到巴士總站要搭乘前往東京的深夜巴士，看到一個女人坐在長凳上，身邊放著一個行李箱，膝蓋上有個大托特包，她將整張臉埋在托特包上趴著。

坐在她身邊，可以聽見她吸鼻子的微弱聲音，好像在哭。

女人偶爾會從上衣口袋掏出行動電話，盯著液晶螢幕，好像希望有人能阻止她，別踏上這趟旅程似的。

說不定，她跟自己有點像。

離開新潟到東京，然後到名古屋、大阪、廣島、博多。如果還有體力，再從九州到四國，繞一圈後再回新潟。

接下來的一個月，她即將和退休的丈夫一起悠閒地踏上前往日本南方的旅程。一路搭巴士移動，盡量挑便宜的地方住宿，每個地方都住個幾天，慢慢旅行。

這趟旅途沒什麼特別計畫，只有一個規則：要是身體狀況不好，不能勉強，得馬上搭新幹線或飛機回新潟。

真的沒問題嗎？

就在她這麼想的時候，丈夫開始流鼻血，血一直流個不停，衛生紙馬上用光，手帕也染紅了。她急忙打開皮包，看看有沒有什麼能掩住鼻子的東西，這時身旁那哭泣的女人抬起頭，從自己的包包裡拿出一塊布替丈夫摀住鼻子。

那是一塊畫有招財貓圖案的白色手巾。

手巾漸漸染紅，綾子邊道謝邊放下手巾，用包包裡拿出的絲巾按住丈夫鼻子。這時那女人站起來，從自己的包包裡拿出一個用手巾包好的東西放在板凳上，迅速拆下手巾交給她。

她不停道謝，接過手巾，觀察著狀況，再把第二條手巾交給丈夫。

這一次沒有染紅。

丈夫說，好像停了。

「我看還是算了吧。」

這點小事沒什麼。丈夫回答。

「只不過是流鼻血，我只是有點暈而已。」

「但是量也太多了吧？而且你說有點暈，我看你的身體……」

「我不是說我身體很好嗎。」

丈夫站起來說要去洗手間，綾子也站起來，丈夫揮揮手：「別跟著我。」

「我真的沒事，倒是妳，是這小姐的手帕嗎？都弄髒了啊。」

那女人擦著眼淚説，請不用在意。這是訂作來當店裡禮品用的，還有很多。接著她又從行李箱裡掏出同樣圖案的手巾，再次把拿出來的東西包好。那是一個形狀像鈴鐺一樣的圓形砂鍋。

綾子忍不住問，您是廚師嗎？行李箱裡塞滿昆布、豆子等食材，還有廚具，手巾的角落印著「家庭餐館．居古井」的字樣。

也稱不上廚師……那女人低聲説著，又垂下頭。

三輛巴士很快地進站。那女人向她輕輕點頭，走向停在最後方的白色巴士。

在那之後，他們搭著巴士連夜來到東京，跟丈夫兩人一起探訪了許多懷念的老地方。

她跟丈夫是在這座城市相識的，當時他在一間纖維公司的東京據點工作，那間總公司在新潟。她到那裡去拉保險，兩人因而結識。不過當時的東京辦公室早已不在。新婚時住的公寓已經被拆毀，變成了停車場，兩人去過的澡堂現在也蓋起了公寓。

他們拜訪了住在千葉的外甥夫婦，在姐姐牌位前合掌後告別。丈夫説，在東京的最後一晚，不如到那個人店裡去吧。他想要為上次的事情道謝，而且，別老是看些已經消失不在的東西，也應該看看還存在的東西。

她依照手巾上的聯絡方式打了電話去，一個女人接起電話。對方還記得在巴士總站發生的事，關心地問起先生的身體狀況。綾子説想到店裡拜訪道謝。但她不知道兩個上了年紀的人到年輕人店裡方不方便，對方表示非常歡迎，不過她説店的位置離市中心有點遠。綾子回答不要緊。對方問了綾子的手機號碼，傳了封訊息仔細説明交通方式。

寄來的訊息上署名古井志穗。居古井這個店名，大概是取自她的姓吧。

電車輕快地走在居古井所在的街區，在車站停下，自動門打開。她心想，自己住的地方，電車還是手動門呢。轉眼間下一站就是目的地，丈夫急忙站起來。

「快！就是這裡，到站了。快下車。」

在丈夫的催促聲中下了電車，她提醒丈夫，這麼慌張等等又要流鼻血了。丈夫笑著指指脖子上代替圍巾圍著的手巾。

「居古井」是一間只有吧檯座位的小店，由古井志穗自己一個人打理。櫃檯後方有個小神龕，上面放著神社的護符和開運竹耙。旁邊立著一個畫有女孩圖案的橢圓形盒子，那個仿俄羅斯娃娃造型的盒子，是新潟某家俄國巧克力店的商品。

她問是不是上次去新潟時買的。志穗回答，是別人送的，她從神龕上拿下巧克力，裡面的東西都還沒動，她說，想要等送她的人來了一起吃。

丈夫問，是男朋友嗎？「對。」志穗答道。她急忙輕輕拉了拉丈夫的衣袖，但丈夫揮掉她的手。

「是新潟的男人？真是個壞男人，竟然讓這麼好的女孩子掉眼淚。」

他不壞。志穗說道，將套餐連托盤放在櫃檯上。

「我也不太清楚，但他不住在新潟市，是個叫美越的地方。」

真是糟糕。丈夫說。

「我就是那裡出生的……那地方什麼都沒有呢。」

但是有他。志穗小聲地說。

「因為有他，我就喜歡上了那個地方……但是我這種人會讓男人有壓力吧。」

丈夫說，不會覺得有壓力，可是一旦覺得一切都是理所當然，就會不知感恩。

「這傢伙真是身在福中不知福。」

志穗悵然微笑。

兩人開始吃套餐，志穗在櫃檯裡切著東西，店裡沒放音樂，只迴盪著溫潤的菜刀聲。聽著聽著，她想起小時候母親在廚房幹活的聲音。

丈夫對志穗說，居古井這店名真有趣。

「是我母親取的。」

志穗放下菜刀隨意洗了手，擦乾手後裝了杯水。

「樓上就是住處，因為是古井居住的地方，所以叫『居古井』。我覺得這名字有點老氣，不過是我媽想了很久才取的名字。」

這名字很好。綾子點點頭。

「把古井這兩個字唸成 Ko-i[10]，愛情啊，請到居古井來吧。」

志穗偏著頭扳著手指唸道：愛情、到來。

「除了到來的 Ko-i[11]，愛情的 Ko-i[12] 之外，另外一個 Ko-i 呢？」

「是請求的 Ko-i。[13] 請款書上的那個請字。另外希求[14] 好像也這麼唸。」

10 古井合在一起為詞組或為姓氏時，發音為 Furu-i，兩個字拆開各自發音則念為 Ko-i。
11 日文寫作「来い」。
12 日文寫作「恋い」。
13 日文寫作「請い」。
14 日文寫作「希う」，發音為 Ko-i-ne-ga-u。

她沾著杯上浮起的水滴，在櫃檯上寫了「希求」的希字。

丈夫指著綾子，這老太婆知道很多奇怪的事吧。

「老太婆在文化教室學了很多呢，像《萬葉集》啊，俳句等等。」

是短歌才對。她糾正，丈夫說，聽起來都差不多，開始扒飯。

您也吟歌嗎？志穗向她送來一個親切的眼神，說過世的母親也喜歡吟歌。

算不上吟歌，不過年輕的時候就很喜歡若山牧水。志穗微笑著告訴她，多摩有座跟若山牧水有關的庭院，自己以前跟母親一起去過，那是牧水曾經跟情人一起共度的地方。

梅花盛開的時候很漂亮喔。說著，志穗端出今天的點心甘露燉梅。

真不錯。丈夫夾起梅子說道。

「開花的時期真想再來一趟。」

「那到時請再來居古井坐坐。」

志穗微笑著，在空中寫了希求的希字。

「不過……這個字這樣寫，然後唸成 Ko-i-ne-ga-u 嗎？」

「好像是呢，還有 Ko-i-Ne-ga-u，No-zo-mi，[15] 這兩字湊起來就是『希望』的意思。」

本來以為是稀少的意思呢。志穗打開鍋蓋，店裡頓時充斥著高湯的香味。

「以前我父親說過，希望的希是少的意思，所以妳不要抱持希望，要心懷厚望。」

她又開始切東西。不過呢。志穗自言自語般說道。

「我根本就想不到什麼厚望，我一點也不期待能做什麼大事，就算事情再小也沒關係，我只希望能擁有可以不斷實現的願望。」

真像女人會說的話。丈夫說道。

端出茶，志穗問他們是不是來東京旅行的。綾子說，即將跟丈夫兩人慢慢前往溫暖的南方。

「哇，真是了不起呢。兩位感情真好。」

哪裡哪裡。丈夫難為情地揮揮手。

「我老是受傷，上次還頭暈、流鼻血，不過這個……」

丈夫指指脖子上的手巾。

「很方便呢，能擦汗，像這樣捲在脖子上還能防寒。人家說瓶頸瓶頸，妳看脖子有多重要，人的脖子真的不能受寒呢。」

志穗笑了。綾子覺得好像第一次看到她這麼開朗的笑容。

離開店裡過了幾個小時，坐在燈光調暗前往名古屋的巴士上，綾子看著居古井的手巾。結完帳後，志穗又給了她一條手巾，她說這是印上店章的紗巾，要當做居古井十五週年紀念發給顧客的。

綾子學丈夫把手巾像圍巾一樣纏在脖子上，反正車裡燈光陰暗，跟丈夫做情侶打扮也不覺得難為情。她轉過身想讓丈夫看看，丈夫已經輕輕蜷起身子睡著了。

居古井的她，不知道是怎麼看待這趟旅行的。

15 日文寫作「希う望み」。

她是不是以為，是一對上了年紀的夫妻悠哉地遊山玩水呢？

其實不是。綾子在心裡這麼對志穗說。

這應該是兩人最後一趟遠遊了。

下下個月丈夫要動一場手術，結束之後，可能再也無法像現在這樣四處走動了。丈夫說，想在手術前去旅行，她說那就去泡泡溫泉吧。

但是丈夫真正想去的，是自己以前當業務時曾經跑過的地方。

他想像以前一樣，搭深夜巴士從一個城市移動到另一個城市，逐一對曾經照顧過自己的土地道謝。

那是我這輩子最耀眼的時候。丈夫說。

「不過，應該不可能實現吧。」他寂然一笑。

看到他那表情，她回想自己也曾經有過同樣的時期。那時候經常出差，老是不在家，總是過了午夜才到家。當時她對一心都放在工作上的丈夫有些不滿，不過還是認真地拉拔三個兒子長大。兒子們一個一個長大離家，現在只剩她跟丈夫兩個人，熱鬧的家回歸寂靜。

既然丈夫想重新回顧那個時代、想再看一次自己壯年時揮汗踏過的地方，她也想成全丈夫的心願。

那就試試吧。話出口後她自己也嚇了一跳。三個兒子都大力反對，其實自己心裡也依然帶著不安。

但丈夫很高興，他自己安排了所有行程。他說，以前因公跑遍各地的時候，很多風景他都想讓家人也看看，有許多好想一起去拜訪的地方。

窗外一片黑暗，巴士繼續行駛著。

雙人座椅太過狹窄，腰背少了支撐，她試著換了好幾次姿勢。輾轉翻身時，心裡浮現出丈夫當年跑遍全日本鄉鎮的樣子。

你以前，就是在這片黑暗裡不斷奔波啊。

隻身一個人，為了家人拚命努力。

委屈著你那龐大的身軀，睡在巴士上，走遍全日本。

她輕輕倚在沉睡丈夫的肩上，眼淚汩汩流出。

我們慢慢、慢慢地走吧。

你一個人看過的這些風景，我們兩人一起再看一遍。

她輕靠在丈夫身邊。

等到天亮，記得給他一個笑臉。等到早上，就要回到平常的自己。但是現在，她顧不得害羞，只想在這片黑暗當中，緊緊靠著身邊這個人。

她衷心祈求，這趟旅行能走到最後。

拿起纏在脖子上的手巾擦擦臉，她想起在巴士總站哭泣的志穗。

居古井的Ko-i，是愛情和到來。

她望著旅途中的天空，衷心祈求志穗的殷切希望都能夠實現——

❖

——利一站在玄關前，仰望著清晨的天空。

下班回家手放在拉門上時，他好像聽見了鳥的振翅聲。

天空是淺淺的藍色，掛著細細月牙，只有東邊染著淡淡朱紅，太陽還沒昇起，也看不見鳥。

自從聽敬三説起白鳥，最近他不時會抬頭看看天空。以前明明沒多大興趣，但聽敬三説白鳥是全家一起從遙遠大陸跨海飛來，才終於到達這片土地之後，他就很少看到成群的白鳥。

飛在最前面的是父親嗎？還是年輕的兒子？

也有可能是個性剛烈的女兒吧。想到這裡他打開門，怜司正站在廚房。

「你回來啦，要吃早餐嗎？」

怎麼這麼早起？怜司聽了輕輕一笑。

「是不是又被彩菜叫去了，要辦活動？還是要送貨？」

「也不是啦。快弄好了，一起吃吧。」

好啊。他回答道，走在走廊上，身後傳來怜司的聲音，「那件事怎麼樣了？」

「哪件事？」

「就那個啊，俄羅斯巧克力。彩菜說過，送那盒巧克力給東京的女孩，對方應該會很高興。志穗小姐她……」

怜司有點難以啟齒地叫著志穗的名字。

「氣有沒有消一點啊？」

「消什麼氣？」

「她上次很悲傷地看著我，好像我説錯了什麼。」

「我不是說過，那不是你的錯。」

「爸，你這些地方真的遲鈍耶。」

「什麼遲鈍？」

「就是感覺很遲鈍啊。」

他在走廊上走著，怜司再次叫住他。

「爸，我等一下有重要的事跟你講，你邊吃飯邊聽我說吧？」

好啊。他拉開紙門，身體的疲憊一口氣湧了上來。

脫掉上衣掛回衣櫃裡，坐上椅子又覺得腰開始痛，他躺在榻榻米上，深深吐了一口氣。

七天前，美雪來家裡過夜那天早上，志穗也來到美越。她看到美雪之後轉身離開，後來利一打了好幾通電話給她，但全部都轉進語音留言。

他只好寫了一封信，解釋來龍去脈，但又覺得愈說愈像在找藉口。後來他身體更不舒服，跟怜司一起去了醫院，等待看診的期間覺得身體每個關節都痛了起來。

跟怜司的症狀一樣，很明顯他也感冒了。

那天他本來負責前往東京的深夜班次。不過診斷結果一出來也無法駕駛了，只好請假。

隔天，志穗打了電話來。她說看完訊息之後了解狀況了。她還問，為什麼昨天晚上利一沒負責東京的班次。

利一說自己感冒發燒了。「那現在你太太在照顧你嗎？」志穗問道。

他沒回答，只說是用志穗給的湯熬了粥。「是誰煮的？」她又追問。

「倒是妳，為什麼昨天沒接我電話？我要解釋妳也不聽，卻一直逼問我。」

志穗說她去新潟找人。他問是誰，志穗只回答：「是你不認識的人。」

聽到她冷淡的回答，利一沒再開口，志穗又快速補了一句：是種米的人。

妳還真熱心工作呢。這次輪到志穗不說話了。

「聽利一這樣講，真的讓人很難過。」

「什麼意思？」

「你聲音很冰冷，好像在挖苦我一樣。我覺得你把我當笨蛋，真的很難過，你自己沒發現嗎？」

利一覺得好麻煩，嘆了口氣。「為什麼嘆氣？」她問。

「妳不要一直找我麻煩，志穗，妳太神經質了。」

「是誰讓我變成這樣的？」

「志穗，我要掛了，我想睡一會兒。」

「每次遇到不想面對的事情你就會睡覺。」

有什麼辦法呢。說著，他稍微提高了聲量。

「我感冒了，再說我工作時間不規則，睡覺也是我的工作之一。」

「我不是這個意思。」

她沉默了一瞬間，然後輕聲說道：「你現在覺得很麻煩，對吧？」

「利一，你現在是不是覺得我很麻煩？我都知道。」

我可以睡了嗎？他問，志穗向他道歉。

「妳不用跟我道歉，但也不要這樣說話帶刺，如果妳覺得我也半斤八兩，那我跟妳道歉，但我跟美雪之間真的沒什麼。」

「原來你叫她美雪……名字真好聽，她看起來好有氣質。還招呼我進屋呢，就好像那是她家一樣。其實也沒錯，她真的跟你一起住在那裡過。」

「我可以睡了嗎？志穗。其他的見面再說吧，我現在身體還沒復元。」

志穗沒說話。

「可以吧？見了面再說。明天我會開始上班，到東京我再跟妳聯絡。」

隔天起連續三天都是關西的班次，回家後怜司已經起床，正在替彩菜她們的商品分類。廚房餐桌上有個紙袋，怜司要利一去東京時交給志穗。裡面放的是加了果仁和軟糖的俄式巧克力，裝在一個畫了可愛娃娃的盒子裡。他說這是為了上次的事賠禮。

他拿著紙袋，昨天清早負責前往東京的班次，但是抵達之後來到居古井門前，店沒開。打電話到志穗手機，直接轉入語音留言。

利一有備用鑰匙，但今天他想了想，覺得不該隨意進去。他來到居古井隔壁一間咖啡廳。在面窗的吧檯喝著咖啡，看見宇佐美也進了店裡。

那張曬得黝黑的臉露出笑容，像看見朋友一樣向他招手，走了過來。

「真巧呢，啊，應該不算巧合吧。」

宇佐美擅自在他身邊坐下，指著對面的公寓。

「我公司就在那樓上。今天志穗好像很早就休息了呢。」
「大概是出門了吧。」
「可能吧，之前聽她說，好像要去醫院。」
「哪裡不舒服嗎。」
誰知道呢。宇佐美向女服務生舉手點了濃縮咖啡。
「您不知道嗎？您是那間店的老闆吧。」
「我不是老闆。」
是嗎。宇佐美朗聲笑了。
「我一直以為你是老闆。因為我常看到你清晨從那裡走出來，有時候用走的，有時候搭計程車。不過都是在清晨。」
利一靜靜地喝著咖啡，很想換位子，但沒有其他空位。
「恕我冒犯，不過您這樣好像是偷窺吧。」
也對，確實沒錯。宇佐美有點難為情地說。
「不過真的是碰巧啦。我在陽台上喝咖啡，剛好都看到你離開。你另有家庭吧？是認真的嗎？」
他輕聲笑了，宇佐美露出困惑的表情。
雖然沒有家庭，但是有很多猶豫。
一個心裡沒有半分猶豫的男人那份率真，真讓人羡慕。
「既然你不是老闆，那她應該是自由的吧？」
「自由是什麼意思？」
「就是沒有欠你錢、或者虧欠你任何事。」

「有又怎麼樣。」

宇佐美喝了一口送到桌上的濃縮咖啡。

「也沒怎麼樣。只是問問而已，想搞清楚這些事。」

「你很在意是嗎？」

「你這個人講話還真會兜圈子，所以到底有沒有？」

「去問她本人，別來問我。」

宇佐美的行動電話響了，他說了聲「抱歉」，接起電話。利一也趁機站起來。

他又打了電話給志穗，還是沒接。他只好把裝了巧克力的紙袋掛在居古井後門門把上。

接著他負責前往新潟的深夜班次，徹夜行駛。在休息站看了手機，發現志穗傳來訊息。她為了巧克力的事道謝，還提到今天晚上有個從美越來的客人，跟以往的文字比起來顯得相當平淡、冷靜。

他還在回想昨天的事，怜司從廚房叫著他。

早餐好像做好了。

利一懷抱著沉重的心情坐在廚房餐桌前，拿起報紙，他問怜司有什麼事要説，怜司正色看著他。

「爸。」

「怎麼？」

「有件事想拜託你。」

「快說。」

「能不能借我錢？」

怎麼又來了？「這次需要的錢比較大筆。」怜司說道。

「大筆是多少？」

「一百……五十萬左右吧。如果能先借我五十萬就太好了。」

金額確實不小，但一個年輕男人如果不挑工作好好上班，也不至於賺不到。

「錢要用在哪裡？很急嗎？」

怜司欲言又止。

「快說啊。」

「等到事情有了眉目我就會告訴你。所以你能不能借我？根據你的回答，我……」

「你怎麼樣？」

「我會再仔細想想。」

「那你就先想好再開口啊。」

也對。怜司低下頭，但馬上又抬起頭來笑了。

「那就算了，你忘了吧。」

怜司這麼說他反而更好奇，盯著怜司的臉。怜司拿起筷子，彷彿什麼事都沒發生一樣，繼續吃飯。

那天夜裡，利一在一間營業到深夜的超市裡買了東西後，打電話給美雪。

美雪老家似乎已經找到買主，但是對方很討厭庭院的枇杷樹。聽說家裡有枇杷樹的話容易有病人，希望把那棵樹砍掉。

可是他們又不想自己親手把扎根在土裡的樹砍掉，所以要美雪交屋前把樹處理掉。不過美雪的父親敬三反對砍樹，他很是感嘆。利一已經從怜司那裡聽說這件事，後來美雪也正為此傳了訊息來，想找時間跟他商量。

利一查了一下，發現除了砍樹之外只能把枇杷樹移植到其他地方，就算找到能移植的地方，要把樹移到別處也得花上一番功夫。

最後，只能請敬三接受砍樹的決定了。

美雪接起電話，利一把狀況告訴她後，美雪似乎已有了心理準備。接著，兩人的話題慢慢轉到怜司身上。

到美越家來時，美雪好像也發現了怜司背後的抓痕。她替怜司換床單和換洗衣服時，發現上面沾有血跡。

或許是我多事，不過怜司有沒有去看醫生？美雪問。

「我讓他自己決定，每次提到這件事他就是不想說。他說自己已經習慣了，叫我別管。」

「是不是精神壓力造成的？他是不是很在意小事？擔心家裡門沒鎖，會確認很多次？」

「這我倒不知道，不過他的個性本來就很仔細。」

跟我很像呢。美雪小聲地說。

「我看他睡衣上都是血……他自己說，那就像痱子一樣，但痱子可不會像那樣出血。說不定他該看的不是皮膚科，而是心理醫生。」

「那他需要錢，說不定是這個緣故。」

上次去醫院時，利一發現怜司沒有健保證。他說辭掉工作時忘了辦手續，所以現在沒有健保可用，他只好在窗口付了全額，金額還不低。他告訴怜司，記得趕快去辦手續，不過看來還沒有任何動靜。

美雪問他需要多少錢。說出金額後，美雪也覺得一百五十萬是個不上不下的金額，真不知道怜司在想什麼。

「其實，他大概需要兩百萬吧？」

「為什麼會這麼想？」

直覺吧。美雪說。

「那你打算怎麼辦？」

「我想先給他五十萬，不知道會不會太寵他了。」

「接下來呢？」

怎麼辦呢。利一嘆著氣，放倒了車子座椅。夜深了，停車場裡沒幾輛車，也沒人走動。

「想也沒有用，總覺得好累啊。」他又嘆了口氣。

「那邊怎麼樣了？」美雪問。

「誤會解開了嗎？你們……和好了嗎？」

很難說。美雪追問：這是什麼意思？

「那妳那邊呢？他回家了嗎？博多的女人呢？」

「你先回答吧。」

「自己也不想說的事就不要逼問別人了。」

那我說的話，你也說嗎？美雪輕輕笑了。

「那我要說囉，我要發牢騷囉，你一定不想聽我一直抱怨個不停吧。」

「也是啦。不過如果妳說了會舒服一點，妳就說吧。」

你這個老好人。美雪在電話那頭開始說話。她沒有抱怨她的家庭，而是說起以前兩人看過的電影。

那時候兩人對年輕的主角很有共鳴，不過美雪說，現在反而更能體會那些配角的心情。不只是電影，以前讀過的小說也是。

利一隨口附和著，兩人聊得愈來愈起勁，彷彿彼此都想從眼前的現實逃避一樣。聊著聊著，學生時代的記憶愈來愈鮮明，偶爾還會忍不住笑出來。不過每次一笑，他就會想起上次美雪來家裡那一天，感覺身體深處好像有什麼東西在暗暗蠢動。

志穗離開美越那天，利一跟怜司從醫院回來時美雪正在做午飯。

跟早上一樣，一家人圍著餐桌，然後他去睡了一下。晚上他睜開眼睛，美雪還在家裡。

美雪說，希望今晚能再住一夜。她問晚上吃粥好不好，還說她想替怜司換被單，要利一告訴她備用被單放在哪裡。

美雪煮著粥，偶爾輕咳幾聲，然後拿著備用寢具到怜司房間去。這段時間利一吃了廚房裡的粥，把汗濕的睡衣換掉又鑽進被子裡。

過了一會兒，房間裡有人走進來。然後一隻冰涼的手放在他額頭上。

那隻手冷得像冰一樣，好像快融化了，利一抓住她的手腕。

「美雪，妳還是快回去吧。孩子在等妳。」

「這裡也有我兒子。」

他微微睜開眼，一盞小燈泡的淡淡光線下，是那個無比懷念的身影。嘴上叫美雪回去，但他卻遲遲放不開手。輕輕一拉，美雪便倒在他的棉被上。

「怜司呢？」

「很快就睡了。他好像在說夢話，說明天早上也想吃煎蛋。」

跟個孩子一樣。美雪笑著。美雪的動靜隔著棉被傳來，有些搔癢。

「颯太也很喜歡煎蛋，不過我先生不喜歡甜的口味。」

「別說那裡的事。」

我不想聽。他輕聲說著，美雪用雙手撐起上身，直盯著利一的臉。

「那你就讓我住嘴。」

美雪輕輕將嘴唇靠了過來。利一閉上眼，美雪把額頭靠上他的，輕聲說道：

「但是你根本沒膽把我搶過來。」

「不要戴著結婚戒指誘惑我。」

「那這樣行嗎？」

美雪起身，拔掉戒指往旁邊一丟。

「而且那才不是婚戒。」

他聽到戒指撞到柱子的聲音，覺得珍珠好像碎了，順勢望去。

那一瞬間，他想起身穿白色襯衫，站在玄關的志穗。

「搶走別人的東西大概很有趣吧。」

「如果我們彼此都更年輕、再有體力一點的話。」

「確實……沒有體力還真的吃不消。滿腦子想的都是死，而不是一起生活的事。」

美雪站起來，關掉燈。

「你跟怜司都很老實。男人是不是身體一虛弱就會變老實呢？」

「女人也一樣吧。」

好像真是這樣呢。美雪又咳了幾聲。

「會變得很老實。如果我說想跟你一起睡，你願意睡在我身邊嗎？」

「別胡說了，妳快去睡。我身體不太舒服。」

他身體深處開始覺得發熱麻痺。那是一種令人覺得甘甜搔癢的熱度。

他不願去思考到底是感冒的關係，還是其他的原因，只是半開玩笑地說道：

「一個人睡怕寂寞，就去怜司身邊睡吧。」

「要是二十年前，我大概會這麼做吧。」

美雪打開紙門走出去。

隔天早上見面時，美雪淡淡地跟他保持距離。

那短短一瞬間的接近，是彼此熱昏了頭才有的舉動嗎——？

怎麼了？電話那頭傳來擔心的聲音。

「幹嘛突然安靜下來，到底怎麼了？」

「沒有，突然想起一些事。」

「想起什麼？」

總不能說想起上次的事，他隨口敷衍了兩句。

差不多該掛電話了。說了之後對方顯得有點慌張。

「對不起，是你打來的電話我還講這麼久。」

「這倒不要緊，但我該回去睡覺了。」

你現在在哪裡？美雪問道。

「超市停車場，來買成箱的發泡酒和調理食品。」

「為什麼不從家裡打電話？」

「那個老房子，說什麼大家都聽得一清二楚呢。」

「那你跟女朋友講話的時候怎麼辦？」

他正要回答，才想起跟志穗好像很少講太長的電話。總是傳訊息或是簡單說兩句，從來不曾用電話聊太久。

「這……這種事都無所謂吧。」

你害羞了。美雪溫柔地說道。

「你們和好了就好。」

那個瞬間，利一回想起兩人額頭相疊時感受到的熱度。

那只是遊戲嗎？

就算是這樣，那熱度卻讓他感受到比雙唇相接更強烈的甜美蠢動。

在那之後結束了三天往返關西的工作，他回家交給怜司五十萬日圓。

怜司恭敬地低下頭接過錢，隔天遞給利一一張借據，說是在網路上查的範本。他說，其他借的錢都有記錄，不過這次金額比較大，要利一收下這張借據。

聽到他說把借的錢都記錄下來，再看到這張借據，他彷彿了解為什麼怜司的皮膚會出狀況。

他很想告訴他，何不活得輕鬆一點。怜司搔著背，告訴利一他大概要出門一個星期。

他問要去哪裡？「有點事。」

「什麼叫有點事？去東京嗎？去做什麼？」

「算是勘察吧……所以我說有點事嘛。」

「你振作一點吧，在說什麼我一點都聽不懂。」

明明希望他活得更輕鬆，卻還是拉高嗓子要他振作一點，他心想，或許就是這些話給兒子帶來了負擔吧。

再想下去可能連自己身體都要出問題。

最後怜司還是沒告訴利一他要去哪裡，只交代了最近會有宅急便送貨來，要利一把宅急便的貨物連同廚房的紙袋一起送給敬三，然後就出門了。一身輕鬆打扮，好像要出去玩一樣。

三天後東西寄來，利一只好帶著東西到醫院去，敬三正在談話室面對著電腦。

他跟一個年紀大約小學、坐在輪椅上的男孩一起看著電腦。利一走近，看到螢幕上出現銀色頭髮的彩菜。好像是之前活動的影片，觀眾席中的小孩和大人都一起跟著彩菜的動作跳舞。

山邊先生。他一叫，敬三轉過頭來，顯得有些害臊。

那男孩也轉過頭來，然後慢慢離開了電腦前。

「好像打擾了你們……」

不、不要緊的。敬三關掉電腦指指天花板。

「要不要上去？我也想呼吸點新鮮空氣。」

「那我先把這個放到房間嗎？」

「不，沒關係，一起拿去吧。」

敬三伸出手取過包裹。剛好有點渴，利一買了罐裝咖啡，推著輪椅走向屋頂。

敬三在電梯裡問起枇杷樹的狀況。

「要移植可能很難。」

所以得砍掉是嗎？敬三低聲說。

「如果您不介意的話，這件事可以交給我們。」

你們要動手嗎？敬三驚訝地說。

「樹不算太粗，砍倒可能不是問題，不過要把根挖起來就比較困難了。既然這樣，不如一開始就請專家來處理比較好。」

「所以現在是以砍掉為前提在談嗎？」

他將輪椅推上屋頂。想想也真是惆悵。敬三說。

「說什麼家裡容易有病人，其實都是迷信。枇杷葉可以治百病，生病的人會來要這些葉子，因為這些人出入家門，才會產生那種迷信。為什麼要刻意把那麼健康的樹砍掉呢？」

別砍吧。敬三說。

「這事我也無法作主……」

「如果非得砍，那我不希望由你們動手。」

「為什麼呢？」

「不為什麼。」

走在屋頂上的小徑，跟上次一樣把輪椅停在同一張桌子旁。拉開罐裝咖啡的拉環，放在敬三面前，敬三道謝後喝了一口咖啡。

金黃色的稻子已經收割，景色驟然呈現出冬天的枯寂。只有高速公路依然不變，不斷有車輛來往通行。

敬三打開包裹，從裡面拿出一包菸。

「您抽菸嗎？」

「突然想抽，所以請他幫忙訂。要不要來一根？」

「我不用了。」

敬三從紙袋裡拿出打火機。

「喔，還真機靈。幫我放了好幾個打火機呢。」

敬三點了菸。咖啡色的紙卷菸好像是外國貨。

「怜司他怎麼了？感冒好一點了嗎？」

他……說著，利一在對面坐下。

「到這裡來，你坐在那邊菸會跑過去的。」

利一挪了挪椅子，坐在敬三旁邊，敬三吐著煙圈，顯得很享受。

「怜司說有事要出門，就再也沒聯絡了，打手機他也不接。」

「有什麼事嗎？」

「不知道，他說要去勘察。」

勘察？敬三回問。

「如果是去東京找工作我也挺開心的，但好像不是。」

費盡心思讓兒子上了研究所，但現在連健保手續都沒能辦好。與其說辦手續麻煩，看來他應該是付不出保險費吧。但一想到他是因為這樣而不去醫院，利一心裡又氣又急，不知該怎麼面對兒子。他也想過讓怜司以扶養人口的身分掛在自己的健保下，但是這麼一來，好像就得如同字面意義一直扶養他下去。

敬三的菸味微微飄了過來，他不喜歡菸味。但是這味道卻勾起他兒時的回憶。當時，菸是成熟男人的象徵。

這孩子……說著，敬三看向他。

「怜司他在想什麼，我完全不知道。上次還要我借錢給他。」

「你借了嗎？」

「借了。但是我問他那錢要做什麼用他也不答，只是笑著隨便敷衍我。」

那孩子很善良。敬三答道，一邊翻找著紙袋。

「他懂得觀察別人的需求，搶先一步把事情做好，但沒有人像他想得那麼仔細，所以總是徒勞無功，別人完全不知道他的善良。上次我這麼告訴他，他笑了，我想我應該是說中了。啊呀……

菸灰缸……這點他好像沒注意。不好意思，能幫我把那個空罐拿來嗎？」

利一撿起掉在垃圾桶附近的罐子交給他，敬三將菸灰抖在裡面。

「公司倒閉後你回到這裡，也是跟怜司差不多年紀的時候吧？」

「還要再大一點。」

在我這個年紀看起來，也沒什麼差別。敬三笑了。

「我記得你說，想找一份全靠自己能力的工作，才轉行當司機。泡沫經濟時期，你穿著那身看來很強勢的西裝，搞都市開發？還是不動產開發？工作起來天不怕地不怕的樣子，真的很難想像後來會去開長程卡車，本來以為你幹不了多久。」

「確實很難熬。」

「但你還是撐下來了。我以為你馬上就會回東京，雖然你說想看孩子健康成長，但是一個已經知道都市有多方便的人，怎麼可能真的在鄉下落腳。」

吐出煙圈後，敬三問：卡車和巴士的工作有什麼不同？

「巴士的視野比較寬，車也比較好開。」

「但是責任也比較重大吧？你一個人的判斷和決定就能左右許多人的性命。」

敬三輕聲笑了。

「怜司跟以前的你一樣，他大概不想再繼續處於人群當中，做那種會耗損自己神經的工作吧。我覺得他應該是想找份能夠真正發揮自己、幫助別人的工作。」

你因為家裡有妻小。敬三抖了抖菸灰。

「所以為了養家，馬上就找了份能賺錢的工作。但怜司還單身，他的選項很多，多到他太難決定了，只不過是這樣而已。所以現在批評他，就等於是批評你自己一樣。」

別這個表情。敬三捻熄了菸。

「看到你這不中用的表情，好像我說得太過分了。」

不會。說著他又喝了一口咖啡，敬三伸手去拿第二根菸。敬三輕輕搖了搖盒子遞過來，利一也拿了一根，敬三替他點上火。

兩人幾乎同時吐出煙圈，不知為什麼，他忍不住笑了出來。然後就像個國中生一樣被煙嗆到。敬三看著他，似乎覺得很有趣，他輕聲說道，我以前很想要兒子。

「我偶爾會想，要是有兒子該多好，現在看著怜司我也會這麼想。如果有兄弟，或許美雪也會輕鬆一點吧。怜司說要去勘察是嗎？」

「對。」

大概是為了我吧。敬三盯著菸。

「決定要搬到東京的養老院之後，上次他問我，在這裡還有沒有想做的事，然後我告訴他，我想從上面看看這個地方。」

「從上面？是指坐飛機往下看的意思嗎？」

倒也不用到那個地步。敬三笑了。

「我想到高的地方看看附近的山，俯瞰這座城市。他聽完之後告訴我，那就一起去爬山吧。」

「他這麼對你說嗎？」

「我跟他說這是不可能的。他去勘察，說不定是跟這件事有關吧。」

真是個善良的孩子。敬三深深吐了口氣說道。

「他跟你借錢一定有他的道理，我想應該不是拿去做壞事或拿去玩。你大可不用擔心。不過我這麼說好像有點不負責任。」

「我也希望是這樣……」

「為人父親，就像扇子的扇釘一樣。」

「什麼意思？」

「固定扇子的釘軸啊。為人父親不像母親一樣能做家事、能照顧孩子大大小小的細節。不過得在外面好好賺錢，帶回來安定一個家，靠這一處樞紐的力量，拉住朝著不同方向走的家人，支撐住不斷往外擴散的他們。要用什麼來支撐呢？那就是無償的愛和信任。」

真是抽象呢。他嘆了口氣，隨口附和。

「愛和信任這些話聽起來很虛假，化為文字又覺得老套。但是說到底，一切都歸結在兩件事上。我自己失敗了，不希望你也重蹈覆轍。」

「我的家早就已經四散了。」

「你還不要緊的。」

敬三慢慢吐出一口煙，眼神追著煙的去向，抬頭仰望天空。

「已經決定到東京去了嗎？」

「美雪她拖拖拉拉的，我決定自己找。我要去。自己的去留我自己決定，我不想再給女兒和外孫添麻煩了。」

不覺得寂寞嗎？利一問道。

「幹嘛問這麼難回答的問題？」敬三笑著。

「寂寞也是為人父親的責任之一。」

好，那事情我大概知道了。在新潟市內的咖啡廳，彩菜用叉子捲著義大利麵，一邊說道。

「外公的狀況。下個月他要去東京……不對，是去埼玉的養老院。這些我都知道了。嗯，了解了。」

彩菜邊說邊點著頭，轉著叉子。

「不過這算什麼？哥，你說要還我錢我才來的，為什麼爸跟這個人也在？」

「彩菜，不要這樣叫媽。」

「我如果老實說妳絕對不會來吧。」

「等等，怜司，你跟彩菜借錢嗎？」

「爸，這件事等一下再說。」

怜司看著利一，臉上寫著要他安靜。看到怜司強烈的目光，利一吞下了嘴裡的話，喝了口咖啡。

這間咖啡廳位於鬧區，有時也會舉辦現場演唱會，生意很不錯。繪里花每個星期會來這裡打工兩天，舉辦演唱會時怜司也偶爾會來幫忙。

今天剛好是繪里花上班的日子，她穿梭在桌間，偶爾會擔心地偷偷望向這裡。店裡有個角落擺放著彩菜她們的商品，有些客人正在那裡看著飾品和香水。

彩菜在意著客人的目光，壓低了聲音說：「而且還偏偏挑在這間店。」

「幹嘛約爸來這間店？」

「因為妳在這裡才不會胡鬧。」

怜司交叉著雙臂。

「我大概懂了，這裡有很多妳的朋友，妳還得顧到彩娘的形象。說起話來也不會那麼衝，唉，表情不要那麼難看，客人會發現的。」

「我現在沒化妝，他們認不出來的，哥，你這樣說話跟爸很像。」

美雪噗嗤一笑，彩菜的眼神裡飽含怒氣。

「有什麼好笑的？」

「彩菜，先吃吧。妳從剛剛開始就一直捲，抱怨之前先吃飽吧。」

彩菜拿起叉子，把義大利麵送進嘴裡。

她咀嚼的時候倒是挺老實，利一這才覺得終於能喘口氣，再次喝了口咖啡。大家也都好像有同樣的感覺，美雪和怜司都喝著東西。

跟孩子和美雪圍坐在大圓桌邊。以前也曾經一家四口在外面吃過飯，不過他已經不記得是在哪裡吃的。

看著孩子們，他跟怜司四目相對。怜司滿臉抱歉，利一低下頭看了看手錶。

大約在一個星期前，怜司提議要在這裡見面。

離家大約一個星期後，怜司回到美越，滿臉鬍渣，一回來就說累了，馬上回房睡覺。

怜司不在的時候已經決定要砍掉枇杷樹，敬三也確定下個月要搬到埼玉的養老院。聽說東京的養老院都沒有空缺了。

利一上二樓想告訴他這件事，剛好在門前聽到怜司的聲音。他好像在講電話，說的是英文。

利一沒打擾他，回到一樓的廚房，不久後聽到紙門拉開的聲音，怜司下了樓。

他若無其事地從冰箱裡拿出寶特瓶裝的可樂，倒在杯子裡。

利一很想問他都在電話裡說些什麼。不過還是先說了枇杷樹和敬三要去埼玉的事。

怜司手裡拿著杯子，沉默了一會兒。利一提議在敬三搬到埼玉前大家聚一聚，怜司問，「大家」是指誰。

「你說『大家』是指哪些人？有我、彩菜、媽，還有彩菜她男朋友、志穗小姐，還有媽的老公跟孩子嗎？到哪裡才算『大家』？」

「就我們家，美越這一家。」

美越這一家。怜司重複了一遍。

「你不在的時候我想過了。我們不如開車去爬彌彥山，在山腰的溫泉休息，你覺得怎麼樣？借一輛能載輪椅的車就行了。」

敬三說過，父親就是扇子的扇釘。

把分離四散的家人綁在一起，是為人父親的責任。

他不太了解愛和信賴的意思。但是當敬三笑著說，寂寞也是父親的責任時，利一突然起了個念頭，想連結起彼此四散生活的歲月。

這個提案是不錯啦。怜司點點頭。

「可是我不確定媽和彩菜會怎麼說。還有，溫泉我可不行，別人看到我的背會被嚇跑的。開車倒沒關係。」

「外公以後應該不太能洗溫泉了，你媽又不能跟他一起進男用溫泉。東京的孫子還小，以後也不太可能讓孫子幫他刷背了。」

別這樣，爸。怜司說。

「不要用這種情感攻勢。要是他跟我一起洗溫泉反而會擔心的吧。」

「也不一定要洗溫泉，其實什麼都好，主要是大家能聚在一起。」

知道了。怜司說著，把杯子放回流理台。

「先不管去哪裡，在那之前讓彩菜和媽見一面比較好吧。這樣下去氣氛太尷尬了。這些你想過嗎？」

這個。利一吞吞吐吐的，怜司背向他開始沖洗杯子。

「這種事你先想好再說吧。」

囉嗦。怜司聽後笑了起來。怜司提議，砍樹時美雪會到新潟來，到時約在販售彩菜她們商品的咖啡廳見面吧。

利一把這件事告訴美雪，她雖然猶豫，但還是想跟彩菜見面聊聊。砍樹的事由於業者時間的關係，只能安排在平日，所以美雪得當天來回。如果能安排在那天傍晚或是晚上見面，美雪會方便許多。

於是利一請美雪把砍樹的日子訂在他待在新潟的時間，那天傍晚約在怜司安排的新潟市內咖啡廳見面。

三個小時前順利把樹砍完，他在約定的時間跟美雪一起來到咖啡廳，怜司已經等在店裡，說彩菜會晚一點來。

大家喝著咖啡等了一會兒，彩菜遲遲沒出現，只好先開始用餐，等到餐後的飲料端上桌，才看到彩菜出現。彩菜似乎馬上了解狀況，皺著一張臉，繪里花領她坐到桌前時，她一臉不情願地坐下來點了義大利麵。

怜司先快速地把外公敬三的狀況告訴她。

彩菜沒説話，只是聽著。她點的菜已經送到桌前，但她碰也沒碰。不過，等到怜司的話告一段落，她突然拿起叉子捲著義大利麵，對怜司發起脾氣——這大概是五分鐘前的事。

利一的視線離開手錶。

美雪搭新幹線的時間快到了，得快點切入正題才行。

彩菜吃完義大利麵，將叉子放在桌上，用紙巾擦了擦嘴，正要站起來。

「等等，彩菜，坐下。」

「妳要逃走嗎？」

彩菜瞪著怜司，坐了下來。美雪從提包裡拿出菸。

「喂，美雪。」

「這裡不是禁菸席吧？」

繪里花走近對她說：「您要抽菸的話請到後面的房間。」往後一看，房間的後方有一間用玻璃隔出的吸菸室。

繪里花拿來一個像屏風的東西跟其他座位區隔開來，這時候其他員工也分頭將大家的水杯拿到後方，催促彩菜換座。

員工們都帶著微笑看向彩菜，她也回給大家燦爛的笑容，緊接在怜司身後進了這個小包廂。

利一鬆了一口氣，最後一個走進包廂，發現大家都低著頭圍坐在圓桌旁。

他不知該說些什麼，便安靜地坐下。

不久，他伸手去拿美雪放在桌上的香菸。

「你要抽嗎？」

「美雪，現在先別抽。」

他把香菸放進自己襯衫口袋，「可是這裡是吸菸室耶？」美雪說道。

香菸……。彩菜輕蔑地看著美雪。

「抽菸之前沒有什麼話想說嗎？」

妳真的長大了。美雪聲音乾啞地說道。

彩菜撇過頭去。

「聽說妳快結婚了，恭喜。妳現在……很有成就。」

「為什麼現在才出現？為什麼現在才想跟爸在一起？最希望妳在身邊的時候妳不在，為什麼妳現在會在這裡？」

彩菜的聲音低沉得讓人害怕，看她激動固然難受，不過看她這樣冷靜說話，又是另一種難受。

如果我的母親在美越……。彩菜輕笑了一聲。

「我應該也在東京了吧。當初是因為奶奶病倒我才留下來，要不然我應該已經去東京上大學了。」

也不是說我對現在的生活不滿。彩菜看著包廂的門。

美雪沒說話。

「我知道妳有很多話想說，但是外公下個月就要去埼玉了，這可能是……」

話說到這裡，又覺得接下來的話不太吉利，他住了嘴。

「在那之前我想大家應該聚一聚，所以今天才……」

爸，我倒要問你。彩菜筆直地望著利一。

「為什麼以前你跟外公都沒什麼往來，最近卻這麼熱絡？那難道外婆就不用管她嗎？她喪禮的時候我們去了，但是她活著的時候也沒有這麼頻繁地往來吧？」

那是因為她走得很急。美雪感慨地說道。

還有哥也是。彩菜看著怜司。

「以前你去見媽的時候，對方說了什麼吧？」

對方？美雪問怜司。

「都是過去的事了。」

他說了什麼？美雪再次問怜司。怜司沒回答，喝了口水。

「你老實告訴我，是什麼時候的事？」

手套……怜司回答。

「我送手套給妳的時候……那時妳先生中途抱著嬰兒進咖啡店來不是嗎？妳替孩子換尿布的時候，他問我，你是不是怜司？」

然後呢？美雪催促道。怜司皺著眉。

「他說，我不知道你妹妹的名字，但是你的名字我記得很清楚。因為偶爾……你媽、美雪她會這樣叫孩子。」

就這樣？美雪一臉凝重地看著怜司。

「然後……他問我，聽說新潟那邊的外公有意要把土地和房子讓給你們，你是怎麼想的？他還說，你既然已經來東京，就算收了那邊的土地也很困擾吧？」

美雪拿咖啡杯的手微微顫抖著。

「他竟然這樣對你說……」

「我不太懂啦，他好像開口請外公資助，但是被拒絕的樣子。」

「你看吧，現在我們大家聚在一起，又會被當成是想要錢了。」

「對方早就已經這樣想了吧。」

三個人的視線同時集中在利一身上，讓他有點倉皇失措。

「不是嗎？如果他已經有這個想法，那我和怜司出入醫院的時候，他就已經這樣想了，對吧？又有什麼關係呢，反正我們又沒有那個念頭。彩菜。」

利一盯著彩菜，女兒別過了視線。

「往後我們大概沒有聚在一起的機會了，不只是外公的關係，我們這當中將來也有可能有誰不在。到了這個年紀，我終於領悟到了這一點。過去雖然發生了不少事，但現在要不要趁機聚一聚，大家一起出趟遠門？」

彩菜的嘴角浮現了些微笑意。

「所以你才這樣跟以前一樣笑嘻嘻的啊。爸，你大概不記得了，搬到美越來的時候你很愛烤肉……只要休假時間剛好遇上假日，就會帶我們去山上或者河邊烤肉。爸不在的時候，媽常常跟奶奶吵架，總是在哭。可是在爸面前，大家都不表現出來，哥和我還有媽都很努力……努力看你的臉色，表現得很高興。」

其實一點也不開心。彩菜搖搖頭。

「現在又要跟以前一樣了嗎？明明沒人覺得開心，卻要為了你演戲？」
夠了。美雪站起來。
「對不起，為了我和父親的事這樣驚動大家。」
妳真的夠了。怜司冰冷地說。
「彩菜不去東京是媽的錯嗎？爸和奶奶都沒有叫妳留在美越，如果妳說想去東京上大學，他們一定會要妳去。是妳自己選擇留在這裡的，不是嗎？」
你怎麼能這樣說……彩菜的聲音在顫抖。
「哥，其實你才是受害最嚴重的人不是嗎？人際關係不好，說到頭還不是因為……」
怜司打斷了彩菜的話。
「媽她在我們這個年紀已經有兩個小孩，當其他女孩在工作、跟朋友出遊的時候，她一直待在家裡跟我們在一起，把所有的錯都推到她一個人身上確實很輕鬆，但是妳應該也知道事情其實沒那麼簡單吧。」
彩菜站起來走了出去。美雪的眼神追著她的背影。
咖啡廳裡的喧囂，從敞開的門一口氣湧入了包廂中。
送美雪到新潟車站搭新幹線的路上，陣陣涼風吹來。美雪駝著細瘦的背穿過剪票口，走進上月台的電梯前，她輕輕低頭。
回到車上，怜司趴在方向盤上。
利一提議換人駕駛，他也老實地下了車，改坐到副駕駛座。
車子開上高速公路，利一問，烤肉時他是不是在演戲。

不記得了。怜司回答。

「我只記得媽帶著彩菜想離家那時的事。」

「有這回事嗎？」

「馬麻拿著一個大包，帶著我們離開家，但是她途中突然停下來，問我會不會一個人回家。我就回去了。然後過了不久馬麻也回來了。她抓住我，一直哭著道歉，對不起、對不起。但是我心裡想，妳為什麼不乾脆走了呢？到美越來以後媽從沒笑過，她老是在哭。」

「馬麻她……」怜司將手肘放在窗上，又改口。

「媽她離開的那一天也一樣……她先是一個人走了，然後馬上又回來。那時候彩菜在睡覺，我問馬麻：『妳幹嘛回來？妳一個人走吧。』我心裡覺得，彩菜我會照顧，妳就一個人走吧。因為我再也不想看到媽哭了。後來媽把臉埋在棉被裡哭了，然後搖搖晃晃地離開房間。」

我有時候會想。怜司把臉轉向窗外。

「那時候媽聽到我叫她一個人走，心裡是怎麼想的。早知道……我應該把話說清楚的。」

「對不起。」利一開口。怜司回答：「又不是爸的錯。」

「但是……那時候如果我什麼都沒有說，我想媽至少會帶彩菜走，彩菜的人生應該也會不一樣吧。奶奶態度很強硬，說我是這個家的繼承人，絕對不交給她，但彩菜她倒沒說得那麼死。」

從高速公路看著駛過的新幹線，雖然並排行駛了短短一瞬間，但列車馬上就追了過去，只留下一道細細光帶橫切過去的印象。

當小孩真是難受。怜司說。

「腦子裡想的事沒辦法好好說出來。我一心只想著趕快長大……但是，長大了之後也不見得就一切順利。」

之所以過得不順利，是因為父母不和睦的關係嗎？

是自己讓孩子們的心受了傷嗎？

怜司很優秀，是個完全不讓人操心的孩子，但是當時還小小年紀的他，也學會了不斷忍耐吧。

「你過得這麼不順利嗎？」

怜司的肩膀搖動了一下，好像在輕笑。

「我是有想辦法要好好過啦。」

是嗎？利一附和了一聲，想起半年前看過的紅腫背後。

怜司絕不是怠惰，或許他也以自己的方法，不斷地在尋找道路。

「你的背還好吧？」

「現在幹嘛突然問這個？」

「如果是醫藥費，你不用擔心。」

不是這個問題吧。怜司說。

但利一心裡覺得，就是這個問題。

假如他就是活得不順利。假如怜司就是無法跟這個世界和平相處，甚至弄得自己皮開肉綻。

那就算了吧。利一加快了車速。

想待在家裡就待在家裡。

直到找到能好好生活的環境為止，趁自己還有這個能力，就盡量支持他吧。

這時，新幹線剛好駛過與高速公路平行的高架橋。

在那一瞬間駛過的光芒當中，利一總覺得美雪好像正看著這輛車。

利一駕駛早上七點離開萬代巴士總站的班次，到達東京時將近正午。依照預定時間抵達後，他在營運站小睡片刻，前往居古井。

跟美雪在美越見面之後，志穗有時不接電話，有時又因為一些小事而不高興。不過最近的她跟以前沒什麼兩樣，臉上總是掛著溫暖的笑容。

但是利一到居古井去，卻不像以前那樣能好好放鬆。

站在店門前，他回頭仰望宇佐美住的那間公寓。

他跟志穗提過，宇佐美就住在對面的公寓，志穗似乎也知道他住在幾號房。她還說，深夜裡看到那扇窗還亮著燈，就會心想，他今天也在努力工作呢。

聽志穗這麼說之後，每當兩人有什麼親密舉動，他就覺得彷彿被外面一覽無遺，完全提不起勁來。

志穗雖然安慰道，這是因為他太累了，但是志穗的溫柔又讓他心裡更加難受。

手放在那扇朱色的門上，門剛好從內側開了，一個抱著嬰兒的母親走了出來。接著志穗也走了出來，兩人視線相對，她微笑了一下。她向那母親打過招呼，目送她離開後，馬上拿出準備中的牌子掛在門外。

「快進來吧。今天準備的全都是你愛吃的菜，因為今天是你要來的日子，所以我濫用職權準備了偏心菜單，也帶一點回去給怜司吧。」

「今天就不吃了。」

「吃過了嗎？那……要不要喝茶？」

「茶也不用了。」

志穗狐疑地看著他。

「那要吃巧克力嗎……不過也是你送的。」

「不合妳口味嗎？」

沒有。志穗搖搖頭。

「很好吃，所以我才供在神壇上，一點一點地吃。開心的時候就吃一個。」

志穗從神壇上拿下那個畫有人偶圖案的盒子，她拿起一個像糖果一樣的包裝。拆開包裝紙，裡面是一顆巧克力。

拿去。志穗將巧克力送到利一嘴邊。

「妳不用這麼客氣，志穗。」

我沒有啊。志穗微笑著將巧克力放進自己嘴裡，然後她將人偶小盒遮在自己臉前，用彷彿少女般的音色說道：

「欸，利一你怎麼了，牙齒痛嗎？」

「我有重要的事要跟妳說。」

什麼？志穗放下拿糖果盒的手。

「是好事？還是壞事？」

「就長遠的眼光來看，應該是好事。」

你要跟我說什麼？志穗臉上的笑容消失了。

「我不會再來這裡了。」

為什麼？志穗問。利一正想回答，卻一時說不出口。

「為什麼？利一，發生什麼事了？」

「沒什麼事。我只是發現，妳跟我在一起今後也不能有什麼發展。我們年紀差了一輪……現在或許還好，但是以後就不一定了。我現在四十九歲，明年就要五十了。志穗妳才三十多。」

「我快四十了。」

「但還是三字頭。如果加緊腳步都還來得及，結婚、懷孕、生孩子，妳可以有自己的家庭，但我已經不行了。」

「為什麼？」

「現在要是生孩子，等到孩子成年，我已經快七十了。我不太可能工作到那時候……」

你到底要說什麼？志穗皺著臉。

「為什麼口氣突然像個老爺爺，還擔心根本沒生出來的孩子。」

真是的。志穗笑了。

「你大概是太累了。坐下吧，先坐下再說。」

坐吧。志穗不斷說著，淚水從眼中滴落。

「拜託你……不要站著跟我說這種事。跟平常一樣坐在那裡好嗎？」

一坐下來，我就回不去了。掉著眼淚的志穗看來格外令人憐愛。

你有喜歡的人了嗎？志穗問。

「不是這樣的。」

「你還愛著你前妻？」

「跟這件事沒有關係。」

志穗坐在椅子上。

「為什麼突然跟我說家庭和孩子？利一，我的體質很難生小孩，為了改善體質，我開始跟我媽學習飲食，後來才開了這家店……當然這不是全部的理由，但是我跟我前夫也是因為這個原因走不下去。」

他說我給他壓力。志穗微笑著。

「他說我給他壓力，說不喜歡受到束縛。其實我根本不想束縛他，我只是努力準備對身體好的飯菜，把家裡打理好。我想要有一個……溫暖的家庭。但是現實生活中根本沒這麼容易。大家都為了生活、為了賺錢，把自己搞得筋疲力盡。」

所以。志穗抬起頭。

「利一，我對你別無所求。我不會束縛你，我只要能跟你在一起，我希望一直留在你身邊。如果你要我待在東京我就待在這裡。如果你要我去美越我就去美越。要是你說都無所謂，那我想一直坐在你的巴士上。如果我是乘客，你一定會很溫柔吧，你一定不會隨便丟下我吧？」

不要丟下我。志穗哭著。

「不要放我一個人。怎麼樣的形式都好，請把我留在你人生的縫隙裡。」

「為什麼要執著在我這種人身上？」

因為我喜歡你。志穗說。

「從我們第一次見面起，我就喜歡你。」

志穗離開椅子，走過來抓著他。

「不管我再寂寞你都會來陪我，光是這樣就讓我覺得很溫暖，就讓我覺得真的很幸福。只要想到我們能一直在一起，我就很開心了。」

而她這樣的想法能夠持續多久呢。人只要得到一個東西，就會想要下一個。半年前的自己也是這樣。

四字頭的尾聲，孩子們都離家，有了穩定的生活，他開始想為自己而活。所以才邀志穗到美越來，心裡只想讓彼此的關係更進一步。

但是冷靜回頭看看，自己所建立起來的東西實在太脆弱，只要一點小小的衝擊就能簡單地瓦解。孩子們的心很不穩定，往後他也不知道自己還能支撐現在的生活到什麼時候。等到自己無法工作了以後怎麼辦？自己死了以後怎麼辦？

現在的自己想到以後，浮現在腦中的不是光明的未來，而是老後的景況，這樣的自己非但不能帶給志穗什麼，反而會增加她的負擔。

「我一直希望……能持續下去，但是我發現不能有這種期待。」

他抓住攀在自己身上的志穗肩膀，將她拉開。為什麼？志穗顫抖地問。

志穗的聲音，志穗的溫柔，不知道給自己的心帶來過多少滿足。

但是正因為這樣，更不能將她拖到快要沉溺的自己身邊。

他把備用鑰匙放在櫃台上，走向門外。

門關上的那一瞬間，聽到了志穗的哭聲。

應該要更早發現的。

仰望對面的公寓，心裡浮現那個男人拍下的那張志穗和小孩的合影。

志穗跟孩子磨蹭著臉頰開心地笑著，看起來是那麼幸福，事到如今，他才痛切地感到，是自己的存在扼殺了志穗的未來。

第七章

祭祀越後一宮彌彥神社神體的彌彥山離新潟市很近，面日本海聳立的山頂能遠望佐渡島和越後平野。開在前往山頂的彌彥山天際之路，眼前交互出現山海景致，接著一片開闊晴空展現在眼前。從新潟市沿海走來，進入這條路，欣賞完雄偉壯闊的天地景色後，來到山下的溫泉。

之前想過，有一天要邀志穗一起來。

最好能在紅葉時期。

利一泡在山腳下溫泉旅館的露天浴池裡，眺望著眼前的山群。

樹木的紅葉顏色還淺，平日的白天，男用溫泉裡沒幾個人。

自從告訴志穗不再見面之後，志穗又聯絡了他好幾次，但他都沒有回應。

只有一次接到志穗看似想不開的訊息，他打了電話。確認志穗平安後，鬆了一口氣，志穗說，其實你沒有討厭我吧？

我知道的。她顫抖地說著，這時利一腦中浮現志穗坐在昏暗的居古井裡的樣子。

「你不是會說那種話的人。所以我知道，你還願意這樣跟我說話，表示你還喜歡我。是我誤會了嗎？還是我自己一廂情願？」

利一覺得，這時最誠實的方法就是不說話。志穗哭了起來，「你倒是說說話啊。」

「對不起，傳了那樣的訊息給你。真是對不起。都是我一時……鬼迷了心竅。不要緊的，我不會做傻事。不管怎麼樣我絕對不會死的，所以你就告訴我你的真心話吧。」

有句話一定能讓志穗再也不聯絡。說出來，她就不會再堅持。

「利一，你告訴我實話，如果有什麼問題，我跟你一起想辦法。利一……」

「跟妳在一起我壓力很大。」

利一打斷志穗，說出了這幾個字，電話那頭流動著安靜的時間。接著他聽到一個微弱的聲音說：「對不起。」然後志穗再也沒有跟他聯絡。

她最後的聲音一直縈繞在耳邊。

家裡的廚房還放著志穗來美越那天帶來的裝小菜容器以及蒔繪漆盒。那個漆盒除了自己和怜司愛吃的東西以外，還裝滿了看上去就很費功夫的菜色。一看就知道她一定相當費心準備，期待三人一起用餐。

本來應該快點還給她的，但一直找不到好時機，其實也可以請宅急便送回去，不過一想到志穗多麼愛惜這些漆器，又打消了主意，現在東西都還放在家裡。

這些都是藉口。他閉上眼睛。

其實自己心裡還希望跟志穗保持著一線牽連。

志穗家裡還有自己的換洗衣物和牙刷，可是美越卻沒有任何留下志穗回憶的東西。生日禮物總是些能在志穗房間用的東西，這麼看來，別說有壓力了，志穗根本一點痕跡都沒留下來。

利一舀了把熱水潑在臉上，望著山群。

徐緩的稜線上輕浮著一朵白雲，襯托出天空的藍。這片天空無限延伸下去，只要開車約六小時，天空下就能看見那間小小的店和志穗。

既然要分手，就徹底一點，最好讓對方討厭自己。可是為了這樣不得不說出最傷志穗的那句話，再次掀開她的舊傷口，實在很難受。

全身皮膚紅通通，也有點暈了，他離開浴場。

他沒換浴衣，穿上自己的衣服，戴上手錶。

這手錶是以前志穗父親推薦的品牌。

工作的方式、喝酒的方法、怎麼挑選手錶和鞋子，還有如何訂作西裝，都是志穗父親教的。他還說過，自己個子高手也長，比起現成西裝還是訂作的好。介紹訂製西服店家的也是志穗父親。

志穗說過，自己穿西裝的樣子讓她印象深刻。

可能因為在同一家店訂作，所以自己的身影在她眼裡看起來有父親的影子吧。

這份懷念之情更加速了她的愛情。

懷念——

喝了口麥茶，滋潤泡得發燙的身體，他離開男用溫泉慢慢走在走廊上。

他順便確認著旅館中輪椅用的坡道，回到房間打開門，身穿浴衣的美雪正坐在窗邊。

這間位於彌彥山山腳下的溫泉旅館提供當天來回的入浴方案，房間可以使用到傍晚，還能享受一頓豐盛的海鮮大餐。

為了敬三的外宿旅行，怜司幫忙尋找能接待輪椅顧客的旅館，後來找到了這個方案。但是他說自己有事不能去，建議利一下次美雪到美越來的時候，可以跟彩菜三個人一起先去看看狀況。

從上次見面的樣子看來，彩菜應該不願意去吧，但是怜司很有把握地說：「這件事交給我。」

他說前幾天彩菜欠了他一個「人情」。

雖然不知道她欠了什麼人情，不過幾天後彩菜確實來了聯絡，說願意一起去。但今天早上她又臨時打電話來說身體不舒服，還是不去了。

利一只好自己一個人到萬代橋附近大樓去接美雪，一路沿海駛來。

聽到彩菜不來時美雪原本很沮喪，但是今天天氣晴朗，藍色大海和綠色山巒看來鮮明亮眼。她的表情漸漸柔和，登上山頂時還不禁露出了微笑。

進入房間，利一將沒穿的浴衣丟回衣箱。

窗邊的美雪站了起來，「累了嗎？」

說著，她坐到矮桌邊。

「泡個茶吧。」

「不用了，我剛剛在更衣室喝了麥茶。」

「女用溫泉也放了麥茶呢。不穿浴衣嗎？」

「我想去外面走走，看看附近的環境。」

外面？伸手去拿茶具的美雪抬起頭。

「如果行動起來不會太不方便，爸應該也想要到附近走走吧。」

美雪連忙站起來，說自己也要一起去。

「不用了，我很快去看看就回來。」

「不能這樣，這本來是我父親的事，我也一起去，你等我一下。」

「那我在大廳等妳。」

留下拿著替換衣物的美雪，他走向大廳。

其實他也很想換穿浴衣放鬆一下。但是他不太想在旅館的房間身穿浴衣、跟美雪兩個人面對面。坐在大廳的沙發上，利一輕輕閉上眼睛。

怜司查到的這間旅館似乎很習慣招待輪椅客，午餐前的討論順利地結束。事前勘察就到此為止，如果彩菜也在，之後應該會泡個溫泉然後小睡個午覺吧。

不過美雪跟彩菜的關係不太可能那麼快就修復，要是彩菜在，或許也沒那個心情睡午覺。

聽到美雪的聲音，利一輕輕睜開眼。

剛剛用夾子鬆鬆攏起的頭髮已經吹乾，整齊地夾好。從外套領口露出她雪白的頸項。

「不冷嗎？脖子圍點東西吧。」

你還真仔細。美雪從皮包裡掏出領巾。

「不然很容易感冒，怜司就是這樣。」

「對……怜司也是。」

美雪圍上領巾往前走去。利一也跟在後面走向溫泉街。

敬三希望在離開故鄉之前好好看看這個地方，這跟自己想讓志穗看看自己生活地方的心情很像，之前暗藏在心裡的計畫，現在派上了用場。

美雪面露微笑拿著零食和雜貨，站在利一之前為了志穗查到的店裡。她買了些要帶回東京的禮物，利一正要替她拿購物袋，美雪的眼神停在他袖口。

「好久沒看到這個手錶了。」

妳還記得啊。說了之後，美雪回想道：「這是你拿到冬季獎金的隔週星期天買的吧？當時手裡還抱著怜司。」

「妳記得還真清楚。」

「第一次在巴士見到你的時候，也不知道為什麼……就忍不住看你的手腕。總覺得你現在應該還戴著這手錶。」

「工作的時候我戴另一只手錶，有鬧鐘功能的。」

穿過溫泉街走進清流旁的小徑，旁邊是一片杉樹林。

每往前走一步，就離街上的喧囂愈遠，取而代之的是清新凜冽的空氣。

有鬧鐘？美雪好奇地問。

「時間到了就會震動。」

「做什麼用的？」

「在新潟車站把客人放下來之後，我得開車回美越營運站。」

一個人嗎？她問道。

「一個人。」利一回答。美雪的圍巾從脖子上滑了下來。

美雪抬頭看著他，一邊圍好領巾一邊問：「然後呢？」

「車上沒有乘客，一個人很容易鬆懈，所以我每次都會在新潟跟美越中間的休息站停車，整理一下車內再稍微休息。」

「要整理什麼？」

「毛毯或者客人留下來的垃圾，這些都弄好之後，喝一罐咖啡，然後調好鬧鐘睡個十五分鐘。」

「起得來嗎？」

「手腕會震動，一定會醒來。不過有時候醒來還是覺得精神不太好，老是做以前的夢。」

美雪問，是什麼樣的夢。他說不出口。

是美雪在哭泣的夢。

我還以為是用來防止打瞌睡用的呢。美雪溫柔地說道。

「還有用來倒數計時……比方說預計到達時間還剩下一小時或兩小時之類的。」

「這一點我都靠地點來判斷，穿過關越隧道之後路程大概還剩下一半。特別是冬天，穿越到東京那一側天氣晴朗，但是回到新潟這裡來就一片雪白。景色完全不同。」

「回到這裡來會覺得心情平靜一點嗎？」

「也不見得，東京有她在。」

「穿過隧道就是個男人，一回來就成為父親……」

我丈夫在博多應該也是這樣。美雪輕聲說。

「穿越本州是個男人，回到東京又是個父親。」

美雪微笑著說，前陣子和丈夫一家三口到迪士尼樂園去。

不錯嘛。他回答，她輕輕點頭。

「不過……我們兩人中間夾著兒子，扮演著夫妻。感情融洽的爸爸跟媽媽……要是我兒子也跟彩菜一樣，看著父母親的臉色在演戲，那我真是沒救了。」

「我想彩菜並不真的覺得無聊。」

是嗎。美雪看著腳邊。

「說點愉快的事吧，我買了新眼鏡呢。」

她從包包裡拿出眼鏡盒，戴上眼鏡。

「最近的眼鏡款式都好時髦喔。」

那是副黑框眼鏡，她一笑起來表情顯得溫柔又明豔。

「看起來好像幹練的祕書。」

「拿到眼鏡之後就覺得心情好了很多，我還到百貨公司去買了口紅，然後又想要新的腮紅，今天我兩種都擦了。」

「這個時候是不是該稱讚妳啊？我搞不太清楚。」

「沒關係，你的反應我大概知道。應該不太差吧。你喜歡的時候總是會害羞，把眼神瞥到一旁。」

是嗎？他問。「是啊。」美雪點點頭，道了謝。

「我也沒做什麼值得讓妳道謝的事。」

「最近連化妝的力氣都沒有，買了時髦的眼鏡之後，覺得精神稍微振作了點。不知道是不是我多心，我覺得丈夫也變溫柔了。」

「他跟博多那女孩還在繼續嗎？」

都無所謂了。美雪低下頭。

「對他來說那大概是最後一場戀愛吧。小健和亞亞……往後的人生或許再也遇不到能這樣一起裝傻的人了。想到這裡，我每次看到他就忍不住想掉眼淚。他現在變圓了，背和腰附近。」

「是變胖的意思嗎？」

「肉鬆垮垮的。外表看起來再年輕，從背影也看得出年紀。看到他那個樣子讓人忍不住心酸。雖然覺得悲哀……但是只要他願意當兒子的好爸爸，那就夠了。」

大家都是怎麼辦到的呢？美雪仰望著杉樹林。

小徑後方吹來的風，輕輕擾動她額前的髮絲。

「我最近經常想，大家都是怎麼面對自己的年齡呢？年輕時的朋友和前輩們，不知道是怎麼想的。」

「每個人的人生觀和環境都跟以前不一樣了，現在見了面也不見得聊得來。」

高宮學長。他聽到美雪這樣叫他。

「高宮學長就沒有變。」

「我變了。妳這樣叫我，我很不習慣。」

「跟我當時喜歡的你還是一樣，不管是聲音、溫柔的手，還是寬大的肩膀。」

所以。美雪停下了腳步。

「我希望你再碰碰我。」

「碰碰妳？」

他轉過身，這條路一直延伸到樹林的另一端，而曾經數次出現在夢中的人，就站在這路上。

我想摸你。美雪閉上眼睛，然後又慢慢睜開。

「我訂了剛剛的房間，我想跟你一起待到早上。」

如果繼續這樣下去……。那淡紅色的嘴唇動了動。

「走到人生的盡頭我一定會後悔。我希望你再碰我，為了忘記這一切，我希望你再抱我一次。」

「很少有男人聽了女人這麼說，馬上一口答應的吧？」

美雪低下頭，將鬆脱的頭髮撩到耳後。利一在這砂石小徑上往回走了一步，彎身在美雪的耳邊輕聲說：

「妳有那個膽量放棄一切嗎？」

「一切？」

「妳放得下孩子嗎？他可是不會認我的。孩子已經夠大了，不會去認一個搶走自己母親的人。妳能一個人回來嗎？」

妳到底想忘記什麼？說了之後他才發現自己的聲音有點兒。

「沒那個膽量拋棄一切就別開口。妳根本沒有勇氣拋棄任何東西。」

「如果我說我有呢？」

美雪眼神堅毅地看著他。

「如果我說我這次再也不離開你呢？你有那個膽量接納我嗎？如果我說我要帶著兒子回來，在這裡跟我爸一起生活，你能接納我嗎？」

我不會給你帶來負擔。美雪很快地說。

「你一點負擔都沒有。我只是想要回我失去的東西……怜司和彩菜。雖然我沒辦法彌補他們，我知道我們之間的鴻溝怎麼樣也補不起來，但是我還想再……」

不過我知道。美雪臉上掛著淡淡微笑。

「你身邊已經有好對象了。那個年輕又漂亮的女孩。倒是你，你有那個膽量放棄嗎？」

「我們分手了。」

利一開始往回走，背後輕輕的腳步聲追了上來。

「你剛剛說什麼？」

「我跟她分手了。」

「為什麼？因為我？」

美雪從後面輕輕抓住他的手，抬頭看著利一。看到她的臉，利一忍不住脫口說出：「因為我害怕。」

「她太愛我……一想到萬一我有個三長兩短，她一定會不顧一切地犧牲奉獻，就讓我覺得害怕。我的人生已經走入尾聲，就算我想給她什麼，也給不起。」

「她想要什麼？」

什麼都不要。回答之後，他想起志穗顫抖的聲音。

「她說只想留在我人生的縫隙裡。為什麼要對我這種人執著到這個地步？我怎麼能把她放在縫隙裡？她應該是個在別人的人生正中央，有子孫環繞膝前、幸福微笑的人。」

你真笨。美雪鬆開抓住他的手。

「如果她現在生病或是有了麻煩，你也一定會毫不猶豫地為她付出吧。你說她太愛你？不，正好相反，是因為你太愛她，所以才害怕。」

「妳在說什麼？」

「因為你害怕被丟下，所以這一次乾脆自己先拋棄對方。」

「所以我是被妳拋棄的嗎？」

沒錯。美雪看著腳邊。

「我拋棄了家人逃走，我是個可惡的女人。」

接著美雪沒再說話，兩人回到旅館前。

他們走到停車場，利一開口：「回去吧。」

美雪什麼都沒說，進了旅館。

他把美雪留在旅館回到美越，怜司剛好開車回來。兩人都還沒吃飯，正在討論要不要出去買便當時，玄關的門鈴響起。

打開門，身穿短風衣的小個子男人站在門口，那半長不短的大衣讓他身材看起來更嬌小。是大島雅也，彩菜的男友。

他露出和善的笑容，周到有禮地問候過後，說想見彩菜。

「她沒回來啊。」

是嗎？雅也瞪大了他的圓眼睛，這麼一來看起來年紀就更小了。

「真奇怪，今天放假，本來晚上約好跟我父母親一起吃飯，但是她突然說身體不適取消了，要回美越，所以我才……」

看他那個樣子應該是懷疑彩菜有所隱瞞吧，利一伸手指向屋後。

「她還沒回來。方便的話進來坐坐吧。」

那、那就不用了，雅也低下頭。

「請別介意。我本來以為她還在介意上次的事呢。」

「上次的事？你是指什麼事？」

站著說話也不是辦法，利一勸他進屋，這時聽到了怜司的腳步聲。

怜司。利一叫道。「什麼？」

「彩菜有跟你聯絡嗎？」

「沒有。」

「泡個茶吧。」

「我嗎？」

「不用不用，真的不用麻煩。不過請等一下。」

說著，雅也到門外拿了一個深藍色的大袋子回來。那是個用拉鍊開關的箱型軟袋，像是裝樂器的那種袋子。

他打開袋口，原來裝的是和服和草履。

「這是我堂妹的振袖[16]，不介意的話就請彩菜拿去吧。該有的裡面都有。要是不喜歡也有其他款式，不過先看看這些吧，這是我堂妹最推薦的。」

利一問，到底是什麼事。「茶來了。」怜司剛好走來。他右手拿著托盤，左腋夾著兩個座墊。

「爸，座墊。受涼容易長痔瘡的，你也請吧。」

雅也接過座墊。茶就不用了。他看看振袖。

「潑到和服就麻煩了。」

是嗎。怜司拿著托盤又走了回去。

雅也坐在玄關門口高出一階的木板地上，開始解釋來龍去脈。原來雅也的母親邀請彩菜去參加茶會。

「我母親說，方便的話希望她穿和服來。」

「是什麼茶會？」

「您是指是公開的還是私人的嗎？」

私人？他反問，這時才想到，雅也說的茶會應該是指茶道的茶席。

「如果是茶席，我們家這孩子應該不太懂規矩。」

「她也是這麼說的，還說沒有適合的和服。其實規矩什麼的都無所謂，反正只有自己人參加。我母親說不用想得太複雜，就穿成人式時的振袖就可以了。不過彩菜說她也沒有。」

利一夾雜著嘆息回了一聲：「是啊。」雅也開心地笑了。

「我母親說，這樣未免太可憐了，所以從堂妹那裡借來這些。」

「什麼？太可憐？」

啊、不是啦，雅也急忙揮揮手。

「彩菜說當時沒買和服，不過出國旅行了一趟。但是我母親說：『旅行怎麼能代替振袖呢！』人不管到幾歲都能出國旅行，但是振袖只有現在才能穿。她說這種和服結婚以後就不能穿了。」

利一想起以前他替沒能去東京上大學的彩菜買車的事。

他很後悔，車子畢竟不能代替大學，看來振袖似乎也是一樣的道理。

有些事父親是不會懂的。他想起雅也母親說這句話時的表情。

「不穿和服不行嗎？」

這個嘛……雅也偏著頭。

「我也不太清楚。不過我只是單純想看彩菜穿振袖的樣子。難道您不想看嗎？」

---

16 和服種類中未婚女性穿著的正式禮服，袖幅較寬。

「那就結婚時穿啊？」

後面傳來聲音，怜司走了出來。他聲音很粗魯，很少聽到他這樣說話。

「而且你們真的要結婚嗎？」

「這我也想知道，伯父，您說呢？」

我怎麼知道！說著說著，利一開始有點生氣。

「你們的事你們自己決定，反而是我想問，你們到底怎麼了？」

唉，這就說來話長了啦。雅也一副彼此已經很親暱的語氣，看著利一。

「拖拖拉拉的一點進展都沒有，她最近訊息回得很慢，而且動不動就說活動很忙，經常放我鴿子。那種事說穿了只是好玩而已吧？也不知道將來的事她怎麼想的……就拿今天來說好了，本來是打算去看看婚禮會場，跟我父母商量細節的。」

也不用跟我們商量一聲嗎？怜司冰冷地說道。

「哥，你怎麼跟小姑一樣。」

雅也對靠在牆壁上的怜司微笑著。對不起。雅也又低下頭連忙道歉。

「真是的，哥哥你的眼神跟彩菜看起來實在太像，害我忍不住想道歉。」

那笑起來有些羞赧的表情看起來一點心機都沒有。生長在各方面都寬裕的家庭裡，原來可以這樣笑啊。

「我女兒……說她要回家嗎？」

「她訊息上是這麼寫的，不過在那之後完全沒跟我聯絡。也不知道去哪裡了。」

可能去醫院吧。怜司說。「醫院應該關門了啦。」雅也回道。

我外公的醫院。怜司雙臂交抱，沒好氣地看著雅也。

「不知道她哪裡不舒服，但是她說過要去看醫生，可能順便去看外公了吧。」

喔。雅也點點頭。

「這倒有可能。」

「先上來吧。晚飯呢？要不要叫點東西來吃。」

不、不用了。雅也站起來。

「明天一早還要工作，我先回去了。要是彩菜來了請把這個給她看。」

輕輕鞠了個躬，雅也離開了家門，還輕聲嘟囔著：「為什麼不接我電話呢……」

小心點。怜司走下來，鎖上玄關的門。

「因為她不想理你啊。」

這句話讓他想起志穗。

他明明不討厭志穗。

也從來不覺得她帶給自己壓力。

「怎麼了，爸？」

「沒什麼……整理一下東西而已。」

關上裝著振袖的袋子拉鍊，他聽到怜司遲疑地開口。

「爸、那個……說到電話……志穗小姐她……」

怜司。他打斷兒子，不知從哪裡的隙縫吹來一陣風。

「這不關你的事。」

對不起。怜司輕聲道歉。

「幹嘛道歉？」

這時傳來一陣開鎖的聲音，拉門靜靜打開。轉過頭去，彩菜壓低了帽子，臉上戴著太陽眼鏡和口罩走進家門。

這麼不巧。怜司說。

「妳男朋友來過了，剛剛才走。」

我知道。彩菜低著頭。

「我看到他的車停在家門前。」

「那妳怎麼不快進來，幹嘛這副打扮，自以為是明星喔？害我跟爸還得聽那傢伙抱怨，真受不了。」

對不起。說著，彩菜拿下帽子，頭又垂得更低。

利一正要問她怎麼了，話還沒出口，不禁倒吸了一口氣。

拿下太陽眼鏡和口罩之後，彩菜臉上布滿像蟲咬的紅腫痕跡。

這疹子好像是蕁麻疹，她去看過醫生，但醫生說找不出原因。

不過聽說她跟繪里花和沙智子一起住的房子正在改裝，醫生說，也有可能是塵埃的影響，所以她才暫時回美越來。

如果真是這樣，自己那時候確實說得過分了。

結束開往東京的工作，時間剛過中午，利一搭上往志穗家方向的電車。

他坐在座位上，膝上放著裝有志穗漆盒的紙袋，他回想起兩天前的事。

那天夜裡，彩菜一直很在意自己臉上的疹子，始終低著頭，利一讓她看了雅也帶來的和服。

彩菜嘆了一口氣說，明明拒絕過一次，對方還是硬要拿來。

「我不知道為什麼我非得去參加那種會不可。但是他們擅自決定如果以後結婚，我就得去學茶道什麼的。我不想為了去哪種地方，還特地跟別人借和服。」

如果和服是她不想去的原因之一，利一覺得這問題應該好解決。

雖然不是振袖，但是美雪曾經給他幾件和服，說是可以當彩菜的嫁妝。

她特意替彩菜帶來的那些和服，有淡淡的粉紅色也有嫩綠色，感覺很適合那種華麗的場合。

於是利一從美雪給他的和服裡，挑出顏色較鮮豔的攤開放在榻榻米上。

彩菜拿起那假縫線都還在的和服，面露訝異。但是一聽到是美雪的，又馬上放開：「我不要。」

「這些東西我是不太懂啦，但如果妳不喜歡可以拿去改造一下啊。」

怜司伸手去拿那件粉紅色和服。

「像這件就很漂亮啊。修改成妳們活動能穿的服裝怎麼樣？然後穿著改裝完的衣服去參加茶會？對方一定會很驚訝吧。」

彩菜再次伸手去拿和服，確認縫線。

妳那個是壓力造成的。怜司說。

「要好好去想發作的理由，不要都推給塵埃。我以前也長在臉上過。」

馬上就好了嗎？彩菜問。「大概過了兩天吧。」怜司又拿起其他和服。

「我本來以為是蟲咬的，在家裡放了幾次水煙，最後才發現根本不是蟲。」

那是什麼？彩菜把和服翻了過來。

「我不是說了嗎，是壓力。一離開公司就好了，不斷根是沒用的。妳要不要想想看為什麼會發疹子？什麼時候發的？」

今天早上。彩菜無力地回答。

「應該是遇到了很不愉快的事吧。我猜，可能是不想跟妳男朋友他媽媽一起吃飯？」

「或者是妳自己的父母親？」

彩菜抬起頭。利一帶著這種想法看她臉上發紅的疹子，覺得那就好似無法訴諸言語的情感在臉上迸發一樣。

「妳說今天早上才開始發疹，其實就是這麼回事吧。妳就這麼不想跟妳媽一起去調查旅行路線嗎？」

不知道。彩菜鬆開了和服。利一靜靜把和服拿過來，摺好放進疊紙裡。

「妳不要隨便對這些衣服動刀。」

「你怎麼這樣說？」

「這是妳外婆為了妳媽做的和服。如果妳不要就還給人家，對妳媽來說，這些東西都充滿了跟妳外婆之間的回憶。不要因為自己不喜歡，就把東西弄得亂七八糟的。」

「亂七八糟？爸，你是這樣看待我做的東西嗎？」

「我們不是在討論這個，不要轉移話題。妳就這麼討厭嗎？」

彩菜輕輕別過臉。

「妳就這麼討厭？無法原諒自己的母親到長蕁麻疹的地步？」

夠了。利一站起來，覺得豁出去了。

「妳不用勉強。不需要跟我們一起去旅行。需要訂作和服就去訂作，錢我會出。但是我再也不想聽到妳故作親切迂迴地說那些挖苦的話了。」

爸。彩菜皺著臉，怜司的眼睛裡含著怒氣。

「爸！你這樣說太過分了。她現在情緒不穩定，你幹嘛這樣說話。看著她這張臉，你怎麼說得出來？」

之後彩菜離開了家，從那之後，怜司對利一的態度就很冷淡。

他出神地想著這些，耳裡傳來車內的廣播，這才發現該下車的車站到了，他看看放在膝上的行李。

秋意漸濃，一年也來到了尾聲。這漆盒總不能老放在手邊，他決定還給志穗。其實都仔細地包裝好了，打算用宅急便寄回去，但是寄出之前他又反悔，還是決定親自送來。

他不打算進店裡。本來想順便放些志穗喜歡的東西在裡面，不過後來也打消了主意。

居古井有個後門，他想放在後門不會淋到雨的地方。來送貨的人通常都把東西放在那裡，志穗一定會看見。

下了電車，走在那條熟悉的路上。愈是接近，腳步就愈來愈快。

穿過那條大馬路，那扇朱紅色門扉映入眼簾。

門中間貼著一張大大的告示。

他急忙繞到後門仰望二樓。房子的窗簾已經拆下，從敞開的窗口可以直接看見天花板。

利一抱著漆盒，再次看向那扇朱紅色的門。

志穗的店正在求售。

❖

在新瀉美越這個地方經營 Kitchen Café 這家店，已經有十二年了。在那之前，她也在附近小鎮經營同名的咖啡酒吧，加起來總共將近有二十年的時間。

這間店下個月就要關門，她寄了結束營業的通知給所有知道住址的人，之後接到兩位東京朋友的電話。

走出東京新宿車站南口，池上明江停下腳步。外面下著小雨。

她打開摺疊傘，從包包裡取出一條手巾。用手巾蓋住裝了禮物的紙袋避免淋濕，然後沿著長長的階梯走上街道。

捎來聯絡的其中一個人，就是送自己這條手巾的女性，她經營著一間有機食材的家庭餐館。兩人是在京都的藥膳研討會上認識的，交換名片之後，對方微笑著說：「您的店在美越啊。」聽說她有朋友在美越。

另一位就是待會要見面的音樂人，江崎大輔。

江崎以前是風靡一時的樂團主唱，從他出道起明江就是粉絲。現在他雖然遠離了以往絢爛的舞台生活，不過在全國各地依然有一群忠實粉絲，除了在音樂專門學校當講師以外，他還持續到咖啡廳、社區活動中心演唱，偶爾也被邀請到大眾澡堂等地方去辦活動。

自己的咖啡廳也是他的現場演唱會場之一。

江崎看了結束營業的通知後打電話來，劈頭就問：是哪裡出了問題嗎？她回答：有問題的應該是頭跟臉吧。「別胡鬧了。」江崎嚴肅地說。

「那我就認真地回答你，江崎先生，這就是所謂的『個人生涯規劃』。」

個人生涯規劃？江崎反問，難道要結婚了嗎？

「結婚倒沒有，不過應該會一起住吧。」

「跟誰？」

「跟年輕帥哥啊。」

「在哪裡？」

在大阪。她回答。電話那頭傳來嘆息聲。

「妳沒有被騙吧？老闆娘？那美越的房子怎麼辦？」

「沒怎麼辦，住的地方跟店都是租的，解除租約而已。」

是嗎？江崎很訝異。

「看妳改裝得那麼徹底，還以為那是妳自己的房子呢。」

「他們當初說這是老房子，可以隨我改裝，不過現在房東已經是第二代，他想把那房子拆了改建公寓。我總有一天得離開，只是時間稍微提早而已。」

看來每個人的人生都有不同的問題。江崎的口氣透露出些許寂寥。

她在電話裡告訴江崎，趁著結束營業有東西要送他，本來打算寄過去，不過如果方便的話，希望能當面交給他。

江崎回答，只要明江提幾個時間，他會盡量空出來。

期待已久的這一天終於來了。江崎指定的見面地點就在眼前。

她收起傘，走進大樓屋簷下，再把紙袋上的手巾疊好。

手巾邊緣寫著那間店的名字，她看著那幾個字。

捎來聯絡的她早自己一步把店給關了。

聽說她已經煩惱很久，終於決定在迎接第十五周年時告一個段落。聽著對方虛弱無力的語調，她問：是不是身體不太好？對方說，大約兩星期前二樓的住處開始往一樓漏水，整間店面的裝潢和電力系統都受到影響。結果店就這樣關門了，正確說來，並沒有撐到十五周年那一天。

在研討會上，除了藥膳之外，她對於香草和民間傳承的健康飲食知識也很豐富，在參加者中顯得格外出色。但是等到研討會結束大家一起去喝酒時，她說起最近生意愈來愈糟，讓她很煩惱。

告一段落的意思是要改變型態重新再開始嗎？

聽了之後，對方只是曖昧地笑著，並沒有正面回答。

放下話筒後，明江反省自己，剛剛那些話越界了。

一個女人要把費盡心血的店關起來，除了資金以外還有其他的理由。分手、結婚、離婚、懷孕、育兒、疾病、照護，往往是自己身上出現變化，或者是身邊的親人出現變化的時候。

這問題真的越界了。

江崎指定見面的是間播放著古典音樂、有著挑高天花板的店，地板鋪著淡綠色厚地毯。寬敞的店內顧客零零星星，她很快就發現了江崎。

他一身黑色夾克，脖子上隨意圍著一條銀灰色長圍巾。不過他的面前已經坐著一個客人。

一個長髮年輕女性坐在江崎面前，低垂著頭，看來就像在談分手一樣。

江崎發現了明江，對她招招手，那女孩也無力地轉過頭來。

看那女孩的表情實在太悲傷，明江做了個手勢，要江崎再打她手機。

江崎又招招手：「過來吧。」

「我是在這裡等老闆娘妳的。」

沒辦法，她只好走近桌邊，那女孩站起來準備要離開。

對不起。她聽到對方這麼說。走近一看，這女孩有一對晶亮的黑眼珠，臉上還有幾分少女的神態。

「是我自己硬要跑過來的，真的很抱歉，我知道老師另外有約。」

既然是江崎的學生，那應該對音樂也有興趣吧。

儘管跟江崎私交不錯，不過看到這種將來可能進入演藝圈的女孩叫他老師，再次覺得自己跟江崎果然活在不同世界裡。

桌上放著一塊還沒人動過的蛋糕，是塊放著大顆草莓的海綿蛋糕。

「我不急，蛋糕妳慢慢用。不如我去買包菸吧。」

「妳要去哪裡買菸啊，明江。」

好了好了，妳們兩個都坐下。江崎這麼說，她只好在女孩身邊坐下。

這女孩也是美越來的呢。江崎笑著。

「高宮啊，她也是美越人呢。妳知道嗎，她開了一間店叫 Kitchen Café。」

聽過名字。那個叫高宮的女孩對她點頭致意。

「對不起，我還沒去過。」

「唉呀，真可惜。下個月就要結束營業了。」

「就是啊，以後我的潤喉茶怎麼辦。」

「啊，帶來了帶來了。我說關店時要送你東西，就是這個。」

她把一個紙袋交給江崎，高宮瞪大了眼睛。

「老師的潤喉茶就是您做的嗎？」

「對了，上次的感冒茶妳也喝了吧。」

高宮對她深深低下頭。

「那個藥草茶真是幫了我大忙，多虧了那個茶，我才沒有染上夏季感冒。活動之前身體狀況都很好。可是老師很少讓我們喝。」

「廢話！那茶可寶貴了，我自己都捨不得大口大口喝啊。」

高宮笑了，江崎要她吃蛋糕。

「吃吧，高宮。這裡的蛋糕很好吃。還有，我再提醒妳一次，再也不要把『我們是業餘的，這只是興趣、只是玩票而已』這些話拿來當藉口。」

高宮正想說話，江崎作勢打斷了她。

「我知道妳很少這麼說，沙智子和繪里花也是，妳們幾個都不會。但是身邊的人就像在看熱鬧一樣。我聽過好幾次，說這種活動只是自己搞好玩的。但這種話千萬不能從自己嘴裡說出來。妳動員了這麼多客人，如果還帶著這種輕率的態度，總有一天可能會傷害到客人。這次的事還來得及防範於未然，但是妳們的遊戲時間已經結束了。」

江崎的聲音既強韌又溫柔，他聲音的音域很寬。站在舞台上，他能夠自由自在地運用不同聲音，讓整個場子或狂熱，或沉靜，輕輕鬆鬆地控制幾百人幾千人的心。

當他用這聲音表達怒氣時，明明跟自己無關，明江的心裡也不覺抱歉了起來。

高宮把手放在膝上，低垂著頭。看她這沮喪的樣子實在讓人不忍。

真拿妳沒辦法。江崎翹著腳，試圖安撫她。他很適合穿這種緊身黑皮褲。

「高宮啊，妳有沒有想過要摘下天上的星星？」

高宮輕輕點點頭。

「小時候吧，曾經想要摘下星星裝在自己的髮夾上。」

「有志氣。那妳知道星星有兩種嗎？」

哪兩種？高宮抬起頭。

「有一種是像太陽一樣拚命燃燒自己的星星，另一種是像月亮一樣，反射其他光芒的星星。月亮看起來雖然比其他星星大又明亮，其實只不過是顆大石頭而已。」

我要說的是——江崎把雙腳放好，向前探出身子。

「妳聽好了，接下來我要講的只是比喻。有一個人他很想抓住星星，他拚命爬上梯子，終於來到一伸手就能抓到星星的位置。那星星在眼前看起來真漂亮，讓人真想抓住。對吧？」

高宮點點頭。

「他將手離開梯子，用力往前一伸，終於抓住那顆閃亮的星星，整個身體吊在半空中晃呀晃的。沒想到那竟然是顆石頭。既然是石頭，拿在手裡當然不會發光。」

怎麼會這樣！明江故意做出誇張的表情，江崎笑了。

「一定會很沮喪吧，事到如今也無法回頭了。但是假如運氣好，抓住真正的星星、會自己燃燒的星星，就等於抓住了光輝閃耀的明星。這可不得了。整個世界都會為之一變。」

但是燃燒的星星既耀眼又灼熱。江崎垂下了眼。

「雖然讓人興奮雀躍得要死，但是自己也會被灼傷。如果一個人不夠堅強，不用多久就會燃燒殆盡。假如像自由女神那樣夠堅強，就能一直堅持下去。」

也就是說。江崎交纏著雙臂。

「抓住石頭是地獄，抓住燃燒的星星也是地獄。說到頭來，最安全最快樂的就是仰望星星的時候。其實那就是我自己最開心的時光……」

江崎露出懷念的表情。

「國中時在朋友家倉庫搞樂團，那時候真的很開心。大家說，總有一天要到東京征服天下，可是那時候的朋友一個也不在了。大家都爭著要搶那星星，最後彼此衝突、燃燒殆盡。最大的原因就是出在金錢分配跟實力差距上。」

你後悔嗎？高宮問。

「不後悔。不過我不知道其他人怎麼想。」

好。江崎高聲說。

「現在妳們已經來到能抓住星星的位置了，但是接下來妳們抓住的會是石頭，還是星星？沒有人知道。就算抓住的是星星，也不知道妳承受不承受得了。要怎麼辦？要走下梯子，享受仰望星星的快樂就好嗎？還是咬緊牙關，拿出專業精神，試著去摘那顆星星？」

「我們……」

高宮再次低下頭來。

想清楚吧。江崎喝著咖啡，促狹地笑了。

「話説，妳們怎麼不一次來呢，金剛……繪里花和沙智子也都單獨來找過我。」

「大家都來找老師了嗎？」

來了。江崎點點頭。

「每個人都愁眉苦臉地跟我説同樣的話。剛剛跟妳説的事，我也告訴她們了。想抬頭看星星，還是要去摘星。」

「那……她們是怎麼回答的？」

不、不用了。高宮話一出口，又很快搖搖頭。

「我自己去問。」

江崎微笑著。看著他眼角擠出的溫柔皺紋，明江心想，這個人搞不好是很出色的老師呢。

高宮吃完蛋糕離開後，江崎重新坐好，將身子向前探。

「那我們也來吃飯吧……還是去喝酒？妳今天晚上住哪裡？」

「其實我要搭晚上的巴士回去，最好不要喝太多。」

今天就回去？江崎往後躺在椅子裡。

「怎麼像灰姑娘一樣呢，妳説要關店？要跟人　起住？跟誰？那個年輕帥哥今年幾歲？」

五歲。她回答道，江崎笑了。

「原來是妳孫子啊。這個年紀以後是不是帥哥還很難説呢。那為什麼在大阪呢？」

兩個月前，住大阪的兒子離婚了。

兒子在大阪開髮型沙龍，同為美容師的妻子也一起工作，不過她跟店裡的客人勾搭上，離家走了。

店裡只要再雇人，還有辦法經營，不過沒人能幫忙照顧五歲的孩子。

明江大概說明了經過。「也就是說……」江崎低聲說道：「『我老婆走了，現在沒人照顧孩子，媽，妳快來啊！』明江，妳要把店關了，去兒子那裡嗎？」

「其實我現在每個星期都會去一次，星期六關店之後就搭巴士到大阪，替小鬼和兒子做好星期天的早餐。星期一晚上再回美越，我今天也是從大阪搭新幹線來的。」

剛開始她利用店裡公休的日子到大阪去。不過孩子還小，照顧起來很花功夫，不知不覺中，關店到大阪的時間愈來愈多。

「我記得妳跟妳兒子處得不太好，不是嗎？」

「也稱不上不好，不過就是有點疏遠，彼此間客客氣氣像外人一樣。」

「這樣還不叫關係不好嗎？」

是嗎？她點點頭，才發現自己不想承認這一點。

「以前也發生了不少事……不過……應該全都是我的錯吧……」

而兒子第一次來拜託自己。

大阪是個好地方。江崎低聲說道。

「不過啊，妳放棄住了這麼久的地方到關西去。小孩雖然現在跟爸爸，但將來也有可能去找他媽吧？再說，要是妳兒子以後再婚怎麼辦？那時候就沒有妳的容身之處了。到時候怎麼辦？」

該怎麼辦呢？她自己也笑了。

其實她並不想放棄這間店，不管是地板、牆壁、或者菜單，全都是這十二年來親手一點一滴打造起來的寶物。

可是聽到兒子對自己說謝謝，年紀還小的孫子哭著對自己說不要走。

「該怎麼辦呢……？」

明江啊。江崎低沉地說道。

「要不要來我身邊？」

「什麼？」

「平常妳就去妳兒子那裡幫忙沒關係，反正我常旅行。不過妳兒子的店也有公休日吧？那時候妳就可以回東京，到我身邊來。他現在把妳當作母親，才會這樣任性要求，如果覺得妳是別人的老婆，就不會太勉強妳了。」

「江崎先生你在說什麼啊？」

「其實我現在說出口，自己也嚇了一跳。」

但是。江崎交叉著雙手。他的手指很長，手掌寬大。

「回頭想想我剛剛跟那孩子說的話，總有一天大家都會燃燒殆盡，不免一死。我……要是死了，希望由妳幫我送終。仔細想想，我們認識也挺久的呢。」

看到江崎的笑容，她想起十幾歲時的自己。那個站在最前排看這個人唱歌時忘情舞動的自己。

「剛剛我也跟高宮說了，從那個年代開始就認識我的人，除了妳以外現在已經沒幾個了。無論好壞，妳一直都無條件地支持我。我還會繼續努力，我希望妳能在我身邊看著我，直到最後。」

我說江崎先森啊。她故意這樣胡鬧地叫他。「怎麼?」江崎簡短地回應。

那聲音傳進身體深處，在子宮附近溫柔地迴盪。

原來他還有這種聲音啊。

「你是不是看上我的保險金，打算以後殺了我啊?」

妳在胡說什麼啊！江崎拉高了聲量。

「真是沒禮貌。保險金都給妳兒子，我手頭還沒那麼緊。」

對不起。她雙手合十。江崎一臉無奈。

「真的對不起啦，江崎先生。我實在太驚訝了，才會說出那種失禮的話。如果是三十年前聽到你剛剛那句話，我現在應該已經昏倒了吧。」

「但是現在的妳卻擔心保險金。唉，真的很傷人。」

一想到他剛剛那番話是認真的，就覺得心頭一陣苦澀。

「老實說，江崎先生。我已經是一身沒用的老骨頭了……最近膝蓋很痛，已經不能久站，身體老毛病一堆，當然都不是什麼要命的毛病……還有店裡也是，以前白天還能請人，現在已經沒那麼寬裕了。不管是體力上還是資金上，我都不可能再撐起那家店。」

江崎直盯著自己，這還是第一次在這麼近的距離接收他如此誠摯的視線。

江崎先生。一開口，眼淚就不斷流出來。

「我已經不行了。不能像以前那樣跳舞，就算跟你在一起，我也幫不了你什麼忙。」

明江啊。江崎看著咖啡杯。

「我要妳來我身邊，不是要妳來幫我忙的。」

她知道。

但是自己表現愛情的方法，就是為所愛的人盡一份力。

坐在前往新瀉的巴士裡，燈光已經調暗，明江閉上了眼睛。

江崎笑著說，深夜巴士自己常搭，不過送人還是第一遭。

明江不斷地回想，生怕忘了他的聲音和身影。

上巴士之前江崎說：剛剛在咖啡廳提的事，妳仔細想想。

光是這一句話，就讓她幸福到顫抖。不過答案她已經想好了。

一回神，才發現自己就在星星旁邊，伸手可及。

她真想伸手去抓，但是萬萬不可。

一碰到星星，平凡的自己就會瞬間燃燒殆盡。要是他為了不毀滅自己而減弱了火焰，那麼星星的光芒就會淡薄。

明江掀開窗簾，眺望夜空。

我想，我到死都會愛著你。

從你出單曲時，你就是我心愛的偶像，憧憬的搖滾之星。

不管你在哪裡，我都會不斷仰望——

所以，我只希望你能永遠燦爛閃耀。

第八章

十一月某個星期六下午，利一駕駛著廂型車，沿著彌彥山的天際之路慢慢往山下走。四周覆著一層白霧，只能看見眼前短短的距離。只知道正往山下開，但完全摸不清現在身在山中何處，彷彿在一場夢裡一樣。

如果真是夢就好了。

不過敬三從後座傳來的嘆息聲提醒了他，這並不是一場夢。說是嘆息，那更像是敬三使盡全身力量擠出來的哀嘆。爸。美雪忍不住終於開口。

「你哪裡不舒服？」

沒有。敬三回答。而這聲回答也夾雜著嘆息聲。

「那你到底是哪裡不高興？霧這麼大又不是誰的錯。不要故意這麼大聲呼吸。」

「我連呼吸的自由都沒有嗎？」

「為什麼要這樣說話呢？」

前座的怜司嘆了一口氣。利一也被傳染般吐了口氣，後方傳來一聲：「對不起。」

「沒有，是霧……我是對霧說的。」

起霧不是任何人的錯。怜司看著窗外說。

利一硬生生吞下快出口的嘆息，安靜地開著車。

今天早上跟怜司一起到租車店，借了能跟輪椅族一起搭的廂型車。

接著他們到萬代橋的新家和醫院分別接了美雪和敬三。

當時天色還明亮晴朗。不過在敬三常去的鰻魚店吃完飯後開始轉陰，車子開上彌彥山天際之路時，已經起了薄薄一層霧。

愈往山頂霧愈來愈濃。等終於開到山頂瞭望台時，別說山下的景色了，連眼前幾公尺都看不清楚。

看了這狀況敬三說他不想下車，美雪對他說，難得來一趟，不妨下來呼吸一下山頂的空氣。兩人因此起了小小爭執。

怜司過來打了圓場，打開車窗讓山頂的空氣進來。敬三馬上面露不悅地喊冷，於是一車的人就在這沉悶的氣氛中開往山下。

「搬到埼玉的養老院之前，想從高處看看自己住過的城市。」

為了成全敬三這個希望，大家才決定來彌彥山。但是卻因為這場霧什麼都看不見。如果可以，利一也很想大聲嘆氣。

霧的前方出現了一輛車。

副駕駛座上的怜司用力地踏著腳。

開進這條山路後，每當對面車道有車出現，怜司便會全身僵硬。利一也感染了他的緊張，比一個人開車時感覺更累。

霧中又有來車出現。

「怜司，你不要那麼緊張。」

「我沒有。」

「那你別在奇怪的時間踏腳，再怎麼踏你那裡也沒有煞車。」

我知道。怜司轉過頭。

那類似哀嘆的嘆息再次響起，利一也輕輕吐了口氣，又想起志穗。

到居古井歸還志穗的漆盒時，門上貼著用印表機列印出來的結束營業通知，還有一張不動產公司的出售告示。

那公式化不帶情感的文章看起來不像出於志穗之手，他心裡一陣不安，打了志穗的行動電話。結果聽到電話轉接到海外的語音，響起陌生的鈴聲。

她出遠門旅行了嗎？利一掛了電話，但是他又想到，說不定志穗在旅途中出了什麼事，隔了幾天他又聯絡了一次。這次電話一直在講話中，志穗也沒回電。

他自己也不懂到底為什麼要這麼做。

他告訴自己，想聯絡志穗只是出於擔心、不是依戀，但是這樣再三試圖聯絡，根本就是戀戀不捨的最好證據。

事到如今，他才發現自己有多依賴志穗的大方寬容。

以前他曾經聽志穗說過，擔心客人愈來愈少，還有居古井的客人不喜歡自己學的新菜色等煩惱。但是志穗的語氣聽起來總是那麼輕輕柔柔的，他從沒想過事情竟然會嚴重到她要把經營這麼多年的店結束掉。

不是的。他看著眼前的霧。

或許自己已經隱約知道，卻佯裝不知。

她出國是去了哪呢？

是一個人去嗎？還是……

爸。怜司叫他。接著又響起敬三的嘆息聲。

「爸，你幹嘛發呆？」

「我沒發呆。你幹嘛從剛剛開始就這麼緊張？」

「我……是第一次在霧裡面開車。」

「你想自己開嗎？」

「不是。我只是想告訴你我很害怕……外公！你不要再嘆氣了。」

怜司很少說話這麼不耐煩，美雪再次向他道歉。

他覺得車裡令人窒息，開了窗戶。敬三喊冷，只好又關上窗戶。

霧開始淡了一些，景色微微可見。

利一加快車速，前往山腳的溫泉旅館。不過這個時間來看紅葉的旅客不少，路上有點塞。

好不容易到了今晚住宿的地方，明明哪裡也沒逛，卻覺得疲累不堪。

大家不發一語，推著輪椅進了旅館，敬三轉過頭看看外面。

接著他又深深地吐了一口氣，輕喃道：「真是五里霧中啊。」

美雪預約的這間特別房非常寬敞，有放了兩張床的西式房間和五坪的和室，陽台附有小小的露天溫泉。

溫泉旁有棵楓樹，樹葉赤紅如火。

晚餐後，他問敬三想洗大浴場的露天溫泉還是房間的露天溫泉，敬三兩者都沒選，只說要在房間裡的浴室沖個澡就行了。敬三簡單沖了沖身體，很快就上床休息了。

大家也只好輪流泡了房間的露天溫泉，早早上床。可能大家都累了，或是覺得與其尷尬地面對面，還不如去睡。

利一鬱悶地喝了酒睡著，清晨時醒來。

他想起昨天晚上太累沒去大浴場，便拿著毛巾離開房間。

露天溫泉裡沒有其他人。他將身體泡在溫泉中，四周是天色未明的幽暗。

包圍在溫暖的泉水裡，這才發現自己身體有多麼僵硬。

他像敬三一樣深深嘆氣。

一邊吐氣他一邊心想，這趟旅行如果沒有彩菜所謂的「演技」，應該無法順利成行吧。

長久以來四散各地的家人突然聚在一起，不可能馬上縮短距離，反而只是再次確認到彼此之間有多麼疏遠。

他再次深深吐了口氣，發出那種類似哀嘆的聲音。

他慢慢伸展手臂，想起在志穗那個小房子裡的浴室時，也經常這麼做。

志穗說，她動過好幾次想改裝的念頭。

那時候志穗或許希望自己問她，想要一間什麼樣的店。事到如今，利一才想到要問她這個問題。

睡前的酒意大概還沒褪去，各種後悔在腦中浮現、又消失。

他試著放鬆全身的力氣，任由身體泡在熱水中。

在這片黑暗中閉上眼睛，他心想，人在母親胎內時是不是也是這種感覺？明明已經一大把年紀，但回頭想想，又發現自己還有許多不成熟的部分。

自己到底在做什麼。他從溫泉裡站了起來。

穿著浴衣離開溫泉，看到美雪坐在自動販賣機前的沙發上。

她手裡拿著杯裝日本酒，盯著行動電話。

利一覺得好像看了不該看的東西，不禁停下腳步。這時美雪抬起頭來，很不好意思地將酒杯放在腳邊。

「被你看到奇怪的樣子……真不好意思。去泡澡了嗎？」

「是啊，好像還有點醉。妳也喝日本酒啊。」

「你昨天不是也買了嗎。」

「我平常喝啤酒，昨天莫名想喝日本酒。」

「泡溫泉就是得搭日本酒啊。」

妳常喝嗎？美雪答道：「還好。」把空瓶丟進垃圾桶。

「別擔心。我只是聽說這附近的日本酒很好喝才試試味道而已。昨天吃飯的時候誰也沒喝不是嗎？要喝茶嗎？」

他點點頭，美雪從自動販賣機買了兩瓶烏龍茶。

她遞了一瓶過來，說道：「爸的事真的很抱歉。」

「也沒辦法，確實很少有這麼濃的霧。」

「但我還是覺得很抱歉……要不要坐一下？溫泉怎麼樣？」

坐在美雪身邊，他聞到一股淡淡花香。

「妳待會兒去泡泡看。現在天色還很暗，不過這裡的溫泉很不錯。」

「天亮之前的這段時間，大概是最黑的時候吧。」

沒錯。說完剛好看見美雪的行動電話。她好像正在看照片，手機上有孩子和男人的臉。

「東京家裡出了什麼事嗎？」

「對啊，有點事。那你呢？」

「也沒什麼特別的。總之希望今天霧能散掉。照片上是妳兒子嗎？」

對。她答道，把畫面關掉。

「我把這次旅行的事告訴我丈夫了。我說，要跟新潟的……家人一起去旅行。因為對我爸來講，能跟這群人一起旅行，應該是第一次、也是最後一次了。」

「他怎麼說？」

「他好一陣子沒說話。然後，他說這段時間會回東京陪兒子。」

美雪拿起行動電話。

「我兒子……他叫颯太，最近很少笑。但是昨天跟我丈夫待在家裡，聽說他們用鐵板做了炒麵。他寄了照片來，兒子笑得很開心，他說，下次他們兩個要做給我吃。」

美雪輕輕擦了擦眼角。

「我不知道自己在想什麼。看到兒子這樣的笑容，我真不想破壞掉。但是一想到他跟那個女人的訊息，我又無法原諒丈夫的笑臉。明明已經決定裝作沒看見，但我還是沒辦法徹底做到。可是一看到這種照片，又不想破壞現狀。」

我爸他……。美雪輕聲說道。

「他不想離開這個地方，所以才會一直嘆氣。為了我自己的生活強逼我爸犧牲，但是爸他還是想保護我。其實我的家庭早就已經毀了。」

「還沒有毀吧。」

「就快毀了……或者應該說，我已經毀了？」

不知道。美雪低下頭。

「我不知道自己到底想幹什麼。我覺得我的心碎了，裂成一塊一塊的。」

利一伸手去摸她放在沙發上的手，美雪將手縮了回去，利一繼續把手放著，一會兒，美雪冰冷的指尖怯生生地伸了過來。

利一沒說話，緊握住她的手。他想起二十歲的時候，自己也曾經像這樣在外套口袋裡替美雪暖手。

美雪哭了。

「現在是最黑暗的時候嗎？」

他沒回答，只是更用力地握著她的手。

黑暗夜空透著薄薄的藍，遠方傳來輕盈鳥囀。

太陽快出來了。

真是的。美雪輕聲笑了，擦了擦眼睛。

「每次回到這裡就變得很愛哭，我在東京可從不在人前掉眼淚的。」

她帶著幾分酒意，臉頰和嘴唇泛紅。低下頭時，那細瘦的脖子也染上一層朱紅。二十歲時的她很適合櫻花，不過現在更適合豔麗的紅葉。

分隔兩地生活的丈夫難道沒有發現？

美雪。利一叫了她的名字，那對水亮的眼睛仰頭看著他。

「要不要跟妳先生談談看？就像妳現在跟我說這些一樣，把心裡想的都老實地跟他坦白看看。」

望向窗外，外面已經是一片淡藍。

「太陽要昇起來了。現在沒那麼暗了，妳去曬曬朝陽吧。」

「你說去泡澡嗎？」

「等霧散了就能看到山裡的紅葉。我猜裡面應該也有準備，不過如果妳不介意，可以拿我的浴巾去用。」

「身上帶著酒味爸會擔心的。還是洗個澡醒醒酒吧。妳看，我現在還有點醉意……」

美雪微微笑了。

「你是擔心開車的事吧？真對不起。」

「如果不行反正還有怜司在。」

「那你等一下要做什麼？」

「我嗎？我要再回去睡一下。」

利一從沙發上站起來，美雪也跟著他起身，向他借了浴巾，往大浴場走去。

回到房間，沒看到怜司。

望向露天溫泉，看到敬三和怜司正並肩在楓樹下泡著腳。

利一將泡完足湯的敬三送回床上，又睡了一會兒，但醒來覺得頭有點痛。吃完早餐還是一樣，看來昨天的酒還沒有醒。

他只好把車鑰匙交給怜司，跟敬三一起等著美雪辦退房手續。

外面的霧還沒散。

敬三看著入口，說想到外面去走走。

「怜司也快開過來了吧。」

「我看他還要耽擱一陣，您繼續待在裡面吧，今天天氣還是很冷。」

不要緊。敬三說。

「既然他還要耽擱一陣我反而擔心。到外面去等吧。」

利一推著輪椅走出旅館大門。

一片白茫茫呢。敬三看著四周說道，接著他為昨天在山頂的態度道歉。

「也不只那件事，昨天一整天都讓你們操心了。」

「沒事的……看不見風景真是遺憾。」

那也沒辦法。敬三抬頭看著天空。

「那霧……真是可怕。讓人一步都不敢往前走。」

「霧嗎？」

「這話說出來太孩子氣，我昨天沒說出口……不過總覺得一離開車子，就會分不清楚上下左右，再也回不來。」

「大家都在，回得來的。」

不是這個問題。敬三輕笑了一聲。

「我最近，偶爾……會失去記憶。再怎麼努力回想也想不起來。腦子裡一片空白……什麼都記不得，只是一片空白。」

我很怕。敬三低下頭。

「我怕那些零星部分最後會串連起來，讓一切都變成白色。White out，五里霧中。那應該就是所謂失智的狀態吧。簡直就像眼前這片風景一樣。一想到這裡……」

敬三深深吐出一口氣。那不是嘆息，而是混雜著哀嘆和恐懼的聲音。

「我就害怕。」

要是霧能散去就好了。

但是那白色空間卻愈來愈靠近、愈來愈深濃。

所以。敬三雙手交握。

「我想趁現在向你道歉，趁我忘了一切之前。」

我的墓地……敬三繼續説道。利一一時沒聽懂，敬三回答，是將來安葬的墓。

「我家祖先的骨灰都奉納在菩提寺的納骨堂裡。我在東京連我太太的份買了個墓地，是公寓形式的墓塔。我離開之後美雪大概不會再回來這裡，最好能讓她掃墓方便點，所以我買了新的墓地。祖先可能會不高興吧，不過這一點由我來負責，讓他們別怪罪美雪和孫子們。」

謝謝你。敬三低下頭。

「為人父親總愛在女兒面前逞強。不想讓女兒看見自己沒出息的一面，希望盡量負起責任，但有時候往往事與願違。多虧了怜司，才讓我下定最後的決心。也都多虧了你這麼重情分。」

「因為怜司是你外孫……」

那孩子好像被誤會貪圖財產。敬三再次低下頭。

「我聽美雪說了。老實說，我能留下來的東西也不多，頂多夠付喪葬費吧。這一點我也跟加賀……就是美雪現在的家人說過了，我想他不會再有什麼奇怪的揣測。」

說到加賀。敬三提起他，好像在說陌生人一樣。

「他上次打過電話來。我搬到埼玉時他好像打算來接我。他跟颯太……美雪現在的家人。」

是嗎？利一看著這片霧。

「我現在真是不中用，不麻煩別人哪裡也去不了。」

利一啊。敬三叫道。他應了一聲，敬三笑了起來。

「為什麼我不能早一點……在大家四散分離之前好好帶領大家呢。連鳥都做得到的事，為什麼我就做不到呢？」

敬三百感交集地嘆了口氣：「真白哪。」

「放眼望去都是一片白茫茫。」

一個人影慢慢從玄關方向走來。

他本來要叫美雪，又改口叫美雪小姐，這時聽到對方叫著：「爸。」

在這裡。敬三答道。

對方循聲從霧裡走來。

不是美雪，是彩菜。那長髮披肩的樣子跟年輕時的美雪一模一樣。

彩菜走過來的腳步如此堅定，好像一路引領著霧走來一樣，她輕輕抱了抱外公。

「讓你久等了。」

敬三抬頭看著彩菜，兩行淚水慢慢沿著臉頰滑下。

「幹嘛啦，你這麼感動我會害羞的。外公，這叫Hug，在外國只是打招呼而已。」

不要這樣啦。彩菜笑著。

「我不在你就這麼寂寞嗎？」

敬三低下頭，擦掉眼淚。

「彩菜……妳跟妳外婆也很像，跟她年輕的時候一個樣子。」

是嗎？彩菜輕輕拍了拍外公的肩膀。

「那外婆應該也很適合魔法師的服裝囉？」

敬三擦掉眼淚笑了。然後又好像想起了什麼，臉上綻放出開心的笑容。

一對車燈從霧裡逐漸接近。廂型車小心翼翼地停在眼前。

「呦！」怜司下了車，輕輕戳了彩菜一下。彩菜難為情地笑了，問怜司是不是要開車。

「爸昨天晚上喝太多了，回程我來開。」

什麼！彩菜皺起了臉。

「這是什麼處罰遊戲嗎？要坐哥開的車還不如我自己來開。」

「老實說，我也不太想搭我自己開的車。」

彩菜從怜司手中接過鑰匙，伸手去開駕駛座車門。

美雪從霧中看到彩菜，停下了腳步。

早安。彩菜生硬地打了招呼，美雪也回了她一聲早，問道。

「這麼大的車妳會開嗎？」

我什麼都會。彩菜回答。

「小卡車我也搭過。剛剛也是在附近幹了活才過來的。快上車吧。」

利一先幫敬三上了車，然後自己坐在前座，彩菜俐落地調整座椅和照後鏡的位置。

爸。說著，彩菜發動引擎。

「什麼。」

「對不起喔。」

利一不知該怎麼回答，望向窗外。彩菜若無其事地靜靜發動了車子。

怜司在行駛的車內將一個小包交給敬三和美雪，說是這次旅行的紀念。

打開薄紙包裝，裡面包的是筷子。

他說是用上個月砍下的枇杷樹幹做的。好像是請幫彩菜工作時認識的木工師傅教他做的。

本來今天早上要挑一條跟昨天不一樣的路回去，不過彩菜提議再沿著來時路回到山頂。

霧漸漸散去，到達山頂時跟昨天截然不同，正好看見朝陽灑下。

利一走下車，幫忙猶豫的敬三坐上折疊輪椅。

遇到樓梯或者太窄的地方，大家從旁攙著、扶著，陪敬三一起走上瞭望台，眺望眼前的景色。

彩菜輕聲歡呼了起來。

染上紅黃色彩的山巒連接著平原，眼前是一片遼闊的田地，遠方的山若隱若現。風景在朝日之下映照著嫩綠色的微光。

背向平原則是遼闊的日本海。那片蔚藍大海的彼端能望見佐渡島。

走出展望台，彩菜指著寫有彌彥山幾個字的看板，說要拍張紀念照，她快步走過去。美雪也略顯猶豫地跟在後面。

利一慢慢推著敬三的輪椅，跟在後面。

敬三從放在膝上的包裡拿出筷子，對走在身邊的怜司道謝。

「那棵枇杷樹……是你媽出生那年種的。」

跟媽一樣年紀呢。怜司看著筷子。

「不知不覺都長這麼大了。不過那棵樹的葉子那麼茂盛，不知為什麼，就是不結果。有時候結了小小的果實，也馬上就掉下來。都是我沒照顧好。就像是……」

敬三的眼神追著美雪的身影。

「我本來很捨不得砍掉這棵樹……」

彩菜轉回頭，停下腳步，美雪站在她身邊。她們兩人繼續這樣並肩走到看板前，轉過身來。

啊啊。敬三嘆道。

「利一啊，我們倆的女兒還真漂亮呢。」

那兒子呢？怜司笑著。

「你也過去，去站在她們身邊。那我就會在心裡好好稱讚你。」

「讚美的話我比較想直接聽啊。」

你聽我心裡的聲音就可以了。敬三說道，怜司笑著跑到彩菜身邊。

「利一，你也去吧。我留在這裡。」

敬三從包裡拿出一個小相機。

「我想替你們拍照。」

「那一起拍吧……請別人幫忙。」

「我想親手拍。」

敬三拿好相機，接著說：「這是底片機。」

「我要用自己的眼睛好好看著，烙印在眼底。」

利一聽他的話，放下輪椅站在美雪身邊。

不小心輕觸到美雪的手，那隻手正在顫抖。在遠處一個人拿著相機的敬三，看起來好像已經是另外一個世界的人。

按下快門後他走回敬三身邊，說這次輪到自己來拍，敬三卻拿出行動電話交給他。

「這次用數位的，請別人幫忙吧。」

他找來在附近拍攝風景的年輕人替他們拍照，所有人並肩站好。

這樣可以嗎？利一和敬三一起檢查著年輕人拍下的畫面。五個大人當中坐在輪椅上笑著的敬三，就像是扇子的扇釘一樣。

到彌彥旅行的隔週，敬三在十一月底搬到埼玉的養老院。

他決定賣掉萬代橋附近的新家，十二月初，美雪過來整理剩下的東西。

敬三傳了訊息拜託怜司幫忙，他星期六晚上就去了，不過星期天傍晚之後好像有其他事。怜司要利一來換手，於是他前往敬三的房子。

來到十二樓的房中，裡面空蕩蕩的，什麼都沒有，陽台的落地窗也開著。

美雪說早上有個像格鬥家的女孩來幫怜司，接著兩人以驚人的速度很快收拾好房間。原本預計明天搭新幹線回去，不過現在決定今晚就回東京。

要走了嗎。說著，利一看著敞開的窗。

「不冷嗎？」

「我想看看外面，這應該是最後一次了吧。」

兩人走到陽台上，萬代橋的街燈才剛亮起。

約在橋上見面好像是昨天的事。美雪輕聲說道。

「雖然很想見你，但是又害怕。我走到橋附近，從長凳那裡看著你……約定的時間已經過了，明明可以走了，但你卻還在等，我這才鼓起勇氣過了橋。」

多虧妳過了橋。說著，美雪輕聲笑了。

「你有沒有……想起過我？」

「我經常做夢。」

做夢？美雪看著橋問道。

「現在也偶爾會夢到妳在哭。」

我在哭？美雪噗哧一笑。

「二十多歲的時候，因為一些小事吵架，妳在西早稻田的公寓裡哭。在家裡妳穿著我的毛衣……擦眼淚時因為袖子太長，動作變得很奇怪。」

「有這回事嗎？」

有。他點點頭，突然覺得胸口一陣酸楚。

「看到妳那個樣子，就覺得不能讓妳哭，不能這樣下去，不能把妳交給其他人……所以我才跟妳結了婚，但是一回頭，我們卻以最糟糕的方式分手了。」

夢中的她，夢中的女人。

他輕輕伸出手，從身後抱住美雪，覺得心裡的失落好像被填滿了。

美雪的手也疊在環繞腰間那雙手上。

「這幾個月，我一直都像做夢一樣。只要想辦法咬牙撐過兩個星期，巴士就會載我走出黑暗。穿過漫長的隧道，就可以看到你。你的笑容還是跟以前一樣，上了年紀之後變得更溫柔。以前看不見的，現在全都看得一清二楚。為什麼……不能更早發現呢？」

我每次都想。美雪輕聲地說。

「我們為什麼會分手？為什麼會離婚呢……？為什麼事到如今還被你深深吸引呢……我分析過了。」

「別分析了。」

「我會被你吸引，是因為青春的殘影。對我來說，你就是我的青春時代。你象徵著我失去的年輕時光。所以我才會被你吸引。這不是愛情，是憐惜。」

「妳不要再分析了。」

「我就好像在追求已經消失的青春一樣。這不是愛。」

無所謂。利一吻上她的脖子，手中的美雪漸漸鬆軟無力。

「這是什麼，都無所謂。」

他不給美雪回話的時間，抵住了她的唇，遠方行駛在橋上的車聲，像海浪一樣，一波波打了上來。

「我希望妳到人生的盡頭都能帶著這份記憶，但是繼續這樣下去，我們哪裡也去不了。」

他問美雪打算住在哪裡，那纖細的手指指向河對岸的飯店。

要不要過橋？他的唇緊貼在美雪耳邊，懷中的美雪動了動。

「跟我一起。」

不願意也沒關係。他小聲地說。

「帶我走。」那雙手環上了他的背。

她的手那麼冰冷，但身體卻馬上火熱了起來。嘴上說著冰冷的話，相疊的唇卻是如此熱情。在黑暗中彼此擁抱，雖然看不見歲月的變化，但體力或許確實有了改變。

好溫暖。美雪的臉頰在胸前磨蹭著。

「光是這樣，就讓人想掉眼淚。」

兩個小時前，利一和美雪纏纏絆絆地進了她入住的房間。接著兩人激情相擁，不過在途中他心生遲疑，剛剛的衝動再也回不來。

抱歉。他說著離開了她的身體，美雪雙手摀著自己的臉。

「最近老是這樣……」

不是妳的問題。他這麼說，美雪慢慢將手放下。

「很多事都力不從心了。」

不要緊。美雪輕聲說。

「這樣說不定對我們都好……」

但是。美雪閉上眼睛。

「如果你願意，我想就這樣保持這個樣子。」

接著他們有好一陣子緊緊依偎著，感受彼此的體溫。

美雪悄聲說，已經好久沒有感受過別人的溫暖了。

「我也半斤八兩。」

也對。美雪小聲呢喃著。

「或許大家都一樣吧。」

從床上半撐起身，看著窗外，外面正飄起了小雪。

下雪了。他指向外面，美雪也稍微撐起身子。

她小聲說。

「上次我搭新幹線，往窗外一看，有條平行的高速公路。」

「是啊。」

「我看見白鳥交通的巴士在雪裡開著，看了一會兒之後，我心想，巴士是靠人的手腳來跨越白雪的呢。電車有軌道，飛機還有自動駕駛系統，但是巴士不一樣。人要用自己的頭腦去判斷、活動手腳，才能行駛那麼長的距離。」

附近一片雪白，美雪仰望著窗戶。

「後來雪愈下愈大，四周白茫茫的一片。但是巴士還是繼續開著。我一想到你就是這樣慢慢把孩子們帶大的，我就……」

美雪垂下肩膀。

「別哭啊。」

這個人在不同的地方，也活過了同樣分量的歲月。

孤零零的一個人。

「那天夜裡，我把孩子們丟下的那一天……你出去工作，你媽也出門了。怜司和彩菜正在睡覺。我……跟你媽大吵了一架，我趴在桌上不小心睡著，做了惡夢，後來被我自己的聲音驚醒。我不斷地叫喊求援。」

妳叫什麼？他問道。「媽媽。」美雪回答。

「我叫了好幾次，媽、媽。我心想，這種時候你已經不是我求救的對象了……一想到這裡，我就下定決心要離開這個地方，重新來過。我本來想帶孩子們離開，但沒有成功。回到娘家被我爸罵，連家門都不讓我進去。大半夜的，他開車把我送回美越。所謂走投無路，就是在說當時的我吧……」

抱著我。美雪輕聲說著，利一從背後緊抱著她。

我一直希望有人能緊緊抱著我。美雪繼續說道。

「我希望有個地方讓我好好安心睡一覺。可是我始終都是一個人……好不容易遇到我現在的丈夫，我心想，這次終於可以實現心願。不過還是跟以前一樣，一覺得痛苦就想逃避、就想找人幫我。但是走到外面，四周一片漆黑，不管走到哪裡都是一片黑。沒有任何人在。」

沒有任何人？他問道。美雪大概是笑了吧，胸口可以感受到她的呼吸。

「今天不一樣。」

「這是遲了十六年的彌補。」

「但是我不能再逃了。當時的我滿腦子只想到自己。可是如今我發現，孩子們也一樣正在叫著我。本來想等經濟能力寬裕一點，總有一天要去接他們，但是光是養活自己就已經讓我心力交瘁。所以……這次我再也不會放開孩子的手。」

「是嗎……」

我丈夫回東京了。她小聲說道。

「他說既然把爸接回來，就該好好整頓一下生活。」

「他跟他女朋友呢？」

「我不知道。」

美雪的手環繞在他的背後。

「你好溫暖。」

「因為天氣冷，妳才這麼覺得吧。」

因為這個地方冷，所以在這裡更能深刻感受到人的溫暖。

「可以再這樣一會兒嗎？」

「妳要是做惡夢，我會叫醒妳的。」

「我不會再叫了。」

一定不會再叫了。美雪輕聲說著，然後沉沉入睡。

從萬代巴士總站出發前往東京的最後一班車在晚上十一點發車。往來行人漸漸稀疏的總站裡，聚集了拿著大件行李的旅客。

美雪坐在長凳上等著巴士，女性專用車駛進站內。不過美雪預約的是最後進站的白鳥交通。

「要是選女性專用車就有單人座位了。」

「但是我想搭白鳥。我想……」

美雪低頭看著手上的車票。

「以後應該不會再搭深夜巴士了。」

「因為妳已經穿越了黑暗。再也不需要一個人奔跑了。」

我不是一個人。美雪抬起頭。

沒錯。利一朝著她點點頭。

「妳不是一個人，還有人在等妳。」

美雪低著頭。利一真想緊擁她細瘦的身體。

但是他知道，兩人之間彼此吸引不是因為愛情，而是出於憐惜。

美雪。他輕輕叫著她的名字。美雪慢慢抬起頭。

「妳沒有拋棄誰，也沒有逃避。我們只是走上了不同的路而已。如果彼此還希望有交會的時候，一定能再見面。只要我們都還活著。」

我們的路再也不會交會了。美雪的嘴唇動了動。

「不然我就會漫無止境地依賴你，因為你太善良了。」

「就算是這樣，妳也別斷了跟孩子們的聯繫。」

美雪點點頭。

「或許有一天彩菜和怜司會願意叫妳一聲媽。」

前往東京的二號車出發，接下來三號車白鳥交通駛進站內。

美雪提著那只老舊的路易威登波士頓包，抬頭仰望。

再見，高宮學長。她一開口淚水就撲簌簌地掉下來。

「再見了，高宮先生。」

「快去吧。保重。」

美雪把包包放進巴士的行李廂，走進車內。

今天的司機佐藤看見利一，輕輕對他揚手招呼，利一也揮著手回應他，車門關上，載著美雪的巴士往前駛動。

他慢慢跟在車後，走上外面的馬路。

漫天細雪紛飛，白色巴士漸行漸遠。

兩人應該再也不會見面了。他心中有這樣的預感，這才終於說出再見兩個字。

❖

巴士往前行駛，那個人慢慢追在一旁，不過馬上就看不見了。但是當車子正要轉出馬路時，有一瞬間，她看見了那高高的身影。

明明已經下定決心不再見面，可是此刻她真想立刻奔下巴士，回到他身邊。

真想回去。

加賀美雪將額頭抵在窗上，強烈地這麼想。

如果可以，她真想繼續下去。

繼續做這個夢。

抬起頭，雪愈下愈大，四周的風景一片朦朧。

每個月回父親家裡兩次，她都會夢想著自己就住在這裡。但是一回到東京、恢復平常的生活，她就知道那只不過是在逃避現實。

兩人都已經另有對象。雖然明白這一點，但自己的內心深處卻還有著一個二十歲的自己，而那個自己情不自禁地愛著他。

車內廣播響起，報出下一站的站名，巴士停在新潟車站前。

等車的乘客很多，不過大家大概不喜歡雙人座椅吧，幾乎沒人上這班巴士。

巴士靜靜往前行駛，開上了萬代橋。

她眺望著河堤，心裡浮現孩子們的身影。

父親要搬到埼玉的養老院那天，彩菜、怜司和颯太三個人，曾經一起走在這條河邊。

在那之前，對新潟父親狀況向來漠不關心的丈夫，主動提議父親搬到埼玉養老院時要來接他，還說已經跟父親聯絡好了。

丈夫這意外的提議讓她覺得很困惑，她向父親提起這件事，父親說，既然颯太要來，那他希望也找彩菜和怜司一起來吃頓飯。否則這三個異父手足要是在自己的喪禮上才初次見面，也未免太悲哀了。

姑且不管怜司，彩菜應該不會來吧。她心裡這麼想，但是當天彩菜卻穿著和服出現在河邊飯店的餐廳裡。那是一套淡粉色的外出禮服，彩菜梳著一頭復古的髮型，很搭這身和服，光是站在那裡，周圍就為之一亮。

彩菜每次都有本事給外公意外的驚喜。彩菜張開袖子讓外公看：「這超好玩的！」

「今天的髮型和化妝都走復古風，我今天的主題叫昭和千金。」

胡說什麼啊。怜司碎念著，指著自己身上的黑色西裝外套。

「聽說我的角色設定是管家。她本來還要我穿燕尾服，那實在太過分了。」

父親笑了。丈夫和颯太則尷尬地沉默著。

吃完飯後，父親說最後想再看一眼信濃川。這時丈夫暫時離席，說要討論遷居事宜，於是她和孩子們一起來到河堤邊。

初春日暖，怜司推著父親的輪椅，颯太走在他身邊。

彩菜脖子上圍著黑色披肩，跟在他們後面。美雪刻意放慢了腳步，看著她的背影。

那身描繪著四季不同花卉的和服，是結婚時母親給自己的嫁妝。當時自己還曾經吵著不要和服，對母親說花這種錢只是浪費而已，但是現在這樣看著彩菜，早知道當初就該穿一次讓母親看看。

一回想起來，滿滿都是後悔。

走在前面的彩菜轉頭，問她在看些什麼。

「這和服妳穿起來很好看。」

彩菜停下腳步看著河水。

走在前面的三個人沿著通往河邊的斜坡往下走。美雪俯瞰著他們，繼續走在河堤上。

「如果我穿起來好看，妳穿起來應該也好看吧。為什麼以前沒穿呢？」

「因為沒機會穿。」

她走到彩菜身邊，更多的後悔湧上心頭。

「……以前沒那個時間也沒那個心情，注意力都放在其他事情上。」

比方說帶孩子嗎？彩菜轉向她。

「除了帶孩子之外，還有很多事……」

她說不下去，避開了彩菜的視線。彩菜那對炯炯有神的眼睛，讓她不敢面對。

水上巴士徐緩地溯河而上。船前進時掀起水面一陣波浪，大大的水波往岸邊拍來。

彩菜低下頭，指著腳邊的裙襬。

「這件和服的裙襬有點起皺，我問了別人，人家說大概是濕氣太重，所以外面跟內裡錯位了。我把線拆掉，又改了一下。」

「妳自己會改？」

「只是拆掉再重新縫好而已，不會太難。」

「應該是保存狀態不好吧。」

這也沒辦法。彩菜回答。

「絲質本來就很難保養。」

等到河上的水波平息，四周又是一片平靜。父親正在對颯太介紹信濃川，聲音乘著風斷斷續續飄來。

然後呢。彩菜從皮包裡拿出一個小東西遞了過來。

「我改和服的時候發現了這個。」

她放在自己手上的是一個小小的護身符。那是一張大小約莫小指頭的紙片，上面寫著當地神社的名字。

這……。彩菜別過臉去。

「應該是外婆縫進去的吧，她悄悄縫在內裡的角落。」

美雪兩手包住這小護身符。

那時候，母親是帶著什麼樣的心情去求來這個護身符、縫進和服裡的呢？

她帶著什麼樣的心思，交給嚷嚷著和服太落伍而鬧彆扭的女兒呢？

她用力握著手裡的小護身符，彩菜又遞出了一個東西。

「放進這裡吧。」

一看，是個白色的護身符袋。上面有同色的蕾絲裝飾，與其說是護身符，看起來更像是新娘的雜物小包。

彩菜打開那袋子，表情看起來好像在生氣。美雪將小護身符放進去，然後兩手連同袋子緊緊包著彩菜的手。

「這妳拿著吧，讓它留在妳身邊，保護妳。」

她快速說完這幾句話，強忍的淚水終於掉下來。

「我的名字叫彩菜。」

「媽已經沒有權利叫妳名字了。」

我叫彩菜。她一個字一個字用力地說著。

「為什麼不好好叫我的名字?以前妳都叫我小彩,現在只肯叫『妳』?」
「小彩,妳拿著。」
小彩。她又叫了一次,終於忍不住嗚咽地哭了起來。
颯太轉過頭問道。
「媽媽為什麼在哭?」
沒事。她擦掉了淚水,露出笑容。
彩菜走下堤防,抱著颯太的肩膀硬是把他的臉轉向河面。年幼的孩子很想轉頭,他抬頭看著彩菜。
「媽,姊姊……也在哭耶。」
「欸!為什麼你直接叫我名字,卻叫彩菜姊姊啊?你是什麼意思!」
怜司雙手搔著颯太的頭,颯太扭著身子笑了起來。
河面的光線反射,照亮著孩子們。她瞇起眼睛,小小的颯太跟怜司有點像,而怜司的樣子又跟那個人很像。
彩菜走近颯太身邊,跟怜司並肩站著。三個人緊緊相依的背影,就好像遙遠的從前,彩菜還在自己肚子裡時,她夢想中的家庭。
怜司輕輕舉起手。定睛一看,那個人正站在橋上。
兩人有一瞬間四目相對,但她馬上又別開視線,那個人向父親輕輕鞠躬,接著對怜司做了個打電話的手勢,馬上轉過身往前走去。
「是之前的男人?」
聽到聲音轉過身去,丈夫正站在自己身後。

她不知道丈夫什麼時候來的。

不過，「之前的男人」這幾個字聽起來有點冰冷。

巴士開上高速公路，車內廣播報出下一站的名字。廣播的音量將她喚回現實。

不知不覺中，已經不見市街的燈火，窗外是一片黑暗。

下一站好像是美越。

美越。美雪閉起了眼睛。

那個人應該到家了吧？或者他現在也行駛在同樣的道路上？

她忘不掉。自己的第一個男人、第一個丈夫。

在我人生中的黑夜，將我送到黎明的人。

巴士慢慢減速，在車站停了下來。

她聽到有人爬上階梯的聲音，好像有乘客上車了。

她閉著眼睛，耳裡傳來逐漸走近的腳步聲。聲音停了下來，有人在她身邊坐下。

她睜開眼，倒吸了一口氣。

上車的是怜司。

怜司放倒座椅、蓋上毛毯，簡單說了一、兩句話後就閉上眼睛。

那樣子似乎在叫人別跟他說話，兩人就這樣沉默了一會兒。

閉上眼睛之前，她問怜司為什麼會搭上這班巴士，他說：「我有事要去東京。」接著，她又問他為什麼會買到這個座位，話說到一半就想起自己決定搭巴士回東京時，曾經拜託來幫忙整理公寓的怜司，出去簡單買點吃的，順便買車票。

每次到新潟來，怜司都會接送她來往醫院和老家。不過他總是冷冷淡淡，在車裡也不太說話。他倒也並非漠不關心，其實他很仔細地觀察外公和父母親的狀況，總是能夠在最適當的時機提供幫助。

他從小個性就是這樣，尤其是搬到美越來之後，美雪經常能感受到怜司的視線。每當被怜司那對看似冰冷，又像極他父親的聰慧雙眼盯著，她就覺得渾身不自在。

看著身邊睡著的怜司，他好像稍微動了動身體，不過車內關了燈、光線昏暗，她看不清怜司的表情。

望向窗外，四周的景色埋在一片雪裡。巴士好像正經過積雪很深的地帶。車裡好像變冷了，她輕輕替怜司把毛毯拉到肩頭。這時怜司動了動。

「吵醒你了？對不起。」

「沒有，沒關係。」

反正我本來就醒著。怜司小聲說著，然後起身。

「什麼時候醒的？」

一開始就沒睡著。怜司從放在腳邊的包包裡拿出寶特瓶。

「只是……在想事情。」

「想什麼？」

「很多啊。」

怜司扭開礦泉水的瓶蓋，遞給她問她喝不喝。美雪搖了搖頭，怜司自己喝了一口水。

「我聞到很好聞的味道……就張開眼睛了。媽的香水跟彩菜的香味很像。」

「這不是香水。」

「那傢伙也這麼說。之前外公也跟我說了一樣的話，然後彩菜說：『這叫薰香精油啦！』她還說：『這是我們的獨家商品。』好像還有點生氣呢。」

也不知道在氣什麼。怜司將寶特瓶放進前座椅背的網袋裡。

「是生氣這不是香水，還是氣她用了跟別人一樣的味道？根本不知道她在氣什麼。上次在河堤也是……那傢伙是不是說了什麼難聽的話？」

怜司說，彩菜的話不用太往心裡去。

「她是奶奶帶大的，心裡總覺得如果接受了媽，就好像背叛了奶奶。『生下來就丟著不管』這句話，以前奶奶常掛在嘴邊。」

「不過她說得也沒錯。」

是嗎。怜司打斷她，再次蓋好毛毯。

「我……我記得很清楚。妳總是在哭。奶奶嘴巴真的很壞，她對我跟彩菜雖然很好，可是很少跟鄰居打交道。當然我們家附近本來就沒有幾戶人家，不過我想應該是奶奶的問題比較大。」

其實我也好幾次真想離家出走。怜司笑著。

「最後妳只留下我一個人。」

「對不起。」

「我記得很清楚。妳馬上就回來了，妳還對我說，再也不會這麼做了，緊抓著我，哭著要我原諒妳。嗯，我原諒妳了。」

所以。怜司說到這裡頓了頓。

「所以……那天晚上我心想：『妳走吧！』彩菜我會保護，馬麻妳快逃走吧。因為再哭下去，馬麻會融化的。」

他笑了笑。

「等到長大以後我才知道，小孩子真笨。那時候如果只帶走彩菜，不知道會變成什麼樣子，我想奶奶應該也不會太生氣吧。不過比起這個……」

怜司再次伸手去拿寶特瓶。

怜司開始喝水，喉結散發著成熟男人的堅毅。

「我更在意的是，那時候聽到我說『妳走吧』，馬麻是怎麼想的。」

「你問這個做什麼？」

「也沒做什麼。不過奶奶經常說，爸很聰明，如果聽奶奶的話進了縣政府或市公所，一定能有不一樣的人生。」

婆婆以前經常感嘆，要是利一能跟個老實本分的女人結婚就好了。她還說，還是學生就跟人家生孩子，真不曉得去東京是幹什麼的。

外公也一樣。怜司說，美雪抬起頭來。

「你外公說了什麼？」

「一模一樣啊。說美雪真是個優秀的孩子。我每次聽到這些就會想，如果沒有我，媽是不是可以有不一樣的人生……還有爸，他或許也能有不一樣的生活吧。」

巴士開進隧道。黃色燈光就像照相機的閃光一樣，從窗簾縫隙間闖進車內。駛在一般車道上的車間的距離是固定的，而快車道上的車輛倉促前進，黑暗和光明不斷明滅交錯。

汽車的排氣聲轟隆作響，美雪利用這聽不清楚聲音的狀況，順勢沉默了下來。

我看過媽在哭。怜司的聲音傳入耳裡。

「不管是奶奶背著我們哭，或者是彩菜把自己封閉在繪本的世界裡，還是爸在哭的樣子，我全都看在眼裡。但是我什麼都不能做，只能呆呆站在旁邊。」

「你爸在哭？」

大概吧。怜司笑著。

怎麼可能。她低喃道。「我想他應該在哭。」怜司又重複了一次。

「彩菜她有一陣子總是把自己關在衣櫥裡，她說裡面有馬麻的味道。」

她想起夫婦兩人用的衣櫥角落，她通常會放一片吸滿香水的化妝棉。現在想想，當時雖然拿走自己所有的衣服，好像沒清理掉那片化妝棉。

「後來有一天，爸爸買了有濃濃樟腦味的防蟲劑丟進衣櫃裡，彩菜哭得可慘了。」

她看見怜司在黃色燈光的照耀下輕輕微笑著。

「整個房間都是那個味道，讓人聞得頭都痛了，奶奶也很生氣。她說：有那麼多無臭的防蟲劑，你為什麼偏偏要買這種東西回來？」

但是。怜司垂下眼。

「我看見爸放防蟲劑的樣子。他駝著背一個一個……很仔細地放著，好像在想事情，放了很多包。爸不可能不知道有無臭的防蟲劑，我覺得他應該是特地找來的。」

爸不會哭。怜司輕聲說道。

「但他那時候在哭，男人太難過的時候是哭不出來的，雖然不哭，但是會……」

「會做什麼？」

「喝酒吧……或者是做其他事，每個人都不一樣啦。」

「你也有過同樣的心情嗎？」

或多或少囉。怜司躺在椅背上。

「你發生了什麼事嗎？或多或少？那你的基準是什麼？」

媽妳講話很好笑耶。怜司笑著。剛剛叫著馬麻，現在又回到媽媽。短短的時間內，一會兒把心靠得很近，然後又頓時拉遠。

穿過隧道之後，怜司說想要小睡一下。他說，明天有個跟工作有關的面試。

她問怜司打算在東京工作嗎？怜司回答不知道。過了一陣子，聽見他平靜的呼吸聲。

巴士依照預定時間，清晨五點前就抵達池袋。天還沒亮，冷風陣陣吹來。

怜司說要去拿行李，要美雪站在吹不到風的地方，他走向巴士的行李廂。

美雪攏了攏外套前襟，微駝著背。

天亮前的這個時間天氣最冷，夜色還很濃。

怜司把路易威登波士頓包放在自己的登機箱上，走了過來。

她看著怜司，從手提袋裡拿出香菸和打火機。怜司平靜地對她說：

「在我面前妳可以不用抽。」

其實妳根本不抽菸吧？怜司從美雪手中拿過了菸。

「沒這回事。」

「是嗎？如果抽那麼濃的菸通常頭髮都會沾上味道，皮膚也會變髒。」

會嗎？「是啊。」怜司點點頭。

「可是妳一點味道都沒有，皮膚也像冰柱妻子一樣白。我覺得妳應該是在逞強。畢竟我們家的人，不管彩菜或爸，個性都很強。」

怜司點起一根菸，深深吸進去，又吐了出來。

「你抽菸嗎？」

怜司老練地抽著菸，笑了。

「別再抽了。」

「好，就抽這一根。」

別再抽了。她搶過菸丟在地上，用腳踩熄還點著火的菸，怜司直直看著她。

她很怕這樣的目光。

這孩子的眼光彷彿看透了一切，讓她很害怕，好像眼前還有另一個自己。

好像她正在譴責自己的脆弱。

但其實這孩子並沒有在譴責自己，他只是心痛。

「小怜。」

抬起頭，怜司的眼神似乎有些動搖。

「你剛剛說，媽可能會有另外的人生。如果你沒出生，或許我可以擁有不一樣的人生。我從來沒這樣想過。媽的人生裡充滿了後悔，但是我唯一沒有後悔過、唯一敢抬頭挺胸地說自己做了正確決定的事，就是生下你。」

你希望自己不要出生嗎？她伸手去摸怜司的臉頰。

「小怜，你活得很辛苦嗎？如果真是這樣，那都是媽的錯，是我不夠好，才讓你過得那麼辛苦。」

這孩子的個性跟自己很像，再加上他父親的理性清晰，讓他幾乎能看透一切。

「你明明可以過得更幸福，明明可以活得更輕鬆。全都是媽的錯。」

對不起。說了之後，怜司輕輕地靠過來，手環繞在自己背後。

「媽，為什麼妳老是在道歉？」

別再道歉了。怜司低語。

「我沒事的。」

她抬頭，怜司的臉很近。她大膽地看著怜司的眼睛。

如果這孩子像自己，那有一件事她很肯定。

你怎麼會沒事？她說道。

「你的背後還有肚臍後面，那不是痱子抓出來的，是你給自己的懲罰吧？有什麼事讓你很難過，無法告訴別人、也原諒不了自己，所以你才這樣自己懲罰自己，對不對？」

怜司問：「妳為什麼會這麼想？」

「因為我自己就是這樣。明明可以放過不管，但就是放不下。小怜，是什麼讓你痛苦？讓你這麼後悔？」

怜司什麼也沒說，輕輕地移開身子。

才剛跟這孩子拉近距離，他又馬上離開。美雪往前踏了一步，輕輕將手放在怜司背後。

「小怜，你的背到底為什麼而掉眼淚？」

媽。怜司輕喊了一聲，然後低下頭。

我……。他說話的聲音很微弱。

「我殺了一個跟我一樣的孩子。」

第九章

離開東京客運公司的小睡室，利一走向白鳥交通的休息室。

歲末年初的慌亂平息，二月即將來臨，所內一片寂靜。

前往休息室的走廊牆壁上，貼著東北北陸、關西地方各大都市的觀光海報。

春天將至的這個時期，櫻花和梅花知名景點的照片特別多。

這間公司跟全國的客運公司共同經營從東京出發的深夜班次，只要在車上睡一晚，就能前往海報上任何一個地方。不過他向來只是看著，沒去過任何一個地方。

打開休息室房門，和煦的午後陽光照在榻榻米上。「老師」長谷川正靠在窗邊看書。

利一跟長谷川打過招呼，坐在房間一角。靠在牆上閉著眼睛，一個提著便利商店塑膠袋的男人，邊吸著盒裝豆漿邊走進來。

那張福態大臉和明顯的雙眼皮，正是「算命的」佐藤。

「咦?唉呀呀?阿利你還在啊?」

他高聲吸著豆漿走了過來。

「阿利，你最近一直都待在這裡呢。吃飯了沒?」

「在附近隨便吃過了。」

「不行啊，飯要好吃才行。喲？唉呀呀？」

佐藤在利一眼前雙膝就地，直盯著他的臉。

「阿利，你身上的香味不見了。之前本來有一陣輕飄飄的桃色氣息呢。」

「在說什麼啊。」

女難啊。佐藤大大地睜開眼睛。

「你之前有女難的味道，現在呢……」

碰！一聲清寂空響，長谷川闔上書本微笑著說：

「算命的事我不懂，不過我也看得見。枯寂……你還這麼年輕，但是最近利一身上似乎能看出一股枯寂的境界。」

「怎麼連老師都這麼說……」

「簡單地說，就是你整個人都乾燥沒生氣啦。懂嗎？」

佐藤頻頻點頭。

「該不是被那個像狸貓的美女甩了吧……」

利一突然想起，去年春天邀志穗到美越來的時候，不小心被同事發現，佐藤還捉弄他，說對方是個像狸貓的美女，現在回想起來竟然有幾分懷念。

佐藤迅速眨了幾下眼：「怎麼？被我說中了嗎？要不要喝豆漿？老師也請用吧。」

佐藤從便利商店袋子裡拿出新的豆漿。

他無力拒絕，乾脆道了謝打開包裝。這時長谷川站起來，坐在佐藤身邊。

兩人邊喝著豆漿邊聊起美越市。

美越市和隔壁鄉鎮的合併案長年以來懸而未決，終於在今年春天正式拍板定案了。

隨著行政區域的改變，聽說白鳥交通也要和附近的大型客運公司合併。

怎麼樣？長谷川平靜地看著利一。

「利一有聽說什麼消息嗎？」

「我什麼都沒聽說。」

就算命的角度，怎麼看這些變化呢？長谷川問佐藤。

佐藤撫著自己光亮的額頭，笑著說。

「這個領域從手相和面相不太容易看出來呢。不過，工作方式應該會跟以前不一樣吧。對方畢竟不是專門經營高速巴士的公司，合併之後應該會跑一些短程路線吧。」

是嗎？長谷川吸了口豆漿。

「我還聽說，可能會藉這個機會整頓一下人事……」

利一喝完豆漿，手腕的鬧鐘開始震動。話說到一半他就站起身來，拿起制服外套，這時另一位司機也進了休息室，加入這個話題。

聽說公司正在徵求願意提早退休的人。大家說著，要判斷何時該離開，還真不容易。

利一聽了心想，假如已經看清離開的時候，那麼在那之後，該怎麼活下去才好呢？該到哪裡去才好呢？

隔天，開完深夜巴士回家，下午在美越家中醒來時，聽到吸塵器的聲音。

他起來探頭看看客廳，怜司頭上纏著毛巾，正在移動茶具櫃。

「吵醒你了嗎？抱歉，我快弄好了。」

怜司在頭髮上纏著東西，表示他認真要打掃，今天他好像集中火力在打掃客廳。

「沒有，也差不多該起來了。」

中午我買了便當回來。怜司說著，開始收拾吸塵器。

「這麼貼心。」

「不過我今天想看電視，在客廳吃好嗎？」

「要看什麼？」

「有個認識的人上電視了，其實是彩菜的老師啦，我想幫她錄下來。」

去一趟洗臉台回來，怜司已經將兩人份的便當和茶放在桌上。

他對電視沒什麼興趣，不過既然便當已經放好，利一也就順勢坐下。

怜司坐在他對面，說敬三傳了訊息過來。

聽說單身派駐外地的美雪丈夫二月即將調回東京。除了報告這件事之外，他還提到美雪他們一家三人到養老院來看過敬三。這封訊息還附上美雪跟敬三還有颯太的合照。

「媽頭髮剪短了，外公變胖了一點。不過看起來還挺幸福的。」

利一心情很平靜，簡短地回答：「是嗎。」

美雪的黑夜，或許已經破曉。

動著筷子，他看向窗外，外面是一片鐵灰色的天空。不止這個地方，整個日本海側的冬天持續陰鬱，很少有放晴的時候。

看著那灰暗的天空，他心想，自己現在究竟在人生的哪個階段呢？

可能是陰暗的午後，也可能是夜晚。

最近他很少笑，也很少說話。每天的生活都像例行公事一樣，對食物和季節的流轉都提不起興趣。

不過，他偶爾還是會動情。之前看到巴士乘客手上提的竹葉糰子紙袋，讓他想起志穗曾經笑著說，自己道歉的時候總是拎著竹葉糰子出現。

現在回想起來，志穗總是在笑。可是他腦中又馬上浮現志穗在關掉燈光的居古井裡哭泣的樣子。也沒真的看過，但是那樣子卻如此鮮明，讓他胸口悶塞。

接著他才會想起，已經沒有居古井這家店了。

這幾個月來，跟志穗在一起的時候他想著美雪，跟美雪在一起的時候又心繫志穗。到頭來，就像自己的人生一樣，適應不了東京，也無法融入故鄉。

怜司打開電視。他說有熟人會上電視，利一看著畫面，那是個身穿黑色夾克和皮褲的男人。一個跟自己差不多年紀的男人，拿著吉他的樣子有種說不出的性感。

聽說他相隔七年推出的新歌，在排行榜上節節攀升。

看了字幕之後，他一驚。這不是三十多年前活躍一時的偶像嗎。

他問怜司：這人是你朋友？怜司反問：「你認識他嗎？」

「何止認識，這是我國中時的超級巨星呢。這個人幾歲啦？還在唱歌嗎？」

「還在唱啊，彩菜她們的網站音樂全部都是他做的。我現在手機的來電鈴聲也是江崎先生作的主題曲。被別人聽到還挺不好意思的。」

怜司看著電視說，雖然也聽過他以前的歌，不過還是現在的聲音好。

「彩菜她們的歌很紅呢……她們的動畫瀏覽數超多的，還有很多海外來的點閱。現在在網站以外的地方知名度也漸漸高了，可是她們卻有點解散危機。」

「你說她們三個？為什麼？」

怜司面色凝重地說。

「雖然辦活動時吸引了很多人來，但是沙智子老家希望她快點放棄漫畫回家去……繪里花現在很搶手，有些從東京來的創意人問她要不要一起工作。還有……雖然為了辦活動和賣東西什麼的雇了不少人，但是大家多多少少都帶著學生參加社團的輕鬆心態，這也引發了一些問題。」

江崎先生他啊。怜司看著電視。

「之前，江崎先生對彩菜說，差不多該作個了斷了。遊戲時間結束了。」

「遊戲嗎？」

塞滿美越家裡的瓦楞紙箱已經減少很多，現在只剩下倉庫裡還有一些。

本來以為是因為夏天的活動已經結束的關係，看來並非如此。

說是遊戲未免太認真，要說是工作又未免太愉快。一想到彩菜她們要以這種方式結束，讓他也有點不忍心。

「我覺得自己也差不多了。」

「是嗎。」

「所以我要開始工作。」

「什麼意思？你要去彩菜那裡工作嗎？」

「不是，我要去印度。」

「印度……為什麼？去做什麼？」

怜司說，研究所的學長在一間亞洲公司工作，他知道怜司正在找工作，邀他一起加入。

「所以你要在那間公司的母國……我也不知道是哪裡啦，要去那裡工作嗎？」

「他們開發的據點好像在中國。但是最近已經把部分業務移轉到亞洲其他國家了。」

你啊。說著，他的語尾伴隨著嘆息而生顫。

「你是不是瞞著我什麼？」

「我瞞你什麼？」

「你這樣會不會太極端？在東京不行就跑到海外去工作。」

「你怎麼說我不行呢。而且……」

我覺得或許這樣比較適合我的個性。怜司交抱著雙手。

「不需要想太多反而輕鬆吧？到時候光是聽和說就已經夠我瞧的，根本沒時間多想，也不會有空煩惱。」

「你英文還行嗎？」

說完之後，他想起之前曾經聽過怜司在電話裡說著流暢的英文。

應該吧……怜司笑著：「應該比你想像的好，而且在工作上用的英文不就那些嗎？」

已經決定了嗎？他問，「幾乎決定了。」怜司回答。

「什麼叫『幾乎』？」

「可能不是印度，說不定一開始會是新加坡。但只要不是日本，到哪裡都一樣。」

「日本找不到同樣的工作嗎？」

可能有吧。怜司鬆開交抱的雙手。

「但是我想去。對方開口邀請我真的很高興。可是我中間有段空窗期，老實說，我也不確定自己能不能派上用場。所以我先去了學長那裡觀察狀況，幫幫他的忙，也算是試用吧。」

「是正經的地方嗎？」

「其實我最近常不在家就是因為這件事。我跟你借的錢，就是那時候需要的交通費和生活費等等……去年年底，他們正式問我要不要去上班。」

決定了之後才開始猶豫。怜司微微笑著。

「覺得猶豫可以跟我商量，現在還來得及。」

不過已經解決了。怜司點了幾次頭。

「雖然說是外商，但不太像歐美的企業，我猶豫的是這一點。在亞洲市場上，亞洲企業幾乎在同樣的領域裡跟日本企業競爭……你看，美越不是有很多下游工廠嗎？但是這些工廠都接二連三倒閉了。如果我受雇於亞洲的公司，就等於在壓迫這些工廠的生存。」

「你這煩惱格局也太大了吧，你真有這麼優秀嗎？」

不、不是啦。怜司微笑著。

「不過如果可能，我還是希望能做出對國家有貢獻的事。」

但我還是會去。怜司小聲地說。

江崎的歌聲從電視中流瀉出來。

國外。利一動著筷子，在心裡重複著這兩個字。他看看怜司。

他很想開口，問怜司要不要重新考慮。可是直到開口告訴自己之前，怜司一定反覆想了很久。

「爸，你剛剛是不是想說什麼？」

「我想說的話很多，不過算了。」

「我也有些話想跟你講。」

「如果只有一些，就忍著別說吧。」

怜司說，下個月中旬要去東京，然後直接到亞洲總公司去。新潟機場也有班機，但是他想先到埼玉去跟敬三打聲招呼。

下個月，聽起來好像還很久，不過兩天後就是二月了。

決定好離開美越的日子後，怜司開始整理二樓的房間。他的整理相當徹底，大概過了一個星期，傍晚下班回來看到他正跟彩菜一起把床和書架等家具放上小卡車。

他說要把這些東西送給彩菜一個開始獨居的朋友。

自己的房間幾乎清空後，他索性把倉庫跟和室裡的舊電器還有奶奶收集的人偶這些礙眼的東西一口氣清理掉。

東西一清完，房子看起來與其說清爽，更令人覺得冷清寂寥。就在他差不多習慣這個狀況時，彩菜捎來聯絡，說有事要談。

利一心想，她終於要提到婚事了，便準備好待客的座墊和點心等著。沒想到彩菜是一個人回來的。

他問，不是要提婚事嗎？「對不起。」彩菜向他低下頭。

「但是我真的有重要的事跟你說。」

「那到客廳吧？」

他走回廚房邊泡茶邊問，彩菜也跟來了。

「在廚房就可以了。」

彩菜坐在餐桌前，向他深深低下頭。

「之前那樣驚動大家真的很抱歉，我解除婚約了。這件事我也跟他和他媽媽說了。」

是嗎。他回答著，想起了雅也母親的臉。

「都是我們拖累妳了吧。」

拖累？彩菜反問了一聲，笑著說。

「你們哪有拖累我什麼？只是對方毫無根據地看不起人而已。」

但是我一直很嚮往。彩菜笑著說。

「住在山坡上房子裡的美好家庭，爸爸媽媽感情很好，一有長假就大家一起去旅行，遇到重要的事會召開家庭會議一起決定。我一直很嚮往這種家庭。」

利一不知該怎麼回答，默默地端出茶。

「但是……好像一切都得依照他媽媽的判斷標準。她朋友兒子結婚的對象讀過大學，所以她好像覺得她兒子的對象『輸』給人家。不過雅也說，論長相是我贏對方，所以他才想讓我穿振袖。可是，什麼是輸贏？什麼是上下？為什麼都得聽妳擅自決定呢。」

難道我被看扁了？彩菜輕聲說。

「我心裡總是會有這種感覺。但標準到底是什麼？其實只是我不符合他媽媽的價值觀而已。」

我一直想分手。彩菜笑了。

「可是我很狡猾。我對記帳和會計很不擅長。跟錢有關的事……我們活動要作帳什麼的，偶爾會請他幫忙。他工作上很能幹。」

「但他平常看起來那麼不牢靠。」

「他工作的時候穿西裝，還會換另一副眼鏡，感覺完全不一樣。就像是個冷酷的記帳士一樣，這種落差還挺萌的……」

彩菜的表情顯得有點難為情。

「對不起，說著說著我都害羞了。」

「是聽的人比較害羞吧。」

「原來爸會有這種反應啊，真意外。……啊！有點心。」

彩菜打開放在桌上招待客人用的點心盒蓋。看著裡面的點心，然後再掀開旁邊托盤上蓋的布巾。裡面是準備給客人用的茶具。

彩菜沒再說話。

他打開點心盒蓋，放了一個昨天買的日式點心在彩菜面前。

彩菜輕輕低下頭，打開和紙的包裝。

「妳蕁麻疹好點了嗎？」

我已經知道原因了。彩菜苦笑著。

「跟他媽媽見面的日子就會發作。」

「是他媽媽啊。」

對。彩菜點點頭。

「我心想，原來這個世界上真的有無可奈何、再怎麼樣都無法好好相處的人。這真的是沒辦法講道理的。想到這裡，我才第一次……能了解媽的心情。」

彩菜從包裝紙裡拿出點心。

也不是說奶奶不好。彩菜說。

「在朋友面前他媽媽或許是個好人吧，她很有行動力。只是如果不跟她親近，就沒辦法好好相處。可是他不懂這一點，他每次都問我，為什麼妳就是不能跟我媽好好相處？」

「應該會覺得奇怪吧。」

「他說，我知道妳家裡狀況比較複雜，可能不了解。但是其實妳不用想這麼多，他還說，不要緊，以後妳慢慢就會懂。」

真不知道他到底想說什麼。彩菜低沉地說著。

「不過都無所謂了。真是夠了。我那時候心裡馬上這麼想。」

為什麼會這樣呢？彩菜低喃著。

「跟他一起的時候，我總會想著我們家少了什麼、有那些地方壞了。好像只要跟他在一起，就能彌補這些。」

但是上次我想通了。彩菜微笑著。

「在山上的時候，我覺得我們一家人像這樣也沒什麼不好。雖然不知道別人怎麼想……可是我們大家都很努力，這不就夠了嗎？想通了這一點，我就下定決心要跟他分手。」

我知道了。利一回答道，彩菜開始吃點心。

「好，然後我要開始進入正題了，我辭掉工作了。」

「要回家來嗎？」

沒有。彩菜搖搖頭。

「我要開公司。」

公司？他反問。彩菜點點頭。

「跟沙智子和繪里花一起。從今以後我們要把網路漫畫的活動當成正式工作。一開始要先設立英文網站，還要開放海外郵購。我一個在貿易公司上班的朋友四月開始也要加入我們。」

我不要再找藉口了。彩菜顯得很開朗。

「我們總是替自己留一條後路。一直告訴自己，反正我們是外行、這些都只是興趣。我們明明都那麼努力，想做出最好的東西，但還是很怕被別人看不起、被人取笑，所以一直拉著這條業餘的防線。但是，懦弱的我們也終於下定決心了。」

「我可看不出妳們懦弱呢。」

我們都很膽小。彩菜輕聲說。

「漫畫家、電影導演、設計師，大家本來都有其他的心願，卻都因為缺少了什麼而沒辦法實現。可是，當三個人聚在一起，卻什麼都做得出來、什麼都辦得到。但是我們從來沒想過可以把這當成工作。我們一直覺得，做自己喜歡、覺得很開心的事竟然還能賺錢，實在太不可思議了。我們本來以為工作就應該是痛苦的。」

彩菜害羞地說，都是怜司的一句話推了她們一把。

「後來哥說，迪士尼和蘋果電腦一開始也都是從純粹『喜歡』和『好玩』開始的。而且這兩家公司也都是從車庫開始創業的。」

彩菜苦笑著。

「但是他後來馬上補了一句：『但是美國的車庫很大，說不定比我們家還要大。』真是的。」

何必多加這句話。彩菜皺著臉。

利一心想，怜司應該是害臊了，但他什麼也沒說。

二月中旬的深夜，利一駕駛著往東京的高速巴士，望向駕駛座的螢幕。

這輛巴士在車體內外都設置了攝影機，方便確認巴士後方和乘客座位區的狀況。平常他不太注意乘客座位區，不過今天晚上卻忍不住頻頻望著螢幕。

怜司就坐在攝影鏡頭附近。

怜司說離開美越時想搭巴士，他配合父親的班表，決定了出發的日子。

美越市和鄰近的市合併，白鳥交通今年夏天也即將被併入其他公司，這兩個名字都將走入歷史，所以他想搭一次當作紀念。

看著螢幕，怜司在車上也沒睡，開著讀書燈專心在看東西。

好像是工作上的資料吧，偶爾還會劃線。

看到他那個樣子，利一想起兩天前的晚上。

那是兩人最後一次共進晚餐的日子，他叫了外面的特級壽司。

看著怜司吃著最愛的鮪魚，利一擔心起他發紅膿腫的肌膚，他小心翼翼地開口，迂迴地問了。

「不要緊。」怜司輕輕摸了自己的腰。

「已經沒有紅腫了，我想應該也不會再去抓它。」

「現在不癢了嗎？」

「之前也不癢，我只是覺得害怕。」

怕什麼？他問，怜司站起來，從冰箱拿出啤酒。

「怕孩子的臉浮現在我的腰上。」

「孩子的臉？你還好吧？」

「之前不太好。」

怜司把啤酒倒在杯裡，說起在東京時有個一起生活的女孩。

利一第一次聽到他說這些，停下了動作。

他問對方是個什麼樣的女孩，怜司說是從大學時就開始交往的人，比自己小一歲，在保險公司工作。辭掉工作後，還能勉強維持生活，也都是因為有她在的關係。

「所以之前都是她在養你？」

也不是。怜司含糊其詞。

「我是靠自己的存款在生活……不過，也對啦……」

外人看起來或許是那樣吧。怜司低下頭。

「你辭了工作之後都在做什麼？是不是有其他想做的事才辭掉的？」

不是。怜司小聲地說。

「只是覺得很累。我厭倦了每天看人家臉色，連找工作都嫌麻煩，每天都待在家裡玩遊戲。」

他不知該回什麼，沉默了下來。

怜司輕輕吸了一口氣，繼續說道。

「後來有一天晚上，她問我，到底要這樣到什麼時候？要是有了孩子該怎麼辦？我說誰知道啊！等有了以後再想吧，但現在不可能，現在這種生活怎麼可能生孩子？根本養不起。」

我頭也沒回地就這麼回答。怜司輕聲笑了。

「我滿腦子都在遊戲上，她站在我身後拚命跟我講話，但我只是隨口敷衍她。隔天早上，她蹲在廁所裡說肚子痛，還流了很多血，我叫了計程車帶她去醫院。」

然後呢？他問。「她懷孕了。」怜司回答。

「驗孕棒測出來是陽性，也預約了醫院。」

這種事你怎麼不早說呢。他看著怜司。

怜司別過視線，往旁邊看去。

「不用去跟對方的父母親道歉嗎？」

「她要我誰也不准說。醫生說，這是這個時期常有的事。就有點像……比較嚴重的生理期。因為卵不會再成長，為了保護母體，才把孩子排出來。只是一個兩到三公厘的卵，還沒成人形呢。」

我告訴她結婚吧。怜司抬起頭。

「她馬上拒絕。她說厭倦了這樣的生活，然後就走了。我們兩個一起買的東西，還有我送她的東西，她全部都留了下來。她說，剩下的東西就丟了吧。」

丟了吧，這句話聽了還真是難受。怜司低著頭。

「我去查了她的新住處……苦苦哀求她回來，但是她說：『我的人生已經不需要你了。』那句『不需要你』真的打擊很大，不過，我也對那個只有兩公厘的孩子說了同樣的話。」

從那之後，腰部就開始長疹子，本來以為是內褲鬆緊帶導致的過敏，不過疹子卻愈長愈多。

「我覺得那些疹子看起來就像卵一樣，抓了之後，留下來的痕跡像是一張孩子在哭泣的臉。我拚命抓、拚命抓，直到它長膿。怎麼會不長膿呢？誰叫我用指甲那麼用力地抓。」

「去看醫生了嗎？」

「去了，我去看皮膚科，他們叫我去看身心科。但是我自己也知道，都是自己多心，仔細看看，那根本不像臉。不過我就是忍不住要去抓，每次抓了就會後悔，為什麼那時候沒有好好回答她……」

爸媽當年……。怜司小聲地說。

「把只有兩公厘的我送到這個世界，但是我……卻對同樣的孩子說不可能。我總覺得，那孩子是聽到這句話才決定走的。」

「你想太多了，就相信醫生說的話吧。」

話是沒錯。怜司點點頭。

「但是說過的話不可能收回。後來……我一個人付不了房租，就把一切都處理掉……沒地方可去只好回家來。因為不想被追問，所以先寄了訊息給你，然後把自己灌得大醉再回家，一回來看到你準備了兩人份的早餐，還有那麼漂亮的棉被，我是一面哭一面睡著的。」

「是嗎……」

他的眼睛盯著桌子，想起那天怜司開心地為了棉被的事道謝。

「回來就好，還好沒做什麼傻事。」

怜司扭曲著臉，笑了。

「我真是受不了。每次看到爸為了我那麼努力，就覺得自己很渺小，但是……又很高興。」

利一不知該怎麼回答，便問他現在皮膚狀況如何。

這口氣聽起來有點像在審問犯人，他連忙在怜司根本還沒喝幾口的杯裡又倒滿了啤酒。

已經不要緊了。怜司點點頭。

「現在就算長疹子，我也能正常看待。抓過的地方上次……」

怜司頓了一會兒，柔聲說。

「上次……媽給我塗了很好的藥。然後我們聊了一陣子。」

「聊了什麼？」

「很多，聊了很多。我還掉了眼淚……都這麼大的年紀了，真傻。」

現在想想。怜司將玻璃杯送到嘴邊。

「那張看起來像哭泣的臉，其實可能是我自己。是個哭著想要獲得別人的愛、想要被需要的自己。但是……」

算了。怜司搖搖頭。

「仔細想想，我的皮膚就像個警鈴一樣，在我的心崩潰之前，皮膚會先出狀況。這樣想想，也挺安心的。」

「要是有什麼事就回來吧，遇到麻煩就好好說。」

知道了。怜司笑著。

「我也希望能夠好好說出口，對彩菜、對爸，還有對以後交往的人。」

巴士開進東京都內，接近練馬交流道。

看看螢幕，怜司和其他乘客都睡著了。

到達終點之後，自己的工作就結束了，不過對乘客來說，工作現在才要開始。

他靜靜開著車，避免驚擾他們的睡眠。

下了練馬交流道開進東京都後有幾個站，不過今天的乘客都在池袋下車。依照預定時間到達後，乘客陸續從行李廂裡拿出自己的東西，走向池袋車站。

看著其他乘客都離開了，怜司才慢慢走下巴士。

「有睡一下嗎？」

睡得很好。怜司回答，他從行李廂裡取出行李。

「路上小心啊。」

爸，你也是。怜司回話後，顯得有些欲言又止。

「怎麼了？忘記東西了嗎？」

「爸，我一直很猶豫，不知道該什麼時候告訴你……」

「什麼？」

「我有件事想告訴你。」

「到底是什麼，快點說啊。」

我跟志穗小姐談過。怜司說。

什麼時候？他問。不久之前。怜司的聲音聽起來有點生氣。

「……她還好嗎？」

「擔心的話就自己去看看啊。」

「什麼意思？發生什麼事了嗎？」

「沒有什麼意思。志穗小姐把居古井收掉了。」

「為什麼你知道這件事？」

怜司從放在行李箱上的黑色背包裡取出一條手巾交給利一。

「家庭餐館．居古井」這幾個字的旁邊染著住址和電話號碼。

我想向她道謝。怜司將手插進口袋裡。

「我到東京時去了她店裡。因為枇杷茶真的很有效。後來，她問我爸爸過得好不好？我好奇她為什麼這麼問，她說，因為你再也不會去居古井了。她說，你討厭她了。」

怎麼可能討厭她呢。怜司輕聲地說。

「我覺得不可能。所以我告訴她，去年她來美越的時候或許沒看到，可是當時家裡準備了很可愛的茶杯和碗，還有兩人份的白飯……」

怜司一口氣說完這些，有些語塞。

「而且……庭院裡還整理過，有一塊區域用紅磚圍起來，可是裡面什麼都沒種。我告訴她，我想爸……應該是一個人一點一滴地打理這些，替志穗小姐做好花壇等著妳來。不過這些準備都因為我而泡湯了。」

我爸是個什麼都不說出口的人。怜司低著頭。

「因為他很笨拙，總是甘願為了別人當壞人。志穗小姐聽了之後說，她知道，她很清楚。」

怜司把手從口袋裡拿出來，遞給利一一張小紙片。

「爸的家裡放的都是我們的東西，但是我和彩菜的家裡只有我們自己的東西。我希望爸的家裡，也能有你的幸福。」

你們的幸福……他話還沒說完怜司就打斷他：「我們也一樣。」

「爸的幸福，就是我們的幸福。」

交過來的那張紙上，寫著陌生的市外電話號碼。

怜司背著背包抬頭看巴士。

天色還沒全亮的黑夜裡，純白的車體散發著淡淡光芒。

他跟著怜司的視線望去，在展翅的白鳥符號上，寫著美越、白鳥交通幾個字。

美越。怜司説道。

「爸，我以前覺得這個地方什麼都沒有。不過，那裡有過我們的家人。」

「幹嘛用過去式。」

他突然覺得，怜司好像不會再回來了。他好像會就此在陌生的國度落地生根，一直生活在那裡。

「我有家人、有人保護著我。只要有這些記憶，我哪裡都能去。」

怜司把背包背上肩頭，慢慢低下頭。

「爸，謝謝你。」

怜司拉著行李箱往前走去。迴響在人行道上的車輪聲音讓他回過神來，目送著兒子的背影。

怜司。他想開口叫住兒子，又打消了念頭。

他的兒子步履堅定，頭也不回地走著。

送完怜司後回到東京的營運站，時間還不到早上六點。

把巴士開回車庫，整理車內環境。他平靜地做著這些例行工作，不知不覺卻停下了動作。

兒子的背影清楚地烙印在眼中。怜司剛剛語焉不詳，也讓他更好奇志穗的近況。

完成所有工作和手續，已經快七點了。一大清早就打電話不大好意思，但是他迫不及待，還沒八點就回到白鳥交通的巴士上。

拉上車內窗簾，坐在乘客座位上。他惴惴不安地按下怜司給的電話號碼，原來是京都一處觀光農場。

說出志穗的名字後，對方回答藥膳咖啡廳今天休息。看來那是觀光農場裡的附設咖啡廳。

知道志穗平安，他先是鬆了一口氣，放下手機，雙手不自由主地摀著臉，覺得全身乏力。

她好像過得很好。好像已經展開了新生活。

淚水落在摀著臉的手中。

這個瞬間，彷彿越冬積雪終於溶解，他終於發現自己一直好想哭。

他開始整理儀容，試著緩和情緒，太陽已經爬得老高。

離開巴士，在車庫旁的自動販賣機買了咖啡。打開咖啡罐、喝了一口，眼前走來一個身穿深藍色外套的男人。

一頭白髮梳理得一絲不苟，原來是「老師」長谷川。

看看時鐘，離白鳥交通負責班次出車的時間還早。

路上很塞嗎？他問。長谷川笑著回答，是我提早出門了。

「就是想再多看看巴士……」

長谷川買了咖啡，在自動販賣機旁的長凳坐下。

怎麼了嗎？長谷川擔心地問。

「你最近看起來很累的樣子。該不會遇到什麼麻煩了吧？」

「工作上的麻煩倒沒有，不過……」

原本不想說這些私人問題，大概因為長谷川當過老師吧，被他一問，就忍不住想老實回答。

「說來話長……最近真的遇到不少事。」

「你好像瘦了一點呢。」

長谷川拉開咖啡罐的拉環。

甘醇的咖啡香擴散在冰涼的空氣裡。

長谷川邀利一坐下，他依言坐在旁邊。

「利一今年幾歲了？」

「這個月底就要破大關了……都五十了呢。」

這樣啊。長谷川平靜地點點頭。

「還是個乳臭小子呢。」

「乳臭小子？」

他反問，難道剛剛掉淚的醜態被看到了？

對。長谷川點點頭。

「有位財經界人士說過。人生四、五十是乳臭小子，六、七十正值壯年，九十如果死神來迎接，就趕祂回去叫祂等到百歲。」

「財政界的人或許是這樣吧。」

你還真是悲觀呢。長谷川微笑地說。

「這麼說好像有些不自量力……不過我覺得確實有幾分道理。嘗過許多滋味，為了人心的微妙和表裡或哭或笑，終於能成為一個腳踏實地的人……」

可是也只不過是乳臭小子。長谷川笑了。

「該學的還多著呢。」

一個正要走進營運站的男人，輕揮著手走過來。

那人提著便利商店的袋子。是同事佐藤。

佐藤笑著說，原來你在這裡啊。

「我找你很久了呢。利一你的面談是什麼時候？」

利一回答，是明天下午五點。

白鳥交通即將合併，明天下午起預計對員工舉辦說明會，之後再跟每位司機進行一對一面談。

那剛好接在我後面。佐藤嘆了一口氣。

「不知道要談什麼呢。老師你是什麼時候？」

我不需要。長谷川輕輕揮揮手。

「其實我的司機生涯就到這個月為止了。」

他有些難為情地說，很早之前就有這個計畫，只是稍微提早了點。

擔任教職的妻子今年春天退休，兩人打算回到妻子老家，開間補習班。

「她老家在東北一個小地方，我們打算兩個人弄個協助職業婦女的安親班，教教孩子功課。

本來想再開一陣子巴士，但是決定趁六十歲之前，再嘗試些新東西。」

不過話雖如此，還是斷不了對巴士的喜愛。長谷川搔搔頭。

「其實我買了一台中古小巴。想說可以在那裡接送孩子們。」

真是兼顧興趣跟實務啊。佐藤笑著說。

緊接在來自北陸的巴士後，從關西回來的巴士也開進了車庫。前往東北和中部地方則接連開出車庫。

巴士這東西真不錯。長谷川望著進出車輛的光景。

「我想高速巴士、尤其是深夜巴士，以後需求一定會更高。隨著日本社會愈來愈活化，年輕人和老人家，想節省時間和旅費的人一定會更多。就算現在的名字沒了，巴士還是不會消失的。」

別擺出那個表情了。長谷川輕輕拍了拍利一的手臂。

「正值壯年的男子漢，你的人生才剛開始呢。唉呀，時間差不多了。」

脱掉外套露出深藍色制服，長谷川轉向佐藤。

「佐藤先生，如何？現在從我的面相能看出什麼嗎？」

「老師，開車，**All right！**」

佐藤豎起大拇指笑了。

東京出發前往新潟的深夜巴士，在晚上十一點半離開池袋。

東口五岔路口附近的高速巴士車站，今天晚上也一樣聚集了許多人。

出發五分鐘前，利一在駕駛座上等待最後三名乘客。

一個撐著傘、拉著登機箱的年輕人和女人走近。年輕人拿著行李走向行李廂，中年女人一個人踏上巴士的階梯。

利一核對著她遞出的車票和名單時，女人回頭對年輕人說話。

看來那是她兒子，那女人說，為了答謝今晚這一餐，會再寄一盒有女孩插畫的點心過去。

不要那麼大聲啦。兒子難為情地笑了，又説：「那就麻煩妳了。」

女人依依不捨地看著兒子，走進走道。

看看時鐘，離出發時間還有兩分鐘。

一邊聽著街上喧囂的聲音，等著剩下的兩個乘客。

傍晚開始下起的雨愈下愈大。

打在窗上的水滴拉出好幾條水滴流下。看著看著，他想起今天早上的自己。

多少事足以令人掉淚。不都一路強忍，堅持到現在。

但是從電話那一頭的回應得知志穗過得很好，一切武裝卻頓時鬆懈瓦解，淚水不覺滑落。就像壞了、故障了一樣。但是又過了一陣子，情緒彷彿歷經一陣漂洗。他平靜地想。

我想見她。想再見她一面。

看著乘客名單，利一心想。

自己或許充滿了恐懼。害怕年齡增長後，逐漸改變的身體和生活。

覺得自己漸形枯槁。

聽到闔上傘的聲音。一位老先生一步一步穩穩踏著階梯上了車。

這是最後兩位乘客之一。

老先生遞出兩張車票，一個拿著一段紅梅樹枝的老太太跟在他身後。

她提著梅園的購物袋，脖子上纏著跟老先生一樣的嫩綠色圍巾。

驗完車票，那對老夫婦笑著走進車內。看到帶著淡淡花香的這兩個人，他心想。

春天來了。

儘管天氣不夠晴朗，花一樣會開。

拉上區隔乘客坐位和駕駛座的窗簾，發動巴士。行駛在鬧區中，利一腦中想著明天的事。

結束傍晚的面談，就搭深夜巴士到京都去吧。

平常總坐在駕駛座，明天他要坐在乘客的座位。隔天早上六點抵達京都，就直接到志穗工作的地方去。

她可能已經跟其他人一起生活。可能不願意原諒自己。

但還是想見她。想告訴她，自己愛她到泫然欲泣的這份心情。

看看時鐘，正要走入明天。他透過螢幕看著乘客座位的狀況，關掉車內燈光。

今晚的巴士都坐滿了，乘客共有二十八名。這些年齡和境遇各自不同的人，在巴士上共同度過五個半小時，跨越黑夜、走向明天。

再一次。利一帶著祈願，駕駛著巴士。

再一次，將人生往前推進。

開上關越高速公路後，一陣強烈的側風吹來。他謹慎地駕駛著搖晃的車輛，望著道路前方。

一路向前，無須畏懼。

就算現在身處深夜，望不見前方的黑暗當中。

過去也闖過了無數次這種黑夜，才終於走到這裡。今晚也一樣要跨過黑夜。

東京下著雨，翻過這座山，大概是迎面白雪。

但是他知道。

駛過迢迢長路的前方，總會有美好的清晨等著他。

U·STORY

009

深夜巴士 ミッドナイト・バス

國家圖書館出版品預行編目(CIP)資料
深夜巴士 / 伊吹有喜著 ; 詹慕如譯 . -- 初版 . --
臺北市 : 聯合文學 , 2016.6
400 面 ;14.8X21 公分 . -- (UStory ; 9)
ISBN 978-986-323-165-3 (平裝)

861.57 105006632

出版日期／ 2016 年 6 月 初版
2016 年 6 月 25 日 初版二刷
定　價／ 340 元
MIDNIGHT BUS by IBUKI Yuki

ISBN 978-986-323-165-3 (平裝)

作　　　者／伊吹有喜
譯　　　者／詹慕如
發　行　人／張寶琴

總　編　輯／李進文
責任編輯／任　容
封面設計／朱　疋
資深美編／戴榮芝
業務部總經理／李文吉
行銷企劃／李嘉嘉
財　務　部／趙玉瑩　韋秀英
人事行政組／李懷瑩
版權管理／陳惠珍

法律顧問／理律法律事務所 陳長文律師、蔣大中律師
出　版　者／聯合文學出版社股份有限公司
地　　　址／110 臺北市基隆路一段 178 號 10 樓
電　　　話／(02) 2766-6759 轉 5107
傳　　　真／(02) 2756-7914
郵撥帳號／17623526 聯合文學出版社股份有限公司
登　記　證／行政院新聞局局版臺業字第 6109 號
網　　　址／http://unitas.udngroup.com.tw
E — m a i l : unitas@udngroup.com.tw
印　刷　廠／鴻霖印刷傳媒股份有限公司
總　經　銷／聯合發行股份有限公司
地　　　址／234 新北市新店區寶橋路 235 巷 6 弄 6 號 2 樓
電　　　話／(02) 29178022